无用的文学
卡夫卡与中国

夏可君 著

Kafka
and
China

USELESS
LITERATURE

GUANGXI NORMAL UNIVERSITY PRESS
广西师范大学出版社
·桂林·

WUYONG DE WENXUE
无用的文学

图书在版编目（CIP）数据

无用的文学：卡夫卡与中国 / 夏可君著 . —桂林：广西师范大学出版社，2020.7
ISBN 978-7-5598-0102-9

Ⅰ.①无… Ⅱ.①夏… Ⅲ.①卡夫卡(Kafka, Franz 1883-1924)－文学研究②道家－文化研究－中国 Ⅳ.①I521.065 ②B223.05

中国版本图书馆 CIP 数据核字（2020）第 067199 号

广西师范大学出版社出版发行

（广西桂林市五里店路9号　邮政编码：541004）
　网址：http://www.bbtpress.com

出版人：黄轩庄
全国新华书店经销
北京盛通印刷股份有限公司印刷
（北京经济技术开发区经海三路18号　邮政编码：100176）
开本：880 mm×1 240 mm　1/32
印张：12.5　　字数：236千字
2020年7月第1版　2020年7月第1次印刷
定价：68.00元

如发现印装质量问题，影响阅读，请与出版社发行部门联系调换。

不可摧毁性是一体的；每一个人都是它，同时它又为全体所共有，因此人际存在着无与伦比的、密不可分的联系。信仰就意味着：解放自己心中的不可摧毁之物；或说得更正确些：解放自己；或说得更正确些：存在即不可摧毁；或说得更正确些：存在。

——卡夫卡《随笔·谈话录》

也许这些学习成了空无，但它们非常接近那种空无，而正是这种空无使事物可用——即是说，"道"。这就是卡夫卡所要追求的，"他煞费周折地抡锤，打出一张桌子，同时又一无所做，且并不像人们说的，'抡锤对他来说是一个无'，相反，'对于他，锤是实在地抡着，同时又是一个空无'。这样抡起锤来，就更大胆，更果决，更实在，如果你愿意说，也更为疯狂。这就是学生们在学习时所采取的如此果决、如此痴迷的姿态"。

——本雅明《德国浪漫派的艺术批评概念》

人们可以想象老子和使徒卡夫卡的一场对话。老子说："因此，使徒卡夫卡，你持有对你生活在其中的组织、财产关系和经济形式的一种恐怖吗？"——"是的。"——"关于它们你不能再找到你的道路？"——"是的。"——"一件股权证让你充满了恐怖？"——"是的。"——"因此现在你在寻找你能紧紧抓住的一位领袖，卡夫卡。"

"当然，这种态度不会有效，"布莱希特说，"我不接受卡夫卡，你知道。"而布莱希特继续讲起一个"有用的灾祸"的中国哲学寓言：在一个树林有许多不同类型的树木。他们用最粗壮的树木，制造船的木料；用不那么粗壮的但相当结实的，他们制造盒子和棺材盖；最细的树条，被制作成鞭子；但没长好的树木，它们根本没有用——这些树木逃过了有用的灾祸。

——本雅明《和布莱希特的对话》

目　录

楔子　阅读卡夫卡：多余的十诫 / 001
切片　卡夫卡与中国：无关之联与空无之道 / 018

第一段　助手们的无用工夫论：虚无主义的三重解释学 / 053
　　1.1《邻村》：你说这是谁家的村子呢？ / 054
　　1.2 桑丘：这家伙是一个道家或者就是庄子？ / 066
　　1.3 虚无的解释学：疯狂默化的工夫论 / 070

第二段　多重譬喻的吊诡：卡夫卡式的腹语术或双簧戏 / 079
　　2.1 走过去：这是走到中国？ / 082
　　2.2 譬喻与厄言：相互的转化 / 097
　　2.3 许多声音：从拉比的解释学到无用的解释学 / 108

第三段 "奥德拉德克式"的姿势诗学：同时表演三个人的
"样子" / 119
　　3.1 奥德拉德克：如此多变的样子 / 120
　　3.2 一分为三："天敌"或"死皮" / 129
　　3.3 "第五维度"：一种新的自由科学 / 150

第四段　卡夫卡需要的中国镜像：仙道式助手打开的小门 / 159
　　4.1 本雅明与道家：生命的相似性 / 162
　　4.2 中国镜子：卡夫卡的困惑 / 171
　　4.3 "前世界"：发明仙道式的助手 / 180

第五段　卡夫卡的"犹太式法西斯主义"？无用之树与生
命之树 / 192
　　5.1 捕鼠器，捕鼠器：卡夫卡的"犹太式法西斯主义"？ / 198
　　5.2 布莱希特的教谕诗："弥赛亚之道家化"的欢乐 / 213
　　5.3 依然位于"关口"：鲁迅与中国 / 221

第六段　《中国长城建造时》：成为一个无用的民族 / 226
　　6.1 没有教训：中国人所处的两难绝境 / 232
　　6.2 《中国长城建造时》："墙文化"的形式语言 / 247
　　6.3 形式本身的重构：自然的弥赛亚化 / 256
　　6.4 无用的民族：时间的加速度与折叠的拓扑学 / 265

第七段　总是来得太晚：皇帝的圣旨 / 271
　7.1 看似不必要的文本还原 / 277
　7.2 寄喻：不可能的写作 / 287
　7.3 无限的中国却没有时间 / 296
　7.4 吊诡的工作：认真做某物，又空无所成 / 302
　7.5 不可摧毁之物与弥赛亚性 / 310

第八段　卡夫卡式的吊诡写作：从未抵达与早已结束 / 321
　8.1 句法组织的不可能性 / 325
　8.2 聚集时间的音乐 / 329
　8.3 吊诡的模态 / 333
　8.4 如何解咒 / 337

残段或余论　走向一种无用的文学 / 340

附录　无用文学的三个断片 / 354
　禅教剧：两个中国"犹太拉比"的深夜交谈 / 354
　这是个坏世界？不，是糟糕！不，是还不够糟糕！/ 358
　刺客庖丁谣传 / 368

参考文献 / 383

楔子

阅读卡夫卡:多余的十诫

"我若是一个中国人……"一个犹太人如是说。

"我想,我若是一个中国人,而且马上要回家的话……"[1]一个说德语的、布拉格的犹太人卡夫卡,以虚拟的语气写道。

面对眼前具有东方情调的森林风景,又是写给爱人的书信,并且处于对未来幸福的憧憬中,卡夫卡,于1916年5月,在一封写给未婚妻菲莉斯的明信片上,似乎要彻底放弃自己犹太人身份的本源,回到大自然这个根源,回应某种更为本能的召唤,竟然如此这般写道:

---

[1] [奥]弗兰茨·卡夫卡:《卡夫卡全集》(第10卷),叶廷芳主编,石家庄:河北教育出版社,1996年,第46页。余下所引的卡夫卡语段均来自这个版本,仅标明卷数与页码。译文据德文有改动。除特别注明,所有翻译的改动均由笔者负责。我们不一一注明德文版,而主要以括号写出重要的德文单词与语句,除各种德文单行本,主要参看其德文批评版:Franz Kafka, *Kritische Ausgabe in 15 Bänden*, hrsg. von Jürgen Born, Gerhard Neumann, Malcolm Pasley und Jost Schillemeit, Frankfurt am Main: Fischer Taschenbuch Verlag, 2002。

"人们终究无须崇拜泉源而消瘦,但在这样的森林里只能就地巡游。而此刻良辰美景经由静寂与空无、经由一切生命和非生命的感受力而升华;反之那灰暗、庄重的天气则几乎毫无影响。我想,我若是一个中国人,而且马上要回家的话(从根本上我就是中国人,并且正在回家),也肯定过会儿就忍不住,再来这里重游。"[1]

【第一道阅读法则或第一诫就出现了:不要随意地附会与延伸,阅读卡夫卡的语词与语句一定要停留在它的字面书写上,此表面上的书写纹理已经具有某种中国版画的纹路。比如,这"若是"(wäre)虚拟语气的着重符号标记(ä)就表明了某种悖论,这到底是可能的还是不可能的呢?总是有着某种"好像"或"似乎",而且此"好像"还不可消除。】

与小说的枯燥与反讽不同,卡夫卡在这个温泉疗养处,写到了树木与森林,这封明信片上的文字,与一封1916年5月14日的书信大约同时,而在那封长长的书信中,卡夫卡写到了正在发生的世界大战与自己的神经疼痛,还自我追问道:"生命枝!我的生命枝长在何处,谁锯开了它?"[2]在这次孤独的旅行中,卡夫卡写出了自己诗人一般充满爱意与温情的即兴遐想,而且他再次强调,尽管是在括号里,以略带戏谑的口气,

---

[1] [奥]卡夫卡:《卡夫卡全集》(第10卷),第46页。
[2] [奥]卡夫卡:《卡夫卡全集》(第10卷),第45页。

重复强调了这个语句：

"从根本上我就是中国人，并且正在回家。"

何谓"从根本上"？为什么卡夫卡要说自己"就是"一个中国人？他的"生命枝"要长在何处？而且，只有成为一个中国人，犹太人卡夫卡才可能"回家"？

回家，对于犹太人卡夫卡，似乎只有通过成为一个中国人，才可能！？

是的，也就是说，一个犹太人，从根本上，要成为一个中国人，他才可能回家。就在随后的1917—1918年，在大量阅读老庄道家文本的同时，在写作成熟的时刻，围绕《中国长城建造时》的写作，以"我们的民族"（unser Volk）与"我们中国人"（wir Chinesen）的口吻与笔调，卡夫卡展开了小说的叙事。写着写着，说着说着，卡夫卡好像就变成了一个中国人似的，一个中国学者似的。这是一种什么样的"中国情结"（China Komplex）或"中国动机"（chinesische Motive）？它还与19世纪以来欧洲神学家与汉学家们，尤其是德国文学家们，对于中国的好奇与想象有所不同[1]，只有卡夫卡这个犹太人，第一次认为自己"就是"一个中国人，而且，性命攸关的是，他的生命枝要嫁接在中国文化的生命树上——他只有"成为"一

---

[1] 相关研究著作参阅卫茂平、马佳欣、郑霞《异域的召唤：德国作家与中国文化》，银川：宁夏人民出版社，2002年；詹向红、张成权《中国文化在德国：从莱布尼茨时代到布莱希特时代》，北京：中国社会科学出版社，2016年；曾艳兵《卡夫卡与中国文化》，北京：首都师范大学出版社，2006年。

个中国人,才可能回家!文学史上最为惊人的时刻出现了。

【由此出现阅读与思考卡夫卡写作所必须面对的第二道法则:不再有根基,不再有生命树,但又必须从生命树的根据上思考生命书写的嫁接手法。】

谁是弗朗茨·卡夫卡(Franz Kafka,1883—1924)?一个在布拉格说德语的现代犹太人,现在要成为"一个在布拉格的中国人"!他甚至认为,他的生命枝已经被切断,必须嫁接在中国文化的生命树上才可能余存。犹太民族与中华民族的关系,在"卡夫卡式"(Kafkaesque)的书写中,乃是一种"余存"的关系(如同犹太民族本身就是一个"剩余者"[remainder]或"余外者",在整体与部分的逻辑之外),犹太性与中国性本没有什么关系,这又是一种"多余"的关系(如同中国这个民族之为民族是一种"多余类",在有余与无余的逻辑之外),但又是如此必不可少且无用的必然性关联,因为此余化的关联似乎并没有发生,并没有起什么作用。但这个现代犹太人卡夫卡还一直在悄悄改写着自己的身份,他要在写作中把自己"转化"为一个中国人,这是一种什么样的冒险记与变形记?

从如此余存与多余的关联中,从如此无用的必然性关联中,从如此不可能的关系中,卡夫卡的写作也许从未完成,卡夫卡与中国,这将打开一个新的卡夫卡:未完成的卡夫卡式写作。

【于是出现了第三条阅读法则或第三根生命枝:如何在如此多余的关系中发现如此必需的余存?如何在看似如此无用的关联中找到不同生命彼此共存的必然性条件?】

甚至,卡夫卡在与密伦娜的交往中,认为自己是"最后的中国人"[1]。此外,作为卡夫卡自己名字 Kafka 的一种变音式书写 Kakanien(字面上省略了辅音 f),是对哈布斯堡王朝奥匈帝国"皇帝"的讽刺别名[2]。这个王朝的官僚制度与中国儒家君主政权极为相似,可能这也导致了卡夫卡把《一道圣旨》中的中国帝王身份与自己名字以暗中重叠的方式书写出来——这就是一种从未写出之物,"最后的中国人"也是"最后的帝王"?诗人霍夫曼斯塔尔之前也写过《中国帝王说》,写到世界中心的天子被一道道围墙,即"长城"所围住,这也许暗示了卡夫卡对自己布拉格–犹太人身份的异质化。

对于熟悉犹太教喀巴拉神秘主义"生命树"隐秘复杂象征

---

[1] Bernd Neumann, *Franz Kafka: Gesellschaftskrieger, eine Biographie*, München: Wilhelm Fink Verlag, 2008, S. 492.

[2] 卡夫卡1917年开始中国故事的写作,既是在第一次世界大战期间,也是奥匈帝国强势的皇帝或国父弗朗茨·约瑟夫一世(Franz Josef I, 1830—1916)刚刚去世之际,他有很多加冕称号,比如耶路撒冷国王,这个国王的名字与卡夫卡的名字相同,还有卡夫卡小说中人物的名字也叫约瑟夫与约瑟芬。而1912年大清帝国的灭亡,以及 Friedrich Perzynski 的中国游记与图片则是对卡夫卡的直接刺激(1920年结集出版为 *Von Chinas Gottern.Reise in China*)。如何面对帝国的分裂、战争的冲突、民族之间关联的丧失,如同"分段修建的体系"的危机,以及犹太国家与锡安主义实现的可能性,其中有着某种命运的相似性暗示。参见 *Kafkas China: Band 5*, hrsg. von Kristina Jobst und Harald Neumeyer, Würzburg: Königshausen und Neumann Verlag, 2017; 以 及 Franz Kafka, *Aporien der Assimilation: eine Rekonstruktion seines Romanwerks*, Hrsg. von Bernd Neumann, München: Fink Verlag, 2007。

性意涵的卡夫卡而言,个体生命枝的折断与再生,需要嫁接在道家的生命树上?当然道教"太极图"的自身封闭性可能也不足以面对现代性的混沌冲击了,这需要什么样的魔法式纯语言书写?让喀巴拉充满天使灵知的"生命树"与中国老庄无何有之乡让人安眠的"无用之树"嫁接起来[1]?如同卡夫卡自己写到的:"生命之树——生命的主人。"

【随之也出现了第四条戒律或第四道枝条:生命树在成为个体生命书写的主人时,其主权显露的时刻也必然是无用的。】

犹太人与中国人本不相关,甚至还是对立的。帕斯卡尔在《思想录》中指明了这个对立:"两者之中,哪一个才是更可相信的呢?是摩西呢,还是中国?"西方文化当然认为是摩西!但现在,卡夫卡却要让犹太人转变为中国人,这是一次巧妙的"改宗"?值得注意的是,这个句子是被帕斯卡尔置于括号中的,随后的一句话也许更值得玩味:"这不是一个可以笼统看待的问题。我要告诉你们,其中有些是蒙蔽人的,又有些是照亮人的。"[2]甚至,帕斯卡尔还反对那种认为中国使人蒙昧不

---

[1] 喀巴拉神秘主义对于"生命树"的思考异常繁杂,这里不展开讨论。相关道家文本,参看庄子《逍遥游》结尾的无用之树。余下所引庄子与老子文本,参看陈鼓应《庄子今注今译》,北京:商务印书馆,2016年;杨柳桥《庄子译注》,上海:上海古籍出版社,2006年;陈鼓应《老子今注今译》,北京:商务印书馆,2016年。不再一一注明。

[2] [法]帕斯卡尔:《思想录》,何兆武译,北京:商务印书馆,1985年,第266页。法国哲学家与汉学家朱利安(于连)有所讨论,参看[法]弗朗索瓦·于连、狄艾里·马尔塞斯《(经由中国)从外部反思欧洲——远西对话》,张放译,郑州:大象出版社,2005年。

清的指控，认为中国也有明晰性与光亮可寻，值得去寻找。但这是什么光亮呢？对汉学和精神分析有过研究的哲学家克里斯蒂娃也思考了这个问题，如何"细看"而不是笼统看中国，依然是巨大的挑战。中国人真的没有本质吗？西方人在欣赏中国的灵活性与适应性时如何看到其致命的缺陷？这难道不是一张"死皮"——"对生命过程既专制独裁又没能真正掌控"[1]？对于卡夫卡，个体的书写，每日持久又无用的书写——不是为了发表，甚至是为了烧毁，如此在余烬上的书写，就是为了去除这层无处不在的"死皮"？

从根本上，这是一个"无关之联"或一种"没有关系的关系"，一种不可能的关系，一种不可能的逻辑！也许，整个现代性的生命关联都处于这种"没有关系的关系"或"无关之联"的悖论中，一种现代性才出现的"X without X"的绝对悖论中。如同布朗肖接续卡夫卡的写作，如同德里达使之更为明确化的悖论逻辑或"双重约束"[2]：必然有着关系，但也必然没有关系，无关之联，这是现代性最为根本的逻辑或最为普遍性的生存

---

[1] ［法］克里斯蒂娃：《摩西、弗洛伊德与中国》，见《克里斯蒂娃自选集》，赵英晖译，上海：复旦大学出版社，2015年，第181页。或许克里斯蒂娃比朱利安更为彻底地看到了中国文化的根本问题，只是克里斯蒂娃也并没有深入思考这层"死皮"如何一直裹住中国人的身体与灵魂，而这正是我们要思考的核心问题。卡夫卡的写作不过是借助弥赛亚主义的"天眼"撕开了这层"死皮"——这就是无处不在的"天敌"。

[2] Jacques Derrida, *Parages*, Paris: Galilée, 1986. 德里达在这本关于布朗肖的专门研究中，思考了后者奇特的"诡步"（pas sans pas）逻辑，这是西方思想对于吊诡与无用最为复杂的讨论，无疑也将渗透到我们当下的写作中。

情态。

【此第五道法则与戒律异常诡异:一切表达都富有逻辑的严格性,但一切逻辑"也许"都是无用的,悖论是可解的,但悖论也是不可能解决的。这是 pas sans pas(无步之伐,step without step),乃至于 sans sans sans(绝无之绝,without with-out without)的吊诡播散逻辑(对应庄子的"无无"),在法语中这两种语句的诡异多变与不可确定性,也将贯穿在我们对于卡夫卡与道家的吊诡思考中,无疑这也是现代性最为吊诡的书写"逻辑"之一。】

"无关之联":来自卡夫卡对老庄道家文本的仔细阅读,在并不可靠的传记——年轻崇拜者古斯塔夫·雅诺施的《卡夫卡对话录》中,写到了卡夫卡对老庄的着迷。对于我们,可能更为关键的是去再次阅读卡夫卡很多日记中的格言与片段,寻觅一个犹太人转化为中国人的方式或道路。这需要我们有着双重的听力与敏感,因为卡夫卡的很多语句其实都受到老子与庄子思想的影响,这是异常微妙与巧妙的改写。这些改写——因为西方学者不能阅读中文,而中国研究者也有着对于卡夫卡德语改写的盲目——迄今为止,还一直没有被发现出来。

【这是第六道法则:阅读只能开始于一种假借之力,一种看似无用的助力,开始于彼此的盲点。但只有如此的行动,才可能得到天使的帮助!寻找卡夫卡文本中的新天使,将是无用的文学之令人

着迷的冲动。】

这些语句，这些残碎的语句，一直在那里，如同一节节断裂的铁丝，一直在冰冷地燃烧。是的，冰冷地燃烧，很少有人感受到它们矛盾的激烈性。在德语中，依然被冷冻着，有待于思想的触动而得以解冻。

一个尚未完成的卡夫卡，在走向广义的无用文学写作时，成为无用的教义之助力时，将更为明显。

卡夫卡与中国，这是我们阅读卡夫卡文本时必须面对的问题：为何卡夫卡要认为自己是一个中国人？为何只是在20世纪，一个现代犹太人要把自己转变为一个中国人才可能回家？为何还要成为一个半吊子的或自我嘲讽的中国学者——一个准汉学家？一个学习了一半希伯来语，从翻译作品中学习了一点点中国智慧的人，当然只能是一个不合格的助手，一个有些笨拙的助手，但正是这样的"助手"才至为关键，才可能施行某种意外的转变。

而如此的转化与变形，有着什么样的现代性意义？它只是犹太人的需要吗？也许与之相应，一个中国人也要转化为一个犹太人？或者，一个德国人也要转变为犹太人？

如同现代化的中国，就是不断把自己的思想德国化，无论是中国哲学的德国古典化与现象学化，还是意识形态的马克思主义化，如此多重的转化与变异（吊诡的问题是：这真的让中国人的生命与精神结构改变了吗？），中国人不就有了一个德国式的脑袋？但是，20世纪德国的第三帝国却在杀戮犹太人。也许因为预感到即将来临的大屠杀，他才认为只有从犹太人转变为中国人，或者德国人也转变为中国人，才可能避免大屠杀的发生？同时，我们中国人只有转变为犹太人，才可能避免"文化大革命"的暴力？但这也许只是个一厢情愿的梦想与愿望而已。又或许，这就是卡夫卡对于中国的想象与期待。

卡夫卡与中国，犹太人成为中国人，中国人成为犹太人。如果犹太人是"他者性"的化身，那么中国人则是"自然性"的化身。如果在列维纳斯那里面容是他者的显现，那么在中国人那里，则并非人性，而是自然山水画与花鸟画，或者就是汉字在书写时的面相。现在，他者性与自然性将发生感通与转化，如同女权主义有所梦想的转化，但这是不可能的关系，这是不可能的转化。然而，这是现代性重写中最为惊人的梦想，它可能已经发生在卡夫卡的写作世界中，它需要再次被书写出来，它在卡夫卡的文本里，却从未成为研究的主题。如果有着所谓的阅读，它将如同本雅明所言：这是去发现从未写出之物，这是去发现一种生命转化的变形记，发现一种无用的文学。

【卡夫卡与中国，只有同时带着双重的目光——中国道家的神秘主义与犹太教喀巴拉的神秘主义，且带着中国人与犹太人"无关之联"的吊诡关系，我们才可能发现这些语句的奇特之处，才能进入卡夫卡神奇的书写世界，成为一个勉强合格的书写备忘录的"助手"。】

这些片段主要来自卡夫卡1917年左右的日记。从1916年冬天开始，卡夫卡就在约80页的八开笔记本上写作（中文见《卡夫卡全集》第5卷），其中的格言被友人勃罗德编辑出来，大约作于1917年10月19日至1918年2月26日，有近百条是卡夫卡自己选择出来的（这些条目是卡夫卡自己编写的，但标题《对罪愆、苦难、希望和真正的道路的观察》则是勃罗德所加）。这些语句一直在那里，因为我们缺乏准确的问题与视角，它们在那里却并没有显出自己的峥嵘——"不可摧毁之物"的信仰及其存在的解放：

"理论上存在一种完美的幸福可能性：相信心中的不可摧毁性，但不去追求它。"[1]

——没有此不可摧毁之物的信念，不会有真正的信仰，如果有着弥赛亚，那是对此不可摧毁之物的见证。但是，如此的弥赛亚又是多余与无用的，因为有此信仰，却不去追求它。不去追求，乃是让此信念不去试图成为夸耀，也不去外在实现，

---

[1] ［奥］卡夫卡：《卡夫卡全集》(第5卷)，第53页。

以免导致破坏,去摧毁其他事物。这是弥赛亚信仰的彻底个体内在化?这是弥赛亚的无用,这是无用的神学。

【由此出现阅读的第七道法则:阅读卡夫卡的著作,乃是对此不可摧毁之物信念的唤醒,但不要去运用此信念,否则会成为偶像崇拜。无论是文学的还是神学的偶像崇拜,甚至连荒诞与虚妄的崇拜也不允许。】

1917年,也许可以被称为卡夫卡的"成熟之年"或"创伤年代"[1],甚至是"转折之年",其格言体的写作方式,严峻自我反思的准确提炼与提纯,让卡夫卡在语言表达与思想悖论上达到了极端的自觉。而其转折的标记,也许还来自《中国长城建造时》的写作,也许就来自中国老庄的激发。

如此断片化与日记式的写作方式,看起来就如同德国浪漫派所要求的断片式写作,以日记的笔记本方式,也便于日常携带。卡夫卡随时写下这些短句与长句,断断续续,有的如同散文,有的还是对话,甚至就是小说的片段与雏形,形成了一种个体化的"杂文式"写作,就如同"浪漫"这个词的原意本来应该是混杂多样的总汇诗,作为潜能的有机体,只是萌芽的种子,甚至一直处于某种拒绝成为作品的原则,即写作

---

[1] [德] 克劳斯·瓦根巴赫:《卡夫卡》,孟蔚彦译,北京:中国社会科学出版社,1992年,第140页。值得注意的是,1917年可能也是现代犹太人心智的成熟之年:1916年左右,本雅明与肖勒姆也找到了自己的犹太性思想方向,本雅明1916年与布伯讨论语言的书信,以及寄给肖勒姆的语言学论文,就是最为明确的标志。

本身以无作与无用为条件。[1]这些笔记本上还有：涂鸦，谜一样的姓名、地址，信件草稿，已经完成的作品的关键词清单，撕下与调换的页面，粘贴上去的纸条……[2]以至于根本无法整理，或者按照德国研究者的洞见：这其实也是暗示"分段修建的体系"的不可能成功，或者说此种工作方式的"无用"——也许如此的断片写作方式，就来自卡夫卡臆想中国长城建造的方式，卡夫卡似乎把一种中国式的总体生存运作模式转化成了一种普遍化的文本写作方式，即，卡夫卡以一种道家无用论的方式来建构自己的整个写作，无论是文体还是问题，卡夫卡以此针对自己玻璃球游戏方法的不适当，而如此拼贴的方法当然也好似一个笨拙助手的拼凑了。直到最后，承认自己的失败，烧毁自己的手稿，使其不成为作品，以见证一种无用的书写，为了无用的文学，卡夫卡式的写作已经在灰烬或余灰上完成。也许1920年代的鲁迅也有着同样的"混杂式书写"的痕迹（这也是"杂文"式书写的现代性文体特征？）。

而且，在刚刚开始写这些笔记时，卡夫卡还写了一个梦或者一个不是小说的小说，即一个中国人来访，这个中国人说着不被听懂的语言，引起好奇，他还逃避梦中的"我"，"我"

---

1 ［法］菲利普·拉库-拉巴尔特、让-吕克·南希：《文学的绝对：德国浪漫派文学理论》，张小鲁等译，南京：译林出版社，2012年，第42—43页。
2 ［德］莱纳·史塔赫：《领悟年代：卡夫卡的一生》，董璐译，哈尔滨：黑龙江教育出版社，2017年，第121、187—189页（Annette Schütterle, *Franz Kafkas Oktavhefte Ein. Schreibprozess als 'System des Teilbaues'.*）。

抓住他的丝绸腰才把他抓回来。这是一个小个子的"学者",这个开始时的梦似乎预示了整个卡夫卡写作的"中国梦"——期待得到一个中国神秘学者(也许就是一个笨拙助手)帮助的梦。

【这是阅读的第八道法则:只能以"断片式"或"分段修建"的方式去阅读,一切需要重新裁剪与拼贴,并没有现存已经完成的文本,一切有待于到来的阅读者以自己的问题去重组。】

道家的方法只是"助力",道家化的解读只是"助手式"或"协助式"的备忘录准备,如同柏拉图的纯粹哲学真理其实需要帮助,不可能直接传达,现代人也不可能从古代直接获取真理。在卡夫卡与雅诺施的对话涉及老庄的段落中,卡夫卡明确指出了只有在此时此地,人们才能获得真理或者失去真理,而且并没有任何现存的指导原则,通向真理的道路并没有时刻表,任何开方子的行为本身就是倒退,就是怀疑,因而是歧路的开始;唯一的出发点,就是认识到自己的不足,因而需要被帮助。就如同卡夫卡异常彻底地认定:"在你与世界的争斗中,你要为世界充当帮手。"[1]

中国学界的卡夫卡研究不是没有注意到卡夫卡与中国文化以及老庄之间的关系,但没有深入分析这些语句中隐含的个人化"经验改写"(卡夫卡如何面对个体的虚无经验?),也没有

---

[1] [奥]卡夫卡:《卡夫卡全集》(第5卷),第8页。

将其展开为一种根本的"解读原则"（道家的无用论如何改写犹太教塔木德的解经学？），更没有提高为一种普遍性的现代性问题及其"原理变异"（在彼此的变形记中是否可以化解现代性的暴力？）。卡夫卡式的道家或犹太的道家化在于：经验改写——解读原则——原理变异，都集中于对"无用"的重新思考。当然，这只是助力而已，只是某种隐含着的默化力量。一切都要变异，但一切还是无用。如同英国汉学家亚瑟·威利曾经对伽内蒂所言的，卡夫卡有着"自然化的道家主义"倾向[1]。

我们这些研究者，如同卡夫卡很多日记中即兴书写的断片故事都在描绘的一些苦苦研究的学生与经师，仅仅是助手，我们的所有解读，也总是显得笨拙无比，甚至显得愚蠢，只是尽量不让自己的鼻子挡住自己前行之路的视线，不让自己的脚绊住自己的上路。

---

[1] Elias Canetti, *Der andere Prozeβ, Kafkas Briefe an Felice*, München-Wien: Carl Hanser Verlag, 1984, S. 89. 在伽内蒂与亚瑟·威利看来，"就中国诗人所具有的本质而言，唯一在西方有所证明的，则是卡夫卡"，就是因为其自然化的道家倾向，这才有伽内蒂所言的："哲学家，出于膨胀：尼采；出于呼吸：庄子。"伽内蒂由此判断尼采与卡夫卡的差别，即尼采给穆齐尔所施加的那些影响，却没有给予卡夫卡，这个差别让伽内蒂看到了自己与卡夫卡的关联，以及与尼采的根本差异。其关键点可能也在于卡夫卡与中国的关联？尤其是"变小"——比如卡夫卡小说中的小动物们？而尼采则太西方化，太追求崇高与伟大的政治了？更为关键的是，伽内蒂在该书中，在另一种漫长重构的"诉讼"中，也同样注意到了卡夫卡写给菲莉斯情书中那段自己要成为中国人的设想，看到了这个风景的道家特色与中国山水画的对应。当然，这也是非常有趣的问题：为何在与菲莉斯小姐打交道时，卡夫卡要反复把自己转化为一个中国文人（引用袁枚的诗歌）或道家主义者呢？这是卡夫卡个人的道家化，乃至于女性化（后来本雅明在《拱廊街》中所想象的母性的弥赛亚）？此有待重新展开一次"诉讼"的判决。

【阅读的第九道法则出现了：看似笨拙的助手，也许最能带来助力，也只有承认自身的愚蠢，智慧的交流才可能发生，反讽就成为杂文书写的先在条件。】

在一个丧失了真理的世界，有着无数的真实，甚至是残酷的现实处境，但如此残酷的"真实"处境，甚至是个体不可治愈的痛苦，却并不通向"真理"。即，即便是巨大的灾难，就如同卡夫卡已经预感到的即将来临的大屠杀，如此可怕的灾难事件，也并不具有真理性的内涵。

这就是现代性生存的悖论：有着切身的受难，但这是无用的受难，此受难无法通向真理；真实并不意味着真理，连痛苦的真实都无法通向真理。卡夫卡的写作乃是对此处境最为彻底的揭示，那文学写作的真理性内涵何在？任何寓意写作也只是教义的残骸或者剩余物，但此最后的剩余物则是那不可摧毁的信念，在真实与真理之间，只有一点点差别，如同那要来临的救赎世界与这个丑恶世界之间的那一点点差异，就是此"不可摧毁"的信念。

【这里的任一解释学原则，尽管有时候声音稍微显得刺耳响亮，但只是个体苦思后的某种发泄，仅仅是道路上的临时停顿与持久踌躇，只是表明某种探路的路标而已。卡夫卡唯一害怕的是不耐烦与懒惰，如同布朗肖敏锐感受到的生存情调。文学的写作与阅读并没有道与路可走，只有在路上足够的踌躇与犹豫，足够的停留与停

顿，切莫着急与不耐烦，阅读的耐心是唯一的标准。】

"我想，我若是一个中国人，而且马上要回家的话。"卡夫卡锤打着自己的内心如是说。

在德里达式书写《明信片》的意义上，写在这张明信片上的话语，可能从未抵达过西方思想界的领地，当然它的信息可能也从未被"我们中国人"接收到，它一直还在漂浮与传递之中，它可能已经字迹模糊了，几乎不可读了。

这个写在明信片上的"卡夫卡与中国"的关联是否真的存在过？所有看到的读者一扫而过，可能都读得太快了，它不得不等待一场"新的诉讼"，不得不接受新的空无之锤打。

【这是阅读的第十条法则：不可能成为作品，写作一开始就以拒绝作品为条件。这些文字在那里，却从未被以一种不可能的可能性或不可读之读的方式去解读，无用之为大用，"用无用"，乃是一种新的阅读方式。】

那在卡夫卡生前尚未完成的写作，将继续保持其未完成性，将走向一种无用的文学；而无用的文学并不存在，它只是隐藏在断片被重新连接的时刻；无用的文学并不存在，只是在重写中，在死灰或余烬点燃的时刻；阅读，不过是去发现这从未写出之物。[1]

---

[1] "阅读从未写出之物"，这个句子首先来自诗人霍夫曼斯塔尔1893年的戏剧《傻子与死亡》(*Der Tor und der Tod*)，后来被本雅明扩展为一种普遍的阅读原则 (Walter Benjamin, *Gesammelte Schriften II*, Frankfurt am Main: Suhrkamp Verlag, 1991, S. 210.)。

切片

卡夫卡与中国：无关之联与空无之道

> 现实的实在性一直是非现实的，您看到了如此清晰、纯粹与真实的中国颜色的木刻画。
> 于是能够说——事物就应该如此。
>
> ——卡夫卡

卡夫卡与中国，卡夫卡与道家，仅凭一些只言片语就可以建构出某种新的解释学？这些散在的语句，只能作为辅助记录的语句而已，如何可能走向另一种新的文学，走向一种无用的文学？这几乎是不可能的事情。

那就让我们重新走进这些散在的语句之中，它们被挑选出来，也并不那么全面，只是供辅助之用。也许有些完全无用，甚至可能还偏题了。

1. 按照时间顺序，第一个相关的语句异常简短，但在卡夫卡看似戏谑的改写中，颠覆了整个西方神学想象的价值体系，这是第18条（来自1917年11月9日的笔记）：

> 如果当时有这种可能性：建造巴比伦之塔，而并不爬上去，此建造就本该会得到允许了。[1]

——这难道不是卡夫卡以道家"无为"与"无用"的思想，来改造犹太圣经《创世记》的故事与寓意吗？

一方面，《创世记》第十一章第一至九节写道：

> 那时，天下人的口音言语都是一样。他们往东边迁移的时候，在示拿地遇见一片平原，就住在那里。他们彼此商量说："来吧，我们要作砖，把砖烧透了。"他们就拿砖当石头，又拿石漆当灰泥。他们说："来吧，我们要建造一座城和一座塔，塔顶通天，为要传扬我们的名，免得我们分散在全地上。"耶和华降临，要看看世人所建造的城和塔。耶和华说："看哪，他们成为一样的人民，都是一样的言语，如今既作起这事来，以后他们所要作的事就没有不成就的了。我们下去，在那里变乱他们的口音，使他们的言语彼此不通。"于是，耶和华使他们从那里分散在全地上，他们就停工不造那城了。因为耶和华在那里变乱天下人的言语，使众人分散在全地上，所以那城名叫巴别。

---

1 ［奥］卡夫卡：《卡夫卡全集》（第5卷），第5页。

另一方面，老子的《道德经》，奇妙的也是第十一章：

> 三十辐，共一毂，当其无，有车之用。埏埴以为器，当其无，有器之用。凿户牖以为室，当其无，有室之用。故有之以为利，无之以为用。

这是双重的书写，彼此的改写，这一反讽的书写方式充分体现了卡夫卡式的改写逻辑：一方面，要亲自认真地做某事，绝对地用心与专心，要建造抵达天国的高塔，如同美国人建造世贸双塔一般；另一方面，要无所事事，要什么都没有做，且要做出一个空无，即不去用它，使之空置，这样或许就不会有"9·11"世贸双塔被炸的毁灭性灾难事件。当然，更为微妙的说法与要求是，二者必须同时进行，要把这个空无做出来，要让空无来为。

当然，这也就彻底改写了整个《创世记》以来巴别塔被摧毁的故事及其寓意，这是连美国世贸大厦双子塔都没有避开的命运，或者本来可以避开的厄运：建造了，却不爬上去，即不去用那个高处，不去炫耀人类的荣耀，不去自我复制至高的象征，不去自我居有至高的主权，也就不会招致对于象征主权更为彻底的怨恨与摧毁的敌意。只有悬置自己的用心，不去为，才可以让巴别塔不被摧毁，既要让人类的好奇心得到满足，又要克制此野心的自我膨胀。如此的反讽式改写，甚至是对上帝意旨的改写了。[1]

与之同时，巴别塔的建造主题已经重叠在卡夫卡1917年同时写作的《中国长城建造时》的基本动机中，为何中国的始皇帝要建造一个如此巨大的工程？这个万里长城的浩大工程，以一块块砖石建构而成，就如同巴别塔的建造，其实二者都从根本上就不可能完成，甚至，长城就其防御功能而言也在根本上并没有什么用处，即，如此的庞然大物也许是无用的！而且，长城的建造是"水平"式空间，而犹太教的巴别塔是"垂直"的维度，一个以空间延展化为主，一个强调时间的垂直性，二者的差异会成为卡夫卡书写方式的核心问题，一旦垂直的救赎不再可能，弥赛亚的救世就必须下降到更为自然化的层面？弥赛亚就必须自然化？如同小说中写到的，巴别塔的倒塌在于基础不牢而必然失败，"在人类历史上只有长城才会第一次给一座新巴别塔创造一个稳固的基础。因此，先筑长城，而后才建塔"。但是，如果长城造得并不连贯，"甚至，这样的长城非但不能起防御作用，这一建筑物本身就存在着经常性

---

[1] 当然，"无为"与"不去为"，"无用"与"不去用"，二者之间有着微妙的差异。就如同梅尔维尔的小说《书记员巴特雷比》的那句"我宁愿不"，启示一种佛教式世俗化圣人的"不去为"，在德勒兹与德里达，在阿甘本与齐泽克，有着非常丰富的不同解读，并以此反对资本主义的全球化总体实用主义；但是，在卡夫卡与本雅明，在布莱希特与海德格尔，却有着另一种更为彻底的道路，就是"为无为"与"用无用"。二者的根本差异在于，前者还有着主体的绝对意志，后者则是放弃主体意志而走向"让予"。这也是"小化的文学"与"无用的文学"之细微差异，但此微小的差异却会产生巨大的间距。

的危险"。[1]如果是这样的话,自然就需要弥赛亚化。

如果有着新的神学-哲学解释学,有着新的叙事艺术,则是不止息地展开这一双重的改写:对于"神性意旨"的改写,对于整个"建筑术"的改造,以道家的"无用"来改写圣经的"神秘",同时也以圣经的"寓意"来改写道家的"玄思",这正是无用解释学的普遍性原则,请再次原谅我们如此笨拙与响亮的表达。

与之相应的语句还关涉到"不可摧毁之物"(第69条):

"理论上存在一种完美的幸福的可能性:相信心中的不可摧毁性,但不去追求它。"

——不可摧毁之物,对于卡夫卡,几乎就是上帝的别名,在这里,不去追求它,这也是弥赛亚的无用化,无用的神学——这还是神学尚未思考的主题。

在卡夫卡看来,如果我们这些不幸的人类只是上帝头脑中的一个坏脾气,我们这个世界不过是此坏脾气形成的一个"坏世界",或者就是一场瘟疫,或者是一个虚无主义的玩笑,那么,是否也可以修改此笑话,是否可以重新编辑那病毒,使之稍微变好一点点?卡夫卡的写作,似乎就是试图将道家的自然化种子植入西方上帝的意念,这是弥赛亚的自然化。

这就是本雅明后来研究卡夫卡时的顿悟:

---

[1] [奥]卡夫卡:《卡夫卡全集》(第1卷),第376页。

"此外也不要否认中国智慧的直观范围。"[1]

——这个可直观的中国智慧,就是无用的智慧?

2. 随后一则更为明显地来自对于庄子文本的改写(第24条,或1917年11月12日的笔记):

> 理解这种幸福:这个地面,你所站立的地面,不超出你双足所覆盖的大小。[2]

——这个句子显然也是对庄子与惠子对话"子言无用"的改写,尽管没有提及无用。注意到此微妙改写的研究者几乎没有。庄子的语段来自《外物》:

> 惠子谓庄子曰:"子言无用。"庄子曰:"知无用而始可与言用矣。天地非不广且大也,人之所用容足耳。然则厕足而垫之致黄泉,人尚有用乎?"惠子曰:"无用。"庄子曰:"然则无用之为用也亦明矣。"

海德格尔在1945年德意志处于危机与战败时刻所书写的战俘营年轻人与年老者之间的虚拟对话(即《晚间交谈》),也是以这段对话作为结尾[3],但实际上整个对话都贯彻着一个召

---

[1] Walter Benjamin, *Gesammelte Schriften II*, Frankfurt am Main: Suhrkamp Verlag, 1991, S. 1243.

[2] [奥]卡夫卡:《卡夫卡全集》(第5卷),第5页。

[3] Martin Heidegger, *Feldweg-Gespräche (1944/45)* (GA77), hrsg. von Ingrid Schüssler, Frankfurt am Main: Vittorio Klostermann, 1995, S. 234;[德]海德格尔:《乡间路上的谈话》(GA77),孙周兴译,北京:商务印书馆,2018年,第239页。

唤——让德意志成为一个等待与无用的民族，如此的召唤与微弱光亮的寻找，其潜在意义将更大。[1]

为何一个犹太人，以及一个德国人，都对这个语段感兴趣？因为这是西方从未思考的问题：如何成为一个无用之人？无用又如何有着大用？如何再次发明一种无用的吊诡式思想，一种无用的文学？

卡夫卡对于人类身体姿态的敏感与反观，对于幸福的日常性与虚无感的经验，在这里，还受到了庄子与惠子对话的影响，因为抵达黄泉的死地，乃是瞬间的虚无幻象，是深渊的洞开，也就指明了人类一切欲望的无用性！幸福在于"知足"（一个奇妙的汉语双关语），只是双脚的大小就足够了，其实这也是把自己"变小"，并认识到生存之根基的无根基性，即，"无用性"才是幸福的条件与根据。

接着这个句子，日记后面还有一句："除非遁入这个世界之中，否则又怎么会对这个世界感到欣喜呢？"这个遁隐到世界本身的彻底性姿态，如同下到地狱中的勇气，才是感到欣喜的条件，这也是从真正的对手那里感到无尽的勇气，这也是在与世界的斗争中要去帮助世界。

3. 随后这一则，来自1917年11月21日的笔记，卡夫卡也

---

[1] 参看夏可君《一个等待与无用的民族——庄子与海德格尔的第二次转向》，北京：北京大学出版社，2017年。

写到了"无用":

> 对象的无用能够让人误认手段的无用。[1]

——卡夫卡继续展开着无用的思考,也许这个时候,卡夫卡的枕边书就是老子的《道德经》与庄子的《南华真经》,尤其是后者。对象的无用——比如那些大而无当之物,或者"大象无形"之物,这些事物不可能对象化而得到认知,也不可能被人类使用,但这会导致人类不去发明使用它们的方式,导致人类误以为任何手段都是无用的。卡夫卡如此区分,要说明什么呢?这是对象与手段的分离,在日记同一天的思考语境中,乃是面对恶与善的关系,似乎对于卡夫卡而言,"恶"这个对象的无用,会导致人无法认识恶在手段中的作用,或者相反,"善"在一定意义上是绝望,善是无用的,但并不能否认行善的重要性。

与之相关的还有:"有目的,却无路;我们称之为路的,无非是踌躇。"[2]——这是前几天的日记(11月18日),把目的与道路分离,也是手段与目的之分离,无路也是无道,这是一个无道的世界,只有"踌躇",根本不可能上路,在一个"无道"的世界,如何可能"上路"?或者说,也正是这接下来的语句,思考了积极与消极的差异,积极的任务已经发生并完成

---

1 [奥]卡夫卡:《卡夫卡全集》(第5卷),第41页。
2 [奥]卡夫卡:《卡夫卡全集》(第5卷),第41页。

了，而消极之事却落在我们身上，如何做此消极之事？这是另一种无为的手段？

在1917年这段转折时期，卡夫卡形成了一种独特的目光，一种逆反的思维："一个笼子寻找着一只鸟。"这个句子的出现，体现了卡夫卡双重颠倒的逻辑：一方面，本来笼子是用来关住飞鸟，现在却要去寻找鸟，即鸟已经飞走逃逸，但鸟似乎又不可能不被笼子关起来，整个天空都可能是一个笼子，整个世界都是一座笼子，甚至鸟都不可能从中逃出，这是人性的普遍囚徒困境；另一方面，本来笼子是静止的非生命物体，鸟是运动的生命体，但现在反倒是物要"物化"，笼子要变成飞鸟，这是不可能的事情，但这是救赎的奇迹。当然，这个句子也是对耶稣这个拉比神秘地寻找上帝的解释学反讽（"寻找，就寻见"[1]），或者这也是对庄子《逍遥游》开头"鱼化为鸟"的改写？这是一种"物化"的新思维？一种新的变形记？

"笼子"形象的出现，表明卡夫卡在面对这个世界最为困难的处境——面对"天敌"的必然失败命运（如同本雅明在研究卡夫卡时指出的生活与劳作的组织，作为"政治"一词的变

---

[1] 卡夫卡在同时期的日记中写道："谁若寻找，便找不到，可是谁若不找，便会找到。"（《卡夫卡全集》第5卷，第51页）显然，卡夫卡在这里解构着耶稣的原话（《马太福音》7∶7），此基督教的解构已经转变为道家式的无用解构书写，如同卡夫卡在书信中，对亚伯拉罕献祭行动的克尔凯郭尔式基督教与拉比犹太教解经学的双重解构书写，这是后来被德里达等人注意到的反讽书写。

种，被定义为命运）[1]：

其一，是自然界的天敌。老鼠总是被猫吃掉，老鼠总是猫爪下的玩物，这是自然的铁律。卡夫卡反复写到老鼠与猫的不可逃的关系，此动物的生存状态被寓意式扩展，或者人类本来就在模仿动物的形态，这是寓意写作的形态学观察。

其二，是人类的命运。人类总是上帝的玩偶，人类总是律法与法则的囚徒，犹太人比任何民族对此都更为惊恐，何况耶和华上帝还是一个愤怒与爱嫉妒的神，人类已经被判刑，以原罪被铭刻，体现在知识之树的妥拉中所颁布的各种规则与禁令之中，而那隐秘的生命之树可以解放生命的自由如何被释放出来一直是一个谜。

其三，古老东方的命运呢？在中华帝国则是臣民与天子的关系，天子获得上天给予的绝对权力——来自自然生育的事实成了天理，臣民不可能违背天子的意愿，即便推翻一个王朝，还是会有另一个家天下出现，臣民们还是需要一个天子，这是一种命运结构的顺从。

其四，则是现代社会的个体面对官僚机器的无力。也即是说，捕鼠器无处不在。这是庄子所言的"无所逃于天地之间"

---

[1] ［德］本雅明：《无法扼杀的愉悦》，陈敏译，北京：北京师范大学出版社，2016年，第17页。本雅明在这里讨论的组织和命运，指向中国长城建造需要的艰难工作，一种古老的官僚制成了现代性的模型或形象，且有着命运一般不可解的神秘，还只能通过譬喻式写作才可能揭示出来。但问题在于，如此的譬喻化书写，是否也只是一个譬喻，能够走出此譬喻的神秘吗？这正是卡夫卡的写作与本雅明的思考都要面对的吊诡。

以及"知其不可奈何而安之若命"。这也是老子《道德经》第五章所言的"刍狗":"天地不仁,以万物为刍狗;圣人不仁,以百姓为刍狗。"也就是说,这些被宰割之物,是可以随意被抛弃与轻视的,它们有用——注定被打败,它们也无用——随时可以被抛弃与无视。卡夫卡面对此"天敌"的无处不在:现代官僚制度与法庭审判,各种拜物教,权力的绝对迷恋,生本能的欲求,甚至幸福的渴望,比如说,与一个女人结婚,对于卡夫卡而言,可能这也是进入了天敌的控制与生活法则之中,因此他才不断逃避婚姻(这在给几位女性的书信中表现得非常明显)?这些都会把一个个个体轻易击垮。任何一个个体,一旦进入世界,就已经被审判,处于被天敌判决的威胁之中,不可能逃避此地狱般的处境。

当然,既然是"天敌"——这是卡夫卡并没有直接说出的词,但他仔细分析了自己"鼠性"一般的根本恐惧:"我不是心理分析学家。诚然,我的恐惧像老鼠等有害动物的恐惧一样,都与这些动物出乎意料的、不请自来的、不可避免的、有几分沉默的、顽强的、鬼鬼祟祟的出现相关……"无疑,卡夫卡小说中的所有角色都带有这里异常准确描述的"鼠性",如此的自我剖析与日常生活的描绘出现在1917年给好友勃罗德的书信中,卡夫卡还继续与勃罗德对话:"我回想起你曾多次向我讲起的特别陷阱。……陷阱还在引诱老鼠,这是要灭绝它们,将它们打死。"[1] 陷阱无处不在,捕鼠器无处不在,卡夫卡一直在改写老鼠与猫的"对话",尽管有时找到了生死相触的切点,有时仅仅陷入琐细与散碎,但卡夫卡在面对此不可逃出的陷阱状态时,已经被激发了那不可被摧毁之物的"信念"——也许这信念针对的就是这个极端被动的境况,因为天敌来自某种先天性与自然性,先天性是先在的条件——离开了此条件将不再有人类,自然性——是人类之前又延续到人类存活所必需的生存条件,如何可能打败此天敌?除非不断激发那个不可摧毁之物的信念与信仰。

此"天敌"状态导致人性本身处于一种"受刑"状态,这是卡夫卡充分认识到的生存处境:"比处决糟糕得多,那本身就是受刑。刑法不是我们自己发明的,而是从疾病那里偷看来的。可是这样的刑法没有一个人胆敢施与,在这儿是长年受刑,为不让受刑过程进行得太快而故意停顿——最特别的是——受刑者出于自己的意志、出于可怜的内心愿望而强迫自己延长受刑期。"[2] 此不断遭受的刑罚,不可解开的受刑状态,正是《在流刑营》中的刑法范例式书写,不得不以肉身来承受法之书写。

这也与庄子对于"天刑"(既是法则也是处罚)的思考相

---

[1] [奥]卡夫卡:《卡夫卡全集》(第7卷),第258—259页。
[2] [奥]卡夫卡:《卡夫卡全集》(第7卷),第371页。

通[1]:"遁天倍情,忘其所受,古者谓之遁天之刑。"(《养生主》)"殆往而刑耳。"以及:"方今之时,仅免刑焉。"(《人间世》)无趾曰:"天刑之,安可解!"(《德充符》)甚至庄子让孔子自认为自己:"丘,天之戮民也。虽然,吾与汝共之。"(《大宗师》)庄子就把时代定义为"刑戮者相望"(《在宥》)的时代,如果是这样,怎么可解?如何解除此天刑之苦?"古者谓之遁天之刑。圣人安其所安,不安其所不安;众人安其所不安,不安其所安。"(《列御寇》)如何从天刑与天敌的无所逃于天地之间,能够知其无可奈何而安之若命?与天敌的斗争不可能胜利,因此只能陷入被天敌操纵的命运,又只能以牺牲品的身份获得苟延残喘的机会,整个世界就只能更加败坏。面对一个越来越"坏"的世界,是继续与之一道坏下去,还是唤醒那个"不可摧毁之物",这是艰难的抉择。在一个无道的世界上,生命之安息来自何处?我们已经违反了自然与本性,忘掉了切身感受,从而导致违失了自然之法,因而必然导致处罚。当然这里也有着圣人必然受苦的德福不一致,有着救赎与补救的需要。

进入现代性,不同于整个传统,就是面对此天敌的方式开

---

[1] 所引庄子与老子的语句,参看相关德文翻译,以卫礼贤为主,这也是卡夫卡主要参考的文本。Richard Wilhelm, *Laotse, Tao Te King, Das Buch vom Sinn und Leben*(老子《道德经》),Jena:Verlegt bei Eugen Diederichs, 1910; Richard Wilhelm, *Dschuang Dsi, Das Wahre Buch vom südlichen Blütenland*(庄子《南华真经》), Jena: Verlegt bei Eugen Diederichs, 1912; 以及布伯的选译本, Martin Buber, *Schriften zur chinesischen Philosophie und Literatur*, Gütersloh: Gütersloher Verlagshaus, 2013。

始失效，因为几乎所有传统都肯定"天敌"的绝对性，不允许我们冒犯与反攻，否则就会受到更为严厉的惩罚，人类几乎不可能胜利。但进入现代性，一旦肯定绝对的个体唯一性与不可替代性，总体化的上帝与总体化的自然法则均会失效。或者说，即便这些"天敌"依然有着无形的威慑与效力，但自由的空间已经打开，如何打开此个体不被天敌吞噬的空间？既然捕鼠器无处不在。

《道德经》第五章还有一节："天地之间，其犹橐籥乎！虚而不屈，动而愈出。"对于道家的智慧而言，天地还是广大的，关键是建造一个"橐籥"一般的场所（比如风箱），这个空场是虚的，因为越是虚化，才越能拉动这个虚空之所，也就越不会穷竭，而是不断产生效能，那么，让这个虚空场所来回运作，不就是一个"虚托邦"——激活虚空以便不断打开可能的空间？如果有着面对天敌的方式，那就是必须进入更为广大的天地之间，打开虚托之所。

也许卡夫卡书写的那些小说，均是对这一"虚化"空间的构想。比如《地洞》是一只老鼠面对可能的天敌不可能胜利的例子，但也打开了一道可能的逃逸通道；而《一条狗的研究》则是这只狗进入音乐世界后，通过斋戒，开始学习新的食物科学与音乐科学，即，只有去学习那最后的"自由的科学"，打开一个"虚托邦"的空间，才可能从天敌的威胁中逃逸出来。

这是卡夫卡面对现代社会的困境——一个不可能逃出来的固若金汤的"金笼子"或者无处不在的"无墙笼子"——之为"天敌":

资本主义的商品拜物教与官僚体制的结合(资本主义之为宗教,如同本雅明1920年代已经指出的)、科学技术的极度发达导致生命被消灭(德国纳粹充分利用了技术来消灭生命)、个体欲望的极端消耗导致更大的虚无主义(欲望解放导致的虚无化),面对这三者还在相互融合的全球化(所形成的内封闭空间),新的"天敌"形成了,世界彻底世俗化了,世界已是"非世界"——不再有超越的根据,不再有神性,"甘愿保持在空无之中"(Nichts gehalten sei und bleiben,阿多诺在《论卡夫卡的笔记》中所言),也似乎不再需要上帝。弥赛亚如何进入这个彻底世俗化的世界?世俗世界的幸福并不需要救赎,因此弥赛亚似乎也无用了(所以不再是人类的天敌,此后弥赛亚也需要助手)。卡夫卡正是认识到世俗社会的彻底性,又感受到犹太教自身经书传统的失效与无意义,"无之启示"或者"启示之无化"(如同肖勒姆所言的神学境况,Nichts der Offenbarung),世界也许就只是一个巨大的多彩肥皂泡?或者是一个巨大的屠宰场(种族灭绝等)?如何可能从无用走向大用?弥赛亚如何进入这个永远不完美却又不可救治的世界?世界这个笼子如何可能自动地去寻找一只自由鸟,除非弥赛亚赋予其灵魂?

这是现代性的基本困境：内在世界的封闭性与超越世界的阻隔性；内在世界的虚假自足导致更为彻底的虚无化，消极虚无主义与积极虚无主义依然或沉落于虚无的深渊；超越世界的神性，要么相互阻隔或陷入诸神之争，要么自身的撤离也导致神性的虚无化；这是双重的虚无化与双重的无用性，既是消费与消耗的无用性，也是创造与救赎的无用性。世界的"非世界"——积极地过度消耗导致了世界最终的无所用；弥赛亚的无用化——弥赛亚无法进入世界而被悬置着。

卡夫卡的世界在此"双重的无用"中沉迷与煎熬，这导致卡夫卡写作巨大的"卡壳"：人类无法"走出"世界，救世主无法"进入"世界；人类与弥赛亚无法相遇，如同城堡在远端，人类在近村，哪里有通道？除非发明一种无用的文学？对象的无用与手段的无用，此双重的无用，让文学写作也不再可能。

4. 还有箴言第90条，也关涉到无为与无用：

> 两种可能：把自己变得无穷小或本来就是这么小。第二种是完成式，即无为；第一种是开端，即行动。[1]

——这里的"无穷小"与"无为"可能也都来自庄子文本，惠子的名学中已经提及"至小无内"与"至大无外"，这也是庄子与惠子辩论的命题。只是卡夫卡把无穷小与无为联系起

---

[1] ［奥］卡夫卡：《卡夫卡全集》（第5卷），第61页。

来，最好地印证了解释学的双重化：犹太教神秘主义与道家无用主义的结合。

现代性的主体如何行动才是真正的行动？卡夫卡提出了两种方式。第一种，是把自己变得无穷小，才可以重新开始，这是被布伯重新唤醒的喀巴拉神秘主义中哈西德主义的教义所要求的正义行动[1]，把自己变小是一种虔诚的信仰行动，通过日常的交往接近上帝，这是一种自我的卑微化，好像一种基督教式的"虚己"，在文本写作中则体现为那些小动物。第二种，则是通过东方道家的"无为"，人类其实本来也渺小，在自然面前应该保持为小的，一切已经完成了，不必去做什么，让自然来为，让无来为，这是道家化的行动。

在这里，卡夫卡把"小化"与"无为"联系起来，即卡夫卡已经把犹太教自身的变小与道家的无为内在地关联起来，因此，我们认为这已经不再只是德勒兹意义上的"小化的文学"，而是"无用的文学"！

---

[1] 马丁·布伯的影响就更为重要了，在1910年代，布伯早期思想乃是双重的翻译或者转译的工作：一方面是犹太教自身的哈西德主义与故事的当下阐发，如《拉赫曼拉比的故事》(Die Geschichten des Rabbi Nachman, 1906) 与《巴尔歇穆的传说》(Die Legende des Baalschem, 1908)；另一方面是中国故事，包括庄子的对话与鬼怪文学；二者结合就是布伯自己的著作《我与你》(1923)的对话哲学，此对话哲学，既是任一之"我"与神秘之"你"的相遇，也许还是犹太教与道家的相遇（对此相遇还有待思考，因为海德格尔和列维纳斯的对立展开，还有一个第三方"中国道家"或庄子式的对话者，却被遗忘了）。这些思想给当时学术界——不仅仅是犹太人，还有很多德国文化人——以深刻影响，比如德布林的《王伦三跳》就与布伯密切相关，而那些说德语的犹太人，如卡夫卡、本雅明、肖勒姆、布洛赫，其影响则更为内在。

"变小"——这是一种新的困难修行与实践的共通感,这是无用的教义一步步的转化:

首先,它来自哈西德主义,以拉赫曼拉比(Rabbi Nachman,1772—1810)为代表的信仰行动。卡夫卡当然阅读过布伯所写的哈西德故事,这些现代化的故事,要求虔诚的信仰行动者,首先必须把自身变小,变小可以让自己安宁并且更新能量,变小可以接近普通的民众。因此,哈西德故事中有大量关于乞丐的故事,以便在日常生活中改进自己,这也是为何卡夫卡要反复写日常生活,比如把亚伯拉罕的激进信仰行为日常化与琐细化。

其次,与现代性相关,这是进入微观世界,如同量子力学所言,这也是本雅明对于肖勒姆所言的方式,阅读卡夫卡必须同时阅读一本奇特的书——爱丁顿的《物理学的宇宙观》,发现量子力学中各种偶然的可能性与极小的偏斜运动。

或者,变小,就如同喀巴拉神秘主义那些无比欢快歌唱上帝又瞬间消逝的天使,它们其实已经遍布在卡夫卡的小说中,那是一个可以不断重组的世界,充满偶发机会与无限可能性的世界(又根本不可能逃逸的世界),如此的行动才是重新开始。

或者,如同布洛赫与本雅明所发现的,弥赛亚的世界与现存的非真理世界只有一点点的不同(just a little),只需轻微的纠正，或者是持久的默化，就可以将其实现。

此微小化，也是卡夫卡小说中动物们的"微小"，童话般的微小，既无比惊恐又卑微幽默的小人物，尤其是那些甲虫与老鼠，驼背小人与奥德拉德克，还有著名的小丑桑丘[1]，等等。

这也是"无为式"的变小：这是一种西方人必须学习的道家化修行，是自身的转化，也是中国人已经遗忘而必须再度学习的工夫。首先，这是当时德国小说家德布林小说《王伦三跳》中的三次"无为教"，让西方人学习中国道家的三次跳跃，每一次跳跃都是致命的，不同于西方文化的信仰的跳跃。也许这影响了卡夫卡对克尔凯郭尔信仰骑士的琐细与无能化解读。其次，同样作为小说家的卡夫卡深受《王伦三跳》的刺激，不可能如同德布林对白莲教的细致研究与丰富想象，而是转向更为哲学化与信仰化的书写。在最深的层面上展开比较，这就是无为与变小的对比，也是可以彼此借鉴的相互转化。无之无化的相似性："几无"（presque rien），"非常之少，几乎没有"（very little, almost nothing），比无还少（less than nothing），或者，"无"已经越来越少了。

最后，更为奇妙的是，此变小的要求，不仅仅在卡夫卡这里，而且在其他犹太思想家，比如布洛赫、本雅明与阿多

---

[1] Brendan Moran, *Politics of Benjamin's Kafka: Philosophy as Renegade*, Palgrave Macmillan, 2018. 在该书中，作者仔细分析了助手与愚蠢之间的复杂关系，尤其思考了本雅明与道家的相关性，指出了其犹豫模糊之处，这可能是西方最为丰富的讨论卡夫卡与道家关系的著作。

诺那里，甚至成为一条普遍的现代性想象原则：

> 中国的童话中，传递着一个画家消失于（他自己所画的）图像之中的运动，并且作为一个哲学的最后之词来认识。这种自身"通过变小而得以消失的拯救方式"，如此进入图像的方式，并非救赎，但它是安慰。如此的安慰，其源泉是幻想，其幻想的机体通过不间断地从神话历史的过渡而在和解中获得安慰。[1]

这个故事并不是本雅明自己的想象，它其实来自另一个犹太哲学家布洛赫早期著作《乌托邦的精神》(1918/1923)中关于"门"的思考片段，其中有大量来自中国文人美学的虚构想象，而这给了本雅明写作《神学－政治学残篇》中那个"弥赛亚式自然的节奏"以直接灵感的素材。因此，这也再次证明，本雅明的弥赛亚精神已经道家化。而且，如此深入作品而自我消失的方式，也是面对现代大众消费时代与技术复制的消遣，如何不同于大众仅仅沉浸于自我的"散心"，有必要再次借用中国画家的聚精会神或"专心"？这就要求大众去模仿艺术家进入自己的杰作？这也是灵晕重新被带回的可能性条件？这是一种需要再次唤醒来面对艺术作品的方式？[2] 如果"注意力是灵魂的自然祈祷"，这也要求弥赛亚的自然化？这也是本雅明

---

1 Walter Benjamin, *Gesammelte Schriften III*, S. 382–383.
2 这个中国画家消失于自己杰作的方式，在《艺术作品在其技术可复制时代》中反复出现（另参见《技术复制时代的艺术作品》，杭州：浙江文艺出版社，2005）。Walter Benjamin, *Gesammelte Schriften VII: Nachträge*, S. 380.

后期《柏林童年》中"姆姆类仁"结尾处的想象书写——本雅明认为自己童年所有拟似性想象竟然都来自中国，来自艺术家进入自己作品中的那道小门的步伐——如果弥赛亚来临，似乎也要以如此穿越这道"中国式小门"的幻想方式？这就不只是"微弱的弥赛亚力量"，而是弥赛亚的自然化或弥赛亚的道家化了。[1]

在这个意义上的变小并且消失于图像之中的方式，其实来自中国文化的拟似性经验，来自屏风画的"如画"想象，以及佛教的幻化体会与觉醒（尽管本雅明这些犹太人不一定有着如此明确的中国艺术经验）。如此的"内在超越"——在尘世中但又似乎进入了图像的艺术品世界，是唯一的安慰，如此的幻想之为和解，乃是一种新的想象方式，一种新文学的可能性，这已经不只是德勒兹所言的"小化的文学"，而是来自中国道家想象的"无用的文学"。

本雅明从中国文化发现了一种"内在超越"的进路：画家通过把自己"变小"——这是回应卡夫卡的格言——本雅明本人也注意到了那个变小与无为的中国式关联（因此小化的文学就演变为无用的文学），以至于可以进入画家自己的画作之中——艺术家的行动既是在世界之中，但又穿越了世界，进入

---

[1] 参看夏可君《无用的神学——班亚明、海德格与庄子》（台北：五南出版社，2019年），围绕变小与消失的想象，以及围绕"门"的动机，与中国文化的关系，这个跨文化主题的变形想象，有着深入的展开。

了一个"图像空间",当然这是一种幻象,一种想象,画家自己的画作——之为机体,之为图像空间,之为"虚托邦"——从中国传统的屏风画到园林建筑,确实可以生活与穿行于其间,这是自然的弥赛亚化?因此,本雅明说到了安慰与救赎,尽管不是救赎,但有着安慰,有着在"世间"和解的可能性。

那么,在卡夫卡的文本中,可以发现如此的转化通道或者机体吗?如同老鼠们在建造地洞时,是要发现如此不断转化着的通道或者"过道"?一种无限敞开的通道?纯粹时空的敞开性?

而且,这是要变得无限的小。面对修建万里长城的所谓"无限的中国",或者越来越全球化或宇宙化的世界,反而需要变小。此无限的小化,就不再只是小众的文学书写,而是与道家相关的"无用的文学"。也许这个时候,对于中国长城的书写,就是一次结合,开始尝试把变小——卑微的民众,与无用——徒劳的信使,结合。或者,卡夫卡将其如此并列,也许暗示着:即便是微小化的行动、微观政治学的行动,也必须同时有着无为的作用,这是开始与终结的整合。

——我们把变小的、"无限小"的文学与"无为"的思想行动,在卡夫卡的结合中,在本雅明的解读之后,重新命名为"无用的文学"。"无用的文学"不再只是德勒兹后来扩展的"小化的文学",而是与道家无为行动结合后,形成的"通过变小而消失于图像中"的准救赎方式,这是一种内在超越的方式,打开了一个"间世界"的通道,既是个体自身的超越"通道",也是弥赛亚来临的"小门",这就是"第五维度"的敞开,而这要通过拟似性的自然化想象来打开,并通过唤醒不可摧毁的信念来延续。

本雅明后来在研究卡夫卡的笔记中特意强调了这个句子的重要性,尽管这个句子其实是被卡夫卡划掉了的,似乎卡夫卡自己也陷入了某种不确定性或者某种选择的困难,有着踌躇。为何如此?本雅明指出第一种可能性是卡夫卡自己的渴望,而第二种则无疑是道家的方式[1],这也是诗人荷尔德林所言的"卑微之物也有着伟大的开端"。或者,如同"奥德拉德克"这个虚拟的形象:它如同怪物,如同驼背小人,并不存在,又无处不在,如同具体的线圈与线团,但又无所为,就是极小与无为的巧妙结合之物?一个无用之物,却超过我们的生命,这已经是无用的文学所发明的无用之物,如果有着无用的文学,每一次都必须发明如此的无用之物。

5. 另一个更为重要的例子则来自老子,它出自1920年的

---

[1] Walter Benjamin, *Gesammelte Schriften II*, S. 1202. 德文版《本雅明文集》第二卷大量收集本雅明讨论卡夫卡的笔记,其中多次提到中国性与老庄。相关收集的文本也见德文单行本,Walter Benjamin, *Benjamin über Kafka: Texte, Briefzeugnisse, Aufzeichnungen*, Frankfurt am Main: Suhrkamp Taschenbuch Wissenschaft, 1981。此外,本雅明也不仅仅是在讨论卡夫卡时提及道家与中国,在其他文本中,比如在《讲故事的人》第十七节讨论童话与神话的混合形象时,也提及道家式的老者形象,这个形象与亚伯拉罕这个族长的形象紧密相关,都体现出无用的解释学与犹太教拉比的神秘解释学相互重叠的改写手法。

日记片段（也本该会被卡夫卡撕掉或涂掉的片段）：

是这么回事儿：许多年以前，有一天我十分伤感地坐在劳伦茨山的山脊上。我回顾着我在这一生中曾经有过的愿望。我发现其中最重要或者最有吸引力的愿望是获得一种生命观（当然这是与此相关的，它能够通过书面表达使其他人信服）。虽然人生仍保持其自然的大起大落，但同时能相当清晰地看出它是一种虚无，一场梦，一阵摇摆。如果我真正对它有过愿望，那它也许是一个美好的愿望。

就像这么一种愿望：以非常正规的手工技艺锤打一张桌子，而同时又显得无所事事，但并不能把这说成是"锤打对于他来说是虚无"，而是，"锤打对他来说是实在的锤打，但同时，也是一种虚无"。（Ihm ist Hämmern ein Nichts, sondern Ihm ist das Hämmern ein wirkliches Hämmern und gleichzeitig auch ein Nichts.）一经这样解释，这锤打就会进行得更勇猛，更坚决，更真实，如果你愿意，也可以说更疯狂。

但他根本不能作此愿望，因为他的愿望不是愿望，它只是一种防卫，一种将虚无市民化，一丝他想要赋予虚无的活跃气息，那时他才刚刚向虚无中有意识地迈出头几步，就已经感觉到那是他自身的组成部分了。当时那是一种告别，向青春的虚伪、向世界告别。应该说，它从未直接欺骗过他，而只是听任他上周围所有权威言论的当。这个"愿望"的必要性就是在这种情况下产生的。[1]

——这是卡夫卡一次彻底的、总体化的、美好的愿望之表达，一种对自己整个一生的总结或者纲领性的世界观的寻求；它是虚无的，既是市民社会或资本主义的虚无，也是生命总体的从无创造的神秘，这是两种不同的虚无；既要向世界告别，又要肯定人生的起起伏伏；而且，还有一种透彻的愿望，能够看清这些虚无与梦幻的摇摆；这还是不可摧毁的愿望，是永恒的生命念愿，它可能一直萦绕在卡夫卡心中，我们这一次的阅读就是要进入此不可摧毁的念愿之中；它甚至如此接近于佛教与道教的某种念愿。

这几乎是卡夫卡成熟时期所有写作最为基本的"法则"，当然这是一个疯狂的法则，或者法则的疯狂，既然这只是一个愿望，甚至只是一个虚无之梦而已！但它打开了世界的张力：这是在自然的生命与艺术的锤打之间（如同荷尔德林的艰难结合）[2]，以及建造与虚无的同时性之间，建构起一个四重角力的场域，形成了卡夫卡与本雅明独有的相互锤打方式，它不同

---

1 Franz Kafka, *Tagebücher 1909–1923*, Frankfurt am Main: S. Fischer, 1997, S. 532. 译文来自黎奇，据德文修改。
2 ［德］荷尔德林：《荷尔德林文集》，戴晖译，北京：商务印书馆，1999年。其中的文章，比如《论诗之精神的行进方式》与《在毁灭中生成》，对于艺术与自然的关系，不同于柏拉图与亚里士多德以来的思考。荷尔德林对于悲剧的停顿与空无、神圣名字缺席的经验，如何又建构出一种新的节庆与柔和法则？如果结合卡夫卡与本雅明，也许可以打开一条不同于海德格尔的思考道路。

于晚期海德格尔的"天地神人",也不同于早期海德格尔在《存在与时间》中对上手之物与手前之物的区分。

从此,我们得有一把思想与写作的锤子,关涉卡夫卡与中国关系的手法,就是交换此锤子及其锤打手法的技艺,这与尼采击碎偶像的锤子有所不同,这把锤子有着虚无主义的火把子,有着无用的火把子,这是卡夫卡自己所言的:"我有一把强有力的锤子,但我没法用它,因为它的把烧得火红。"[1]有着生命的自然,但也需要艺术,同时还要建造事物,并把虚无制作出来,这是异常困难的技艺。而且,即便拥有了如此的技艺,也不管用,因为它有着双重的后果:或者,既要建造又要空无,二者并存,陷入奇怪的悖论;或者,让空无来为,以空无建造出既自然又艺术的可能之物。对于前者,这是犹太人卡夫卡与本雅明从中国道家那里获得的技艺;对于后者,看似来自中国,其实中国人自身也已经将其遗忘了,是失传了很久且在现代性中需要重新学习的技艺。

这一段无疑最为重要,因为本雅明后来于1934年在《卡夫卡:面向他的去世十周年纪念》的文本中引用了这一段,这是一篇本雅明召唤卡夫卡去世十周年之后的再次"回归"(Wiederkehr)或"回转"的纪念论文,而且还发表在纳粹第三帝国已经掌权的《犹太评论》杂志上,本雅明知道,时间已经

---

[1] [奥]卡夫卡:《卡夫卡全集》(第5卷),第206页。

不多了,这是一种多么凄楚的"招魂术"[1]:

> 也许这些学习成了空无,但它们非常接近那种空无,而正是这种空无使事物可用——即是说,"道"。(Vielleicht sind diese Studien ein Nichts gewesen. <u>Sie stehen aber jenem Nichts sehr nahe, das das Etwas erst brauchbar macht—dem Tao nämlich.</u>) 这就是卡夫卡所要追求的,"他煞费周折地抡锤,打出一张桌子,同时又一无所做,且并不像人们说的,'抡锤对他来说是一个无',相反,'对于他,锤是实在地抡着,同时又是一个空无'。这样抡起锤来,就更大胆,更果决,更实在,如果你愿意说,也更为疯狂。这就是学生们在学习时所采取的如此果决、如此痴迷的姿态"。

重复的引用是必要的,因为在本雅明的引用与稍微有所变化的解释中,他加入了卡夫卡文本并没有的"道"(Tao)这个词,无疑点明了卡夫卡愿望与梦想的来源,即与中国道家思想相关。[2]

也就是说,本雅明强化了卡夫卡文本中的道家化倾向或道之教义,在卡夫卡那里,发生了一次"道家的转向",时间就

---

[1] [德]本雅明:《经验与贫乏》,王炳钧、杨劲译,天津:百花文艺出版社,1999年,第375页。德文原文见 Walter Benjamin, *Gesammelte Schriften II*, S. 435.

[2] 如同哈马歇(Hamacher)指出的,本雅明对于这个道家观点的注重可能受到罗森茨维格的影响,在早期的一个笔记中,本雅明"引用"了一段话,却没有注明出处,而这来自罗森茨维格,其中就关涉到"无"与"用"的关系(Benjamin: II3, S. 1198),见 Werner Hamacher, *Premises: Essays on Philosophy and Literature from Kant to Celan*, Harvard University Press, 1996, p. 333。

是1917年，就是空无化的道之教义！也正是本雅明对卡夫卡这一最为奇特也最为关键的强调与明确化，将更加从根本上打开思想的新道路。这是本雅明接续布伯，把犹太教"哈拉卡"这个词的本意还原为中国之"道"的譬喻（律法教义的希伯来语本意是上路与行走）。但思想如何锤打自身呢？文学如何重新上路呢？

这新的招魂术，这新的道之教义，似乎需要借助于东方道家的魔力，单靠犹太教几乎不再可能了，还要通过学生们疯狂与近乎愚蠢的学习劲头与助力，这成为本雅明1930年代思考的核心秘密：如何以广义的文学写作形成一种无用的教义及其现代的工夫论？如同中国木刻画的细腻真切，思想需要一把新的锤子来击打自身，文学或者广义的杂多化写作，当然更为需要一把还可以作为雕刻或刻写之用的锤子！因为"无"的学习不可能完成，一直有着神秘，研究就必须无限进行下去，如果文学关涉到此"无化"的学习，就成为广义的无用的文学。

卡夫卡与中国，如果有着"接近"，就在于如何展现出此锤打的"研究"工夫，这超人一般的学习与助手的工夫，有用与无用，如同勤奋地学习经文，却又永远学不会的笨拙，有着愚蠢的劲头，但因为只有此愚蠢构成帮助，在如此的反讽中，"接近"才可能。

卡夫卡相关改写的语句来自《道德经》第十一章："有之以为利，无之以为用。"但卡夫卡的改写异常巧妙，任一行动，无论多么微小,都必须让"有"与"无"同时生成,卡夫卡融入了自己对道家思想的个人理解("有无相成"或"以无为用"),也带入了喀巴拉神秘主义的思想(从无创造与把自己变小),还有一种虚无主义的激情或疯狂(学生们或者助手们学习的疯狂,如同本雅明所强化的生存姿态)。这已经是三重书写:现代虚无主义的激情,犹太教神秘主义的教义,道家的无用。由此,本雅明就可以扩展为一个普遍的"教义"(Lehre)。

教义之为教义,既非哲学体系也非犹太教律法教条,而是带有德国浪漫派的反讽性;且经过了虚无主义方法的改造,使之成为某种文学化与道家化的新教义,某种"思想的故事"而非仅仅是叙事性的故事,成为一种广义的无用的文学。[1]如同布伯1910年代翻译庄子文本时在后记的文章《道之教义》(*Die Tao-Lehre*)中思考"教义之道"(Der Weg der Lehre)时所已经

---

[1] 无用的文学,乃是深入思考卡夫卡广义"叙事写作"的内在矛盾:一方面,受到犹太教自身法典传统与叙事的影响,叙事乃是靠逻辑推理来推动的,这在那些过于哲学化与格言式断片中尤为明显,看似早期浪漫派风格,其实乃是犹太教的故事改写;另一方面,则是小说自身的情节推动,这在短篇小说中异常神奇,但在长篇小说中异常困难,如果不说枯燥乏味与失败的话,这才是卡夫卡要烧掉那些小说之故,当然这一点会有争议,敏感的现代主义艺术评论家格林伯格倒是发现了这个矛盾([美]格林伯格:《艺术与文化》,沈语冰译,桂林:广西师范大学出版社,2009年,第319页)。如果要走向一种可能的无用的文学写作,显然必须面对此矛盾,尽管并不奢望解决此矛盾,这就是文学必须进入的"吊诡"状态。

指出的广泛性。[1]

本雅明还直接用了中文的"道"这个词，并且在论卡夫卡的手稿中，认为："卡夫卡的作品，其力量领域在妥拉与道之间（zwischen Thora und Tao）。"[2]这不就是犹太教的弥赛亚性与道家式的自然性这二者关联的直接点明？！但罕有研究者深入展开此二者之间的关联。这要求助手们在自然母腹的未完成与神圣启示的超成熟之间重新建立连接。也许卡夫卡在这些道家式句法的改写或锤打中，有着整个现代性思考的秘密？卡夫卡试图发现一种隐秘的道之教义，提倡一种新的工夫论？如同德国浪漫派所言的渐进修养之韧性的工夫？在这个意义上，那个与中国如此相关的《在流刑营》的机器书写，就与德勒兹与瓜塔里的《什么是哲学》开头所言的欲望机器不同：德勒兹只是看到了装置的组合，却没有看到此机器已经化为碎片，即一方面认认真真被动书写，但另一方面，则必须空无所成，并非建构，而是同时性的自身解构。

这就是卡夫卡思想"道家化"的基本原则，这就是"卡夫

---

[1] Martin Buber, *Schriften zur chinesischen Philosophie und Literatur*, Gütersloh: Gütersloher Verlagshaus, 2013, S. 106–107. 这个译本包含两个部分，一个是庄子文本的选译，一个是蒲松龄的《聊斋志异》。重要的是庄子文本的标题，Gleichnis 应该对应庄子的卮言，而且还有一个长篇的后记（中文翻译收录在《中国印象：外国名人论中国文化》[何兆武、柳卸林主编，北京：中国人民大学出版社，2011 年]，取名为《道教》），思考了广义的东方宗教，包括犹太教、佛教与中国道家，认为它们构成一种广义的"道之教义"（Die Tao-Lehre）或"教义之道"（Der Weg der Lehre），其中对于庄子的评价尤为丰富与独到。

[2] Walter Benjamin, *Benjamin über Kafka: Texte, Briefzeugnisse, Aufzeichnungen*, S. 138.

卡式吊诡"的自身锤打：一方面，要亲自认真地做某物，绝不苟且，精心地打造某物，绝对专注与绝对用心；但另一方面，同时又必须做出空无，无所用心，什么都没有做，却要把空无做出来，更为巧妙地做出来，这不是简单否定性地不去做，而是做出一个空无，让无来为。不止于此，更为复杂的思考还有：一方面，要把"物"(thing)与"无"(no-thing)同时做出来，让无来为；另一方面，此无用的工夫论，还要做得异常果敢，让人着迷，这几乎是不可能的工作，是无用之工作，是无用之大用。在中国传统的道家无用工夫论中，这是通过空无性与自然性的结合，让自然来为，以此"逆觉"方式反向重构。在卡夫卡与本雅明这里，显然不仅仅是出于对道家悖论的好奇，而是充分认识到其复杂性：道家的无用工夫论可以化解西方的矛盾，但同时也需要经过犹太教的转化，锤打手法需要更新。

此书写原则的"吊诡"在于：一方面，卡夫卡借助中国道家的有无相成，看到了做功与无为的同时性与双重性，这是西方文化的二元对立逻辑所无法接受的吊诡逻辑，但通过道家的无用工夫锤打，可以消解西方在世俗与神圣之间的对立，如同犹太教与世俗民族之间的对立，此锤打确实可以击碎西方文化总体的二元论；但另一方面，此有无的"同时性"工夫论还是以无为用，而且是疯狂的无用论，这就不同于中国传统的无用论。因为中国道家的无用论，有着以无为用，让自然来为的形态，但并不疯狂，而是所谓的自然而然，会陷入平淡与默化的程式化运作陷阱，而且进入现代性，中国传统的道家无用工夫很多也已经失效。此外，此原则也不同于福柯在《何谓启蒙》中接续波德莱尔所言的"花花公子的苦行主义"这种现代性自我技术的生命实践，而是更为接近无用，以无为用，让无不断保持敞开，这是一种"疯狂的无用工夫论"，它有着尼采的积极虚无主义激情，但又同时认定自身的无用，这就是其吊诡之所在。此无用，乃是为了让自然来为，触发自然潜藏的生机，又不陷入自然的法则，因为这是空无性与自然性的重新结合。现代化的工夫论，包括中国传统空无的无用与自然无尽生成的结合，也包括现代技术的虚拟与技术的再度自然化重演，这是双重的工夫论。它不仅仅是福柯式的审美生存风格，不仅仅是去做出一件美的艺术作品，而是要把艺术家自己的生活方式也转变为一种审美风格，是生命的艺术化与艺术的生命化，但对于中国文人美学，必须更进一步，要让生命的艺术进入自然化的艺术，自然的艺术远远大于人类的生命艺术，让生命的艺术在自然中转化为自然化的艺术，当然自然也随之发生了改变。所谓的变小且消失于图像的方式，乃是一种艺术家把自身转化为作品，但同时也是艺术家把自身转化为自然的方式，如同技术的自然化（这是中国传统并没有自觉实现的方式），只有以自然为中介，才可能有着一种内在超越的转化之路。

这也是为何卡夫卡看到了中国道家无用工夫的奥义，以建造万里长城这样看似巨大无比的行为，其实又不可能完成，且又没有什么真正用处（当然不排除在历史上有过某种抵御作用，但都以失败告终），以此无用的庞然大物为参照所发现的无用论，来反观犹太人的命运，犹太人的古老妥拉的教义及其传导也是一种万里长城式的自我保护措施，但进入现代性则已经出现了无数的空隙，或者已经漏洞百出了。对于中国文化，这也是一个洞见，但此洞见对于中国似乎并无什么裨益，因为中国社会一直处于这一悖谬状态：无论是以帝王为中心的文官制度，还是以自然为中心的审美感知，其实都处于这种认认真真做某物但同时又空无所成的悖论效果之中，因为，帝王的长生不死欲望与家族统治的持久性都是其盲点，个体的虚无幻念也是其盲点，中国文化无法穿越这些盲点。但随着卡夫卡与本雅明思考这个无用的工夫论，它又与犹太教的弥赛亚主义关联起来，从而才可能击穿中国"墙文化"的内在封闭性。吊诡的是，犹太教的弥赛亚性也因为道家的无用工夫论开始转化，这是上帝的退出与退让（zimzum），在自然中寻找那未损坏的自然剩余物，如同不可摧毁的潜伏信念，以此剩余的种子，重新修补（tikkun）这个破碎的世界。这就是弥赛亚的自然化与自然的弥赛亚化，这是本雅明结合普鲁斯特的文学写作，以及中国文化的自然化美学，对于卡夫卡的进一步展开，这是相互的锤打、相互的击碎与重构。

在这个意义上，当代艺术无限接近了如此的虚无主义锤打技艺：约翰·凯奇的观念音乐作品《4分33秒》只是做出了不去为的空无，却并没有认认真真去做某物，没有某物的建构；而一张绝对概念化的"空白画布"也只是体现了其中的一个方面罢了，也只是空无，除非整个画布还被精致地处理过。或者中国当代艺术家徐冰的《天书》假字，做成无数本书，一个浩大的文字场域，却无一字可读；或者他的《鬼打墙》，去拓印无意义与无文字的硕大长城，让鬼魂开始呼吸。而杜尚的小便器《泉》也是如此，并没有亲自认认真真去做，而是随手找来的现成品；反倒是他后期以"二十年时间"一直隐秘地做出的《被给予》，也许具有卡夫卡式悖论的复杂性，既没有让人去看，以一道门挡住了视线，同时以现成品做出的形象，其实也并没有什么意义，将整个视觉的图像空间还原为性感的肉体感受，而并不是要看到什么，因此非常接近于物化与无化并存的方式，但没有让无自身来为，没有传达"无自身"之用，似乎并不足够。因此，无用的艺术也还有待于去发现。

这是卡夫卡道家化之后所打开的出路：一方面，在世俗世界中，服从世界的规则，认认真真地工作，但同时又要使之无所用，要使任一物都变得无用，保罗神学与之相似，杜尚的现成品也是如此，但对于卡夫卡与中国道家，不同于基督教与现代性的生命政治，还要让人造物被"自然物"取代，是"自然化生命"的还原；另一方面，这个空无化，还隐含着一个要求，既让空无来为，又要认认真真做这个空无，让这个有所帮助的空无，做出空无的效应，无用之大用，这是空无的自身空无化，空无的活化，把"空无"做得精致广大，生成新的可能世界，这是道家与佛教结合所形成的"方法"，以此打开弥赛亚来临的通道。

本雅明发现并且认同这个卡夫卡式书写的吊诡逻辑，这导致他对于卡夫卡的解释更为明确体现出中国式的主题或动机：以中国的道家为道路，改写犹太人的命运，或者以此面对并化解卡夫卡小说中"喀巴拉神秘主义"与"世俗官僚体制"之间不可调和的关系，让弥赛亚的救赎，经过道家化——让弥赛亚自然化与无用化，也让自然弥赛亚化，让"无用"具有救赎的（/非）功效。

第一段

助手们的无用工夫论：
虚无主义的三重解释学

　　卡夫卡与中国，我们中国人依然生活在卡夫卡写作的世界中。

　　中国与卡夫卡，就是去发现，不仅仅卡夫卡在改写着中国道家思想，或许，中国道家思想也被卡夫卡改变了！

　　这是相互浸染的改写与转化，这是相互的助力与接力，借力打力——以此锤打已经沉睡的古老文本及其过时的教义。

　　而卡夫卡最为彻底的改写与锤炼，还体现在《邻村》这篇尤为短小的小说中，这是打入已经无法跳动之心的一个楔子，一个起搏器。

1.1《邻村》：你说这是谁家的村子呢？

让我们来阅读卡夫卡这篇《邻村》(或《邻近的村子》)——这不是小说的小说——去发现从未写出之物：

> 我的祖父老爱说："生命惊惧的短促。现在，在回忆中，对于我，生活被压缩在一块儿了，以致我几乎无法把握，比如，那一个年轻人，怎么可能下定决心，骑马去往邻村，而不害怕，即——全然撇开众多的不幸事件——这寻常的、幸福流逝的生命时间，对这样一次骑行，已经远远是不够的呀。"[1]

这段文本几乎不是小说，它可能只是一段日记，或者近乎一个塔木德小故事，或一个喀巴拉神秘主义的譬喻，或者就是一段庄子式的卮言。

为何卡夫卡要反复书写《邻村》式的"村子"形象？在本雅明看来：首先，它与《塔木德》或喀巴拉神秘主义等待弥赛亚来临的传说相关，如同卡夫卡论文中引用的那个村庄与公主等待弥赛亚来临的故事；其次，它与《城堡》中等待消息的小村子相关，尽管那是虚无主义的失败等待，但必须等待，因为等待才是唯一可能消除虚无主义游戏的方式；其三，这篇小

---

[1] ［奥］卡夫卡：《卡夫卡全集》(第1卷)，第182页。

说还改造自老子《道德经》第八十章的结尾："邻国相望，鸡犬之声相闻，民至老死，不相往来。"即，这个故事的直接来源与书写动机，竟然是中国道家！[1] 也就是说，其原初的写作动机是受到中国道家的启发，卡夫卡在1917年转折之年的写作中，出现了道家的转向！？

本雅明在纪念卡夫卡去世十周年的研究中讨论了这个"不相往来"的间距或间离化的重要性——乡村的气息与思想的虔敬，是真正的寓意，并且明确指出，这就是卡夫卡对老子这一章的"最完美改编"，是把尚未形成之物和已经烂熟之物的气味融为一体了。如此的譬喻写作，乃是让末世与救赎并存，如此的写作也是把弥赛亚"道家化"了！当然，它也是让道家弥赛亚化，既然这个老者可能是老子这样的智慧之人，也可能是来拯救世界的弥赛亚自己，以回忆的力量整合消失的幸福时光。

这是一个道家化的村子，老庄与弥赛亚，可能就是彼此邻近的关系？这也是"一些"村子——有待于去穿越与行走的位置，这是本雅明在文章中已经标记的路标[2]：

---

[1] 如同后来勃罗德最为清楚地指出的，《城堡》中的村子也是如此，K.争取到一住处的村子，那些世代居住于此的居民却与他完全隔绝着，而K.为何不能与当地人融合之谜也得不到答案，他是陌生人，这是人类普遍的陌生感。参看［奥］马克斯·勃罗德《卡夫卡传》，叶廷芳、黎奇译，石家庄：河北教育出版社，1997年，第189页。Max Brod, *Franz Kafka: Eine Biographie*, Frankfurt am Main: S. Fischer Verlag, 1954.

[2] ［德］本雅明：《无法扼杀的愉悦》，第21—22页。

0. 我们可以看出城堡山脚下的村庄。勃罗德在《城堡》的跋语中提到,卡夫卡描写城堡山脚下这村庄,心里想的是一个具体的地方:位于艾兹·盖堡格的曲劳。

1. 然而我们还可以从中辨认出另一个村庄。这就是犹太教法典的传说里的一个村庄。一位犹太教士在回答"为什么犹太人在星期五预备过节晚宴"的问题时叙述了这个传说。传说中一位公主流离家园与亲人,远居一个村落,不懂当地语言,日日香销玉殒。一日,公主收到一封信,说她的未婚夫并没有忘记她,已经上路来此地接她。这未婚夫,教士说,就是救世主弥赛亚。公主是灵魂,她住的村庄是躯体。她为未婚夫准备了一顿饭。因为在她不懂语言的村里这是唯一可以表达快乐的方式。这个犹太法典中的村庄深扎于卡夫卡的世界。

2. 现代人生活在他的肉体中,恰如K.住在城堡山下的村庄。肉体剥脱,离他而去,对他怀有敌意,兴许一个早晨醒来,他会发现自己变成了虫豸。流放,他自身的流放,已经完全统摄了他。这村庄的气氛在卡夫卡周遭飘忽,这就是他为何无意建立一个宗教。乡村医生的马匹居住的猪圈;克拉姆嘴上叼着雪茄、枯坐饮啤酒的那间闷人的密室;一叩响必致灾祸的别墅大门——所有这些都属于这个村庄。村庄的空气染上衰败、烂熟老朽的成分,带有构成这种腐臭杂烩的因素。这就是卡夫卡一生在其中呼吸的空气。

3. 老子对虔诚的表达于此更富意味。卡夫卡在《邻村》中提供了完美的描述。邻村或依依可见,鸡犬之声相闻。据称乡民足不远行，终老而亡。这就是老子。卡夫卡写寓言，但他并没有建立宗教。

年轻人与老年人（这又让人想到海德格尔在1945年德国战败日的《晚间交谈》，也是在一个年轻人与一个老年人之间进行），尤其是卡夫卡小说中的"老者"形象，也许是一个混杂了德国人（德语小说的形象）、犹太人（可能的弥赛亚形象）与中国人（智者老子与族长）的新形象！其中有着多重解释学的改写重叠方式。

如同本雅明评论卡夫卡时写到的，"在卡夫卡的众多古典先人中，有犹太人，也有中国人"，当然还有这个语境中讨论的希腊人奥德修斯，无疑，还有德国人（比如歌德的浮士德），只是这些不同的种族已经被改变，通过奥德拉德克式的变形，并且被到来的弥赛亚修正，如同驼背小人，它既是德国童话中的生命形象，也是辛苦的劳动者，还是那些虔敬学习的学生们（犹太会堂的拉比的学生们），可能还是中国的老族长（儒家礼仪孝道中的老人），或中国弯腰的老者们（充满谦恭智慧），尤其是习惯了点头哈腰的官僚群体（中国文化极为典型），这都是生存重负下"被扭曲"的生命形象，是有待于被到来的弥赛亚"纠正"的纯然生命。这是卡夫卡写作最为独特的"姿势的诗学"，是把纯粹生命还原到生命的动物性与自然性（并非阿甘本所言的赤裸生命），发现被不正义扭曲的生命形态，如此才可能发现这一姿势所可能撕裂的天穹,才可能等待弥赛亚的修正,尽管这只是"轻微的修正",但整个世界就会改变,哪怕只是每一次轻微与细小的改变,就显示出微弱的弥赛亚力量,就是一种"默化"。

这也导致本雅明做出惊人的结论,在驼背小人的姿势与德意志的民歌中,"既有德意志民族性的根基,也有犹太民族的根基",如果这驼背"小人",也是驼背"老人",即中国"老人"形象的原初姿势投射,那么它是否也有着中华民族的根基?如此一来,三个迥异的民族——德意志人、犹太人、中国人,比如浮士德、亚伯拉罕与老子,就开始相互转化,这是卡夫卡与本雅明所憧憬的另一种更为隐秘的"变形记"?

而卡夫卡如此的书写,也是学生们单纯的狂热,一种坚定而艺术化的姿势。如同本雅明所进一步确认的,在一个虚无主义时代,在一个全然"无真理"的社会,真正的技艺在于:一方面,认认真真做某物,但同时又空无所成,这是一种学习,学习一种虚无化的技艺;但另一方面,此学习可能接近那个有用的虚无,这是回转,此回转,乃是改变与转变,借助于中国道家的力量实行转化。"因为正义的隘口在于钻研。"我们要成为卡夫卡的助手,仅仅是助手,不要企图成为导师与领袖,而是成为弥赛亚来临的助手,如同卡夫卡小说与笔记中所贯穿着的助手与学生形象,如同那个小丑一般的桑丘,其实只是一个最为卑微与最不经意的助手,但也许是卡夫卡最为钟爱的助手或马戏团成员。他们甚至有点儿"傻",但正是这种不止息琢磨与钻研的"傻劲",这种绝对的专注力,在一个仅仅剩下谣言与愚蠢的世界上,其所践履的苦行,才能够让我们保持清醒,如同本雅明指出的:"饥饿艺术家的禁食,守门人的缄默,大学生们的保持清醒,这些苦修的伟大法则,在卡夫卡的笔下,潜移默化着。"是的,就是这种在苦修中,潜移默化,疯狂地做出空无,才是接近于那个空无之道的方式。没有这种傻劲,没有这种专注力,没有对于弥赛亚来临的借力,空无的教义也可能沦为虚无的游戏,成为自我毒化的游戏。

一旦我们回到老子《道德经》的箴言上来,也许卡夫卡小说中的那个老人还是老子的化身?《道德经》"老死不相往来"的要求,到底意味着什么呢?真的是"小国寡民"?或者是一种根深蒂固的"自我保全"而已?

保持隔离,保持间隔,永远都要保持间隔,哪怕"鸡犬之声相闻"也是如此——这似乎是自然的动物所暗示的绝对区分。

那为何要保持绝对的区隔呢?整个现代性的"全球化"过程,不就是打破"区隔"的地方性,不就是与不同他者的对话(dialogue)、交流(communication),甚至要达到视域融合(confusion),因此出现了欧洲的"共同体"(community),所有这些都是为了达到"共融",消除"差异"。

但在老子这里,却奇怪地肯定"间距"(distance),肯定"之间"(between / entre),保持"差异"(difference),保持"分离"(separation)与"间隔"(spacing)。

不是去消除差异,而是绝对地肯定差异或歧异,并且一直保持着彼此之间的距离,这"间距"不可能被消除,也不应该被消除。文明之间的对话与文化交流就不是走向共融,而是保持"间隔化"(德里达式的 Espacement)。

更为悖论的要求则是:越是接近,越是远离。如同"双曲线"图示,让二者保持相互"背反",当然也不是"断开"而不相干了,而是保持彼此之间的间隔"张力"(tension / intensity)。

这个"间隔化"的必要性,从2019年转折之年,到2020年中国庚子"鼠年"开端之际,"新冠病毒"的全球化传染中,从中国武汉开始的自我隔离,从家庭内部的亲属隔离,到家庭之间、小区之间、城市之间,再到国家之间,直到飞机与轮船停止运行,整个世界都处于隔离之中。

隔离的智慧,第一次在所谓的人类纪时代得到了彻底体现。

同时,"隔离"的智慧还体现为整个世界的"停顿",新冠病毒的传染性让世界在隔离中"静止"下来,也让每个人回到自我,如同《道德经》第十六章所言的:"归根曰静,静曰复命。"

整个世界,第一次进入了从未有过的"无用"状态,资本主义全球化的征用与消费方式将会得到一次彻底地反省。

无用的智慧与静息的工夫，在全球资本"总动员"结束之后，将是人类寻求全新"默化"方式的根基？

但隔离并非不交流，比如网络虚拟空间的交流，更为重要的则是隔离的智慧乃是要求敞开彼此之间的间隔，使之成为"通道"，让"之间"的间隔一直保持为通畅的"通道"(passage)，这才是隔离智慧的"大道"，这正是庄子《齐物论》所言的"庸用"——"无用"之为"通用"："为是不用，而寓诸庸；庸也者，用也；用也者，通也；通也者，得也。"就如同卡夫卡的弥赛亚在抵达之后的"后天"才出现，在世界终结之后才出现，乃是为了不堵塞通道，无用的弥赛亚其最大之用——在于保持到来的道路之通畅！

保持间隔与隔离，彼此并不融合，这样的无用姿态好像并不简单。如同后来本雅明1938年与一起被纳粹德国放逐到丹麦的戏剧家布莱希特讨论时，面对布莱希特毫不客气的指责——卡夫卡作品太黑暗，没有摆脱犹太小青年对于法西斯独裁者的向往，本雅明不得不找出《邻村》这篇小说来反驳。

在本雅明看来，卡夫卡倒不如说是更为着迷于某种虚无主义的步伐：这是阿基里斯追不上乌龟寓言的小说化提纯，年轻人永远抵达不了邻村，就如同阿基里斯的步伐被瞬间无数次微分后，一个个瞬间可能都是深渊，都无法跨越，就如同我们现代人因为现代官僚体制的复杂性，一个个衙门与文件就基本上把我们所剩不多的欢乐都切碎了,或者是网络虚拟多维空间的同时性,既让时间被切碎了,也让时间本身消失了。甚至还可能因为某种可怕的瘟疫,很多生命瞬间被击倒,根本不可能走过今天而活到明天。因此这里没有什么对于独裁者的向往,只有虚无主义的绝望与觉悟。

当然,在本雅明犹太教神秘主义的解读中,那个回忆的老者就是到来的弥赛亚,他在回忆中收集的幸福瞬间已经是救赎。

这样,我们其实有着三重不同的解读:现代虚无主义的欲望"深渊"、犹太教弥赛亚主义的救赎"回忆",以及中国道家的生存"余地"。如果有着现代性的思想,似乎都在这个"邻村"的接近中,或者彼此"为邻"的间隔中,发生着奇妙的关联。

也许卡夫卡小说的现代寓意在于:一方面,个体生命就应该如同《饥饿艺术家》中的行动,要敢于自囚于笼中,"一个笼子寻找一只鸟",要敢于自囚,保持与世界的隔离,这乃是一种自救,但又是无用的表演;另一方面,则是《地洞》中的老鼠,拼命建造地洞来自我保护,既要自我隔离又要寻找逃逸的通道,但这不可能两全,于是越来越惊恐,这自我保护的地洞也变得无用了。

卡夫卡的写作,无用的文学,就如同道家要发现的"余地",乃是试图发现生命的生存敞开空间。

这样我们就进入了一个更为核心、更为关涉中国命运的文本《一道圣旨》中：

> 有一个传说对这一状况作了很好的描述：皇帝——就是这么称呼的——已经向你，这个唯一的，卑微恭顺的，在皇天阳光下逃避到最远阴影下的卑微之辈，在他弥留之际，恰恰向你，下了一道谕令。他让使者跪在床前，悄声向他交代了谕旨；皇帝如此重视他的谕令，以致还让使者在他耳根重述一遍。他点了点头，以示所述无误。他当着向他送终的满朝文武大臣们——所有碍事的墙壁均已拆除，帝国的巨头们伫立在那摇摇晃晃的、又高又宽的玉墀之上，围成一圈——皇帝当着所有这些人派出了使者。使者立即出发：他是一个孔武有力、不知疲倦的人，一会儿伸出这只胳膊，一会儿又伸出那只胳膊，左右开弓地在人群中开路；如果遇到抗拒，他便指一指胸前那标志着皇天的太阳；他就如入无人之境，快步向前。但是人口是这样众多，他们的家屋无止无休。如果是空旷的原野，他便会迅速如飞，那么不久你便会听到他响亮的敲门声。但事实却不是这样，他的努力都徒劳无用；而且他仍一直奋力地穿越内宫的殿堂，他永远也通不过去；即便他通过去了，那也无济于事；下台阶他还得经过奋斗，而且如果成功，仍无济于事；还有许多庭院必须走遍；过了这些庭院还有第二圈宫阙；又是石阶和庭院；然后又是一层宫殿；如此重重复重重，几千年也走不完；就是最后冲出了最外边的大门——但这是绝无，绝不会发生的事——（aber niemals,

niemals kann es geschehen），他面临的首先是帝都，这世界的中心，其中的垃圾已堆积如山。没有人在这里拼命挤了，即使有，他所携带的也是一个死人的谕旨。——当夜幕降临时，但就是你，正坐在你的窗边，遐想着它呢。[1]

——请注意这个开头，对于"你"的描述，无疑是模仿犹太教妥拉中《创世记》第二十二章上帝对亚伯拉罕的召唤，要求他献祭自己的儿子以撒，以撒的三重身份，这里被移植到"你"这个使者。这个戏仿，是塔木德式的改写，这是其一。这也暗示一个"等待的民族"似乎永远不可能形成，永远走不出犹太人自身少数民族的局限。其二，这是一个中国道家式故事——徒劳无用地试图走出城墙的故事，越是用，越是空无所成，还是无法走出层层围困。这也暗示一个"无用的民族"是不可能形成的，因为还是处于被动的无用状态与自我围困状态而已，并没有自由地运用此无用。其三，这是一个现代虚无主义的故事，文本中的那个连接词"并且"，既是连接文本的叙事，其实也是一次次的否定，是断裂或裂隙之处，是叙事的不可能性，这也暗示一个"到来的民族"其实不可能到来，因为所有的连接点其实都是障碍。这个生前单独发表的片段，如同《邻村》，也是无用文学的典范之作。

如同《一道圣旨》中孔武有力的使者无法走出重重叠叠的

---

[1] ［奥］卡夫卡：《卡夫卡全集》（第1卷），第185页。

"皇宫"或城墙，在这里，既有平视的城墙——一道道宫殿与庭院，也有垂直的维度——那标志皇天的太阳标记以及无数的台阶，卡夫卡也思考了众多骑士骑行的姿态与步伐的逻辑，《邻村》的邻近也是一种去接近的姿势，但此接近也是不可能的，去往邻村的无数瞬间与危险的裂隙会让行程被打断。这也是卡夫卡对基督教生存哲学家克尔凯郭尔的反讽改写，针对这个强调信仰之致命跳跃、致死疾病之绝对冒险的神学，以及对信仰之无限运动姿态的绝对肯定，卡夫卡则以静止与沉默来将其解构。针对克尔凯郭尔所歌咏的犹太始祖亚伯拉罕献祭自己儿子的神秘沉默，以及对于伦理谋杀的肯定与超越，卡夫卡给出了另一种反讽的解读，通过把亚伯拉罕这个部落族长与中华民族的家庭家长形象重叠，反而更为强调伦常的日常性，使之减缓步伐，甚至停止步伐，亚伯拉罕根本就无法走出家门，迈不出信仰的步伐，杀戮的献祭行动根本就不可能发生，这也是对整个唯一神论献祭牺牲传统的彻底解构，也许比德里达的唯一神论解构与南希的基督教解构（让牺牲牺牲也还是有着牺牲，崇高的供奉可能还是有着越界牺牲的冲动与欲望）还要彻底。因为这是与东方道家对话后更为彻底的改写，是默化，并且消解了革命"范例"的思考模式。[1] 无疑，围绕亚伯拉罕

---

[1] 在给好友勃罗德的书信中，卡夫卡讨论了克尔凯郭尔的基督教神学，试图发现与他的意愿相反的东西，打开另一条道路，看不到跳跃，就只有默化，通过静止来改变，并解构了信仰的例子，没有一个人是范例。参见《卡夫卡全集》(第7卷)，第299—301页。同书第415—416页的另一个亚伯拉罕，德里达晚年对此有所思考，但我们这里的展开与之不同。

献祭以撒的故事,卡夫卡所给出的多重改写,也是三重解释学的混合。

1.2 桑丘:这家伙是一个道家或者就是庄子?

在一些一直没有得到重视的本雅明研究笔记中,弥赛亚的道家化有着一个具体的形象,即那个跟随"骑士"堂吉诃德的仆人桑丘才是一个真正的喜剧操控者,也许桑丘才是那个回忆的老者,是已经抵达邻村的弥赛亚,因此这是他回忆幸福时刻的回溯目光。

在本雅明的笔记中,最为神秘的解读则是——这几乎是西方研究者从未提及的一个语句——"作为道家主义者的桑丘·潘沙"(Sancho Pansa als Taoist)[1]!本雅明在卡夫卡研究论文的第四节竟然以这个仆人的名字来命名,这是研究者几乎没有关注的盲点(而且第一次发表在《犹太评论》杂志时还没有这一节)。为何本雅明以"桑丘"这个可笑小人物的形象来总结与概括整个现代人的生存状态?这是本雅明阅读卡夫卡的根本落脚点,也是最为彻底与明确的标记!这也是中国智慧的可直观性——在具体的桑丘这个小丑身上,由此形象,本雅明再次解

---

[1] Walter Benjamin, *Gesammelte Schriften II*, S. 1198. 或者认为堂吉诃德是与中国道家的类似精神团队相关?但作为不安分的精神,而与之对比,桑丘似乎是一个安分的道家主义者。——不得不指出,这些句子一直就在本雅明的文集中,但从来没有研究者发现它们,更没有人指出其重要性。

密了卡夫卡写作的动机,当然这也来自卡夫卡笔记中对桑丘与堂吉诃德关系的独特反转,在《桑丘·潘沙真传》中,卡夫卡幽默地写道:

> 桑丘成功地使他的魔鬼——他后来取名为堂吉诃德——心猿意马,以至于这个魔鬼后来无端地做出了许多非常荒诞的行为,但其实真正的目标是桑丘自己,因此并没有伤害任何人,而桑丘才是一个自由自在的人,沉着地跟着疯子堂吉诃德,出于某种责任,自始至终从中得到了巨大而有用的乐趣。[1]

在卡夫卡的游戏反转中,绝对的游戏——关涉魔鬼与天使转化的游戏,桑丘转化为主人,也许卡夫卡在这里模仿庄周梦蝶的转化方式?[2]完全有此可能!桑丘转化成了堂吉诃德,而堂吉诃德转化成了桑丘,这是魔鬼般疯狂的行动,是不可能的转化,也是自由的行动,是没有任何伤害的转化,还是有着责任的转化,但又有游戏式的用处,实际上也是无用的游戏。当然,如此的责任与疯狂是中国道家所没有的,这是现代性的改写与转化。

在如此的转化中,桑丘才是那个最为普遍化的驼背小人,

---

1 [奥]卡夫卡:《卡夫卡全集》(第1卷),第507页。
2 本雅明戏谑地要求我们去数数卡夫卡文本中的蝴蝶,这些蝴蝶也许与庄子的蝴蝶梦相关,本雅明自己也在《柏林童年》的《捕蝴蝶》一节中专门模仿了庄周梦蝶的转化方式,在自然的拟似性及其宇宙的感通性上,或者生命的感知转化上,卡夫卡文本有着自然道家化倾向,卡夫卡无疑与庄子有着对话。

可能是政治神学的侏儒，也可能是道家化的神秘主义者，可能是另一个骑士，也可能是救赎的化身，而认为桑丘已经是一个道家主义者，那么，卡夫卡的整个改写不就已经道家化了？桑丘，也许在卡夫卡与本雅明奇特目光的幻化想象中，与庄子的形象重叠了？桑丘即是庄子？

同时，本雅明还把桑丘这个微不足道的助手形象与道家的空无所成关联起来，这是绝对的无关之联——这是论文第四节辉煌的一笔，从塔木德故事中只是渴望得到一件汗衫的乞丐，以及对于骑士的想象开始，卡夫卡的世界彻底沉浸在日常生活的喜怒哀乐之中，面对日常生活无处不在的艰辛与灾祸，弥赛亚就是来纠正世间生活的小小扭曲，而就是在这里，卡夫卡提及了《邻村》这个故事，思考了生命的短暂。面对此短暂，助手们不能睡觉，不知疲倦地如同傻子一样工作，在卡夫卡看来，苦修者们的伟大法则就如同道家一般的默化工夫，于是本雅明继续发挥了卡夫卡空无所成的道家工夫论，这无用的工夫论，让《邻村》的小说与卡夫卡最为隐秘的愿望梦想关联起来。

为何要让桑丘道家化呢？这个道家化是为了解决最为困难与核心的问题，即为何在论卡夫卡逝世十周年纪念文章的招魂书写秘仪中，在如此奇特的标题指引下，本雅明要重新回到卡夫卡写作最为内在的悖论：面对一个全然无真理的时代与世界，就如同进入了一阵阵从冥界最深处吹来的狂风之中（后来则是《论历史的概念》片段中，与之对比的新天使，面对废墟升高时接受来自天堂的风），会出现两种抗衡的力量，一种前行，一种回转，如果继续前行，则是遗忘与毁灭，如果回转，却又缺乏力量。这在骑士们的步伐上体现得最为明确：骑士的步伐，从走向邻村那短得不足以完成一次骑行的年轻骑士，到桑丘与堂吉诃德的骑行，直到亚历山大大帝的征服骑行，到学生助手们的钻研行为——就是顶风相向的骑行，前行是神话式的毁灭，回转便是钻研注意的方向或助手们的学习方向，"回转"就如同《邻村》中那个老者弥赛亚式的"回忆"目光。

问题的关键就在于，如何以正义来对抗神话的威力？本雅明认为，除非把骑士的前行与学生们的钻研学习结合，才可以调整那令人窒息的疾驶，由此可以适应穿过隘口时的史诗般稳健的步伐，这正是卡夫卡所寻找的步伐与助力。也许中国现代化的历史一直处于隘口上——一个疯狂超越的时刻，毫无反讽与反省，因为我们没有桑丘式的无用助手？但这只是在跟随堂吉诃德的仆人桑丘的步伐那里得到统一，因为钻研者作为助手，其实也是无用的，也是一种愚蠢——总是无法理解奥义的神秘，但此愚蠢的助手还在学习，由此构成可能的帮助，并且此愚蠢对人无害，如同桑丘形象所启发的，这是"一个老练的傻子，一个笨拙的助手"，但只有他桑丘，一个道家化的桑丘，在推动着他的骑士前行，同时也卸下了他背上的重负，这也是弥赛亚的道家化。这也是本雅明与肖勒姆对于卡夫卡虚无主义的不同解读，看似本雅明更为虚无与绝望，但其实桑丘这个变异的形象给出了无用教义的具体行动。

如同《邻村》中的那个老人,在回忆目光中聚集幸福的时刻(作为记忆的图集),已经让老子式的老者形象弥赛亚化了,已经抵达彼岸或邻村,不再是老子思想所要求的保持天然间隔——这已经是自然的弥赛亚化。自然的弥赛亚化与弥赛亚的自然化,就是助手们要学习与效法的姿势!

1.3 虚无的解释学:疯狂默化的工夫论

在与天敌的游戏中,有着艰难的周旋,有着吊诡的技艺:一方面,不得不保持与天敌的游戏关系,既然天敌控制着整个游戏的规则,就不可能反抗此规则,除非消灭天敌,但这几乎是不可能的,老鼠甚至不可能打败懒猫,因此卡夫卡作品中大量的老鼠形象不过是与天敌周旋时的坚韧游戏[1],不可能战胜天敌,连这样的想法都不能有,否则只是死路一条,如同《小寓言一则》中的老鼠,以为两堵远处的墙有裂缝,其实它们是合拢的,并合拢为一个捕鼠器,老鼠不可能改变奔跑的方向,

---

[1] 庄子《逍遥游》中对帝王神权让予政治的绝对消解时,也是以老鼠为例:尧让天下于许由……许由曰:"子治天下,天下既已治也。而我犹代子,吾将为名乎?名者实之宾也。吾将为宾乎?鹪鹩巢于深林,不过一枝;偃鼠饮河,不过满腹。归休乎君,予无所用天下为!庖人虽不治庖,尸祝不越樽俎而代之矣。"以及《应帝王》中:"鸟高飞以避矰弋之害,鼷鼠深穴乎神丘之下,以避熏凿之患,而曾二虫之无如!"庄子文本中涉及老鼠的相关段落与寓言,也是庄子试图以无用来寻求逃避天敌的方法。

即便想到了，也马上被猫吃掉了，一切都只是足够耐心周旋中的虚无，越是周旋越是虚无，但此周旋的虚无中有着眩晕的痛苦，唯一的警醒就是此空旋，直到使之成为一种艺术的伪装。或者最终，与天敌的周旋，无论多么巧妙与机智，可能结果都是"同归于尽"，在施虐狂与受虐狂之间的不可解的游戏，也是"死本能"的体现。而另一方面，不得不从天敌的绝对法则与控制中摆脱出来，无论这是上帝的愤怒与独占（如同唯一神论的独占性与三者之间冲突的不可化解），还是法则处罚的绝对权威与决断权；无论这是所谓的自然法则，还是生存的丛林法则，必须让所有的法则失效无用——这也是为何在卡夫卡的文学写作教义中，弥赛亚变得无用了[1]——并且寻找到法则的漏洞与空隙，打开逃逸的通道，且保持通道的通畅。这是老鼠们在造洞时的两难，既要使任何的建造无用，也要让此空洞成为空隙，建构逃逸通道的可能，使之保持通畅。这也是卡夫卡所发现的建造中国长城的方法：分段修建的体系，不可能不去建构完整的体系与法则，这是皇帝的梦想与指令；但

---

[1] ［奥］卡夫卡：《卡夫卡全集》第5卷），第47页。这是卡夫卡1917年12月4日的日记一则："到弥赛亚成为无必要(/无用：nicht mehr nötig)时，它会到来的，它将在到达此地一天后才来，它将不是在最后一天到来，而是末日那天。"也参看阿甘本等人的相关分析，尤其是哈马歇对此谜一样语句的相关分析，更为集中思考了卡夫卡与南希的弥赛亚之无用，此无用之来的"非事件性"，与阿甘本的分析有所不同。Werner Hamacher, "Ou, séance, touche de Nancy, ici (3)", in *Sens en tous sens-Autour des travaux de Jean-Luc Nancy*, hrsg. von Francis Guibal und Jean-Clet Martin, Paris: Galilée, 2004, pp. 119–142. 哈马歇在该文中，通过思考南希的非功效或无作的思想，并与策兰《逆光》中语句"第五季"或"第五维度"联系起来，由此，把第五维度的写作与无用的思想关联起来，从而推进了解构的思想！

又不可能建成如此封闭的体系，而是让空隙无处不在，这正是没有希望的希望之所在。

也如同卡夫卡发现的"奥德拉德克"这个形象一般[1]：它是虚构的，无法在语言的谱系中得以还原，其起源是空无的，是否定的，一个无名之名，一个非名之名，如同哈马歇所进行的专门分析；但是它又存在，以线圈，以废弃物的形式，如此具体，在我们日常的生活中无处不在，它有物性，甚至也有人性，尽管不完整且脆弱，它是一个不确定的混杂之物，一个跨界之物，或阿多诺所言的"无人之地"之物；但是它其实并不存在，就是一个幽灵，是非人性的，是必要的压抑与剩余之物，如同齐泽克同意马尔库塞的观察。但是，这个让"家长忧虑"（这个文本标题暗示的）之物，还是一个如同驼背小人的家伙，一个家族成员的余存者——只是这个家族是一个混杂的家族，一个类似于中国家庭与犹太家庭混杂起来后，言语纠缠的家族，是琐事成堆之物，但又似乎是并不存在之物。奥德拉德克，这是卡夫卡自己发明的另一个亚当？一种本雅明所追求的"纯语言"的表达——当然正好因为其混杂或者不确定[2]？

---

1 参看两个文本。[斯洛文]齐泽克：《视差之见》，季广茂译，杭州：浙江大学出版社，2014年，第二章第七节。Werner Hamacher, "The Gesture in the Name: On Benjamin and Kafka", in *Premises: Essays on Philosophy and Literature from Kant to Celan*, Harvard University Press, 1996.

2 [德]本雅明：《论语言本身与论人的语言》(*Gesammelte Schriften II*)。在1916年的这篇论文中，本雅明思考了重新回到亚当式纯语言的可能性与必要性，如何通过回到自然的沉默及其剩余的种子，唤醒语言本身的魔术与无限性，以修补灾变化的世界。

卡夫卡的写作与忧虑，在于面对现实生活已被判决的"非真理状态"，如同阿多诺后来更为严峻指出的此"非真理性"的生存被判决境况（实现了的非真理成了悖论本身，以至于并不使之成为可以表达的悖论）[1]，这比海德格尔的被抛弃状态还更加备受煎熬与严峻考验，彻底进入这泥沼的日常生活及其无处不在的灾难。而思考着转化的方法，就只能回到最低限度的边界上，回到纯粹形式的最低极限的转化，借助于助手们对逻辑悖论的研究，经过此逻辑悖论在极限上的苦思。而且，更为可怕的是，此悖论的艰苦研究可能还是异常愚蠢的，这是不可能解决的，才又如此吊诡，而不仅仅是悖论，因此有时显得异常可笑。

但在此吊诡上的思考与停顿，尤其是极限形式的简化上，如同中国道家提供的简化方式，如同庄子与惠子的逻辑悖论或诡辩，甚至是禅宗的棒喝，这在马丁·布伯的哈西德故事解读中已经结合起来，回到了纯粹的形式与逻辑，尤其是在吊诡的经验上，剥离出复杂的内容，而把注意力集中于纯粹形式的游戏——时间空间的形式变化上。比如，道家的间距，道家的舍弃，道家的无为与无用，就提供了一种转化的可能性条件。如同万里长城中的时空感——平远长城与垂直巴别塔的对立，

---

[1] Theodor W. Adorno, *Prismen: Kulturkritik und Gesellschaft*, München: Deutscher Taschenbuch Verlag, 1963, S. 264.

饥饿艺术家的囚笼——既是自我的囚禁与隔绝世界,也是庄子式的心斋——虚室生白,这是一种中介的帮助,一种默化的方式。

这也是为何卡夫卡的写作与解释学,不是传统犹太教对于律法的各种顺服方式,而是面对无真理的严酷状态,甚至牺牲了真理本身,只留下真理的叙事成分,就如同哈加达式文学性评注对哈拉卡律法性规则的反扑,这是以道家化的譬喻式书写修改了塔木德的传统原则,却让神秘的教义得以延续,这是另一种余存。

经过卡夫卡改写的道家,经过本雅明从现代性虚无主义所改写后的无用论,已经与中国传统的无用论有所不同:

其一,它更为彻底地接受了现代虚无主义,以虚无主义为方法,面对生存本身的无意义,尽管庄子思想面对了生存的受苦受累,但过快地走向了自然化的生命,而我们却不可能摆脱社会化,尽管网络虚拟框架提供了某种庸用的公共空间。

其二,它更为彻底地面对了整个社会的非真理状态与生存的羞耻感,当然庄子的思想正是因为发现了他那个时代的无真理与无余地,才试图以卮言的书写超越时代,但现代性的无用论对自身的囚笼绝境与无余的被动感受更为强烈,更为个体化,自由与自然尚未结合,一种新的纯粹语言或元语言有待重新生成。

这也导致其三，需要弥赛亚的超越救赎，而这是中国传统并不具备的要素，来自未来的回忆力量，庄子在神秘的养生术与自然的幻觉想象之间的混杂，需要生命技术与弥赛亚救赎的转化，当然这也是二者之间的相互转化，弥赛亚的自然化与自然的弥赛亚化，才是相互的助力。

这种疯狂的默化工夫论，不同于福柯"花花公子的苦行主义"，也不同于中国传统道家的清净无为的工夫论，它需要行动，疯狂地工作，但又无用，有些类似于本雅明在《暴力批判》中所言的街头无目的的罢工手段。在本雅明的重新解读中，就形成了重写现代性的"三重解释学"：弥赛亚式的救赎解释学—虚无主义的解构解释学—道家的无用解释学，这三者之间的相互转化与彼此协助，它们一道上路，并行或者交错，但均以无用的解释学为自我转化的方向，因为只有"无用"才可能消解任何成为原则的企图，消解西方唯一神论的垄断与暴力姿态。有着解释学的道路，但并没有方法，而且此道路也可能是绊脚的，因此需要经过无用化来再次解除，"无用的教义"或"教义的无用"（二者也是吊诡的关系）——这才是哲学的未来。

这就形成了三重哲学解释学的重新综合：

一、启示与先知式的—寓意的解经学，或拉比们的解释学（Allegorical Prophetic Hermeneutics, Allegorical Rabbinic

Hermeneutics）

二、理性与哲学现象学的—解构的解释学（Phenomenological Deconstruction Hermeneutics）

三、自然化与生活方式的—文人的无用解释学（Literati Useless Hermeneutics）

——现代性需要以"无用"为核心来结合这三者，以"无用的解释学"为"原则"，结合前面二者来重写，中国文化的无用之思也变得丰富起来，更为具有张力。[1]

在卡夫卡的写作中，如此的三重解释学已经关联起来，文学写作不再仅仅是讲述现实故事，而是讲述关于故事的故事，自从德国早期浪漫派以来，讲述绝对的文学或文学的绝对性，进入不可能的文学与文学的不可能性，解释本身成为文学的前提；而对于具有塔木德传统教义的犹太人卡夫卡而言，传统的神秘故事已经成为自身文学写作的基本主题，并且叠加在自己现实生活的写作中，如同中国当代自然化的艺术，既是现场"风景"的写生，也叠印了宋代以来"山水画"的图像记忆与

---

[1] 在这里，我们试图把拉比们的犹太教解释学与德里达的解构有所区分，这是不同于乔治·斯坦纳（G. Steiner）的地方，我们认为德里达的解构依然接续了海德格尔的现象学解释学，只是带入了更为反讽的戏拟，走向了"无限的分析"，写作成为"关于评论的评论"（以及文本之外一无所有），与犹太教的解经有某种相关之处，但依然有着根本不同，在对于《邻村》的分析中，无限可分的瞬间所打开的深渊，成为解构游戏的条件，但是弥赛亚的回眸超越了这些无限延异的瞬间（以及道家小国寡民的间隔区分），德里达的解构缺乏一个当下幸福"即成"的行动，如同阿甘本和齐泽克所指出的问题。

感知模式，而且还具有未来宇宙的幻景想象，捷克文学也并不缺乏此三重重叠的叙事。[1]如此的解释学，已经由布伯的哈西德故事的改写中所隐含，而被本雅明所发现，是回应现代性危机的另一种书写。[2]

"解构—犹太—无用"——"三重解释学"的无用化与具体化，其中也有着遗忘与善忘——不就是中国人的本性？因此就会出现愚蠢，有着法庭的受审等暧昧不清的特征。如此的动物化姿态，才是沉睡者的忘却，才是变形了与压弯了的生活，如同低着头的驼背小人所凝缩的一般性姿势！尤其是把祖先的形象与卡夫卡的人物联系起来，这是把中国的祖先崇拜与犹太人自己的传统联系起来！卡夫卡思考的乃是犹太人自己的命运！他借助于罗森茨维格的比较思考，但同时又揭示了人性本身的命运：还原到动物状态与自然化生命，才是人性的真相。甚至，把亚伯拉罕老族长点头哈腰的跑堂侍者形象、德意志童话中让人惊恐的驼背小人的幽暗动作与桑丘游戏堂吉诃德这如

---

[1] Stanley Corngold, *Lambent Traces: Franz Kafka*, Princeton: Princeton University Press, 2004, p. 241. 捷克小说家 Bohumil Haraba 故事中的一个角色看似一个白痴，却是一个有点不同的白痴，有能力同时引用塔木德、黑格尔与老子。重要的是，他可以"同时"引用。当然，这里的黑格尔可以换成尼采或海德格尔、本雅明与德里达，等等。此外，在布伯那里，也深入认识到了此三者在理论上结合的可能性，他在讨论哈西德主义（现实成为弥赛亚式未来的准备）的传说时，已经联系佛教禅宗的故事公案（针对现实的取消行动），还有庄子的蝴蝶梦（又是这个梦！与前面二者的差异在哪里？），注意是故事，而不仅仅是理论，就此展开了比较研究（比如《在宗教历史中哈西德主义的位置》一文）。

[2] 这三者的结合，无用式结合，非常类似于莱辛《智者纳坦》的智慧，一分为三的指环，成为面对唯一神论冲突时的譬喻式解决方式。

同提线木偶式的反讽操弄姿势（与《论历史的概念》第一条也隐秘相关），相互联系起来。

面对卡夫卡斯芬克斯谜一般的文本与书写，已经出现了各种解读模式，比如犹太教的神学解读（从勃罗德到肖勒姆、本雅明，直到格罗琴格[1]与摩西，还有阿甘本等人）、社会批评的解读（从布莱希特与阿多诺开始），以及精神分析的解读（阿多诺已经开始，到齐泽克等人）。我们这里的三重解释学是围绕"无用的教义"产生的综合，只是一种辅助的备用方式——它一直保持着自身的无用性，并非哲学的教义，而是某种可能的写作，尚未存在的美之期待。此弥赛亚神秘主义的解释学、理性反思与反讽的解释学，以及中国道家化的无用解释学，一旦结合起来，将打开哲学与文学的未来，也将改变汉语的书写本身。汉语曾经试图接纳西方的理性与科学精神，现在则要接纳犹太教神秘主义的教义，而且还要重新激活自身无用的自然化解释学，此三重的无用式转化，如同庄子"三言"在内在总体上的卮言化，乃是现代性的重新书写。

卡夫卡与中国，中国与卡夫卡，这二者本不相关，但因为面对现代性的根本危机，以无关之联的逻辑，以相互转化的逻辑，打开着思想与文学的未来。

---

[1] Karl Erich Grözinger, *Kafka und die Kabbala: Das Jüdische im Werk und Denken von Franz Kafka*, Frankfurt am Main / New York: Campus Verlag, 2014.

第二段

多重譬喻的吊诡：
卡夫卡式的腹语术或双簧戏

　　许多（人）抱怨说，智慧的言辞一直只是一些譬喻，但在日常生活中却没有用，而我们唯独只有这种日常生活。当智者说"走过去"，他所意指的，并非要我们走到另一边去，如果这条道路的结果有价值，我们毕竟会走到那边去的；相反，他指的是某种神话般的对面，某个我们所不知道的地方，对这个地方，他也没有进一步地加以说明，所以，对于我们来说，他说的话一点儿帮助也没有。所有这些譬喻，归根结底，只是说明，不可理解的就是不可理解的，而这点我们早就知道了。但是，我们每天费尽心力去做的，却是另外的事情。

　　关于这一点，一个（人）有说过："你们干吗要抗拒呢？只要你们跟随譬喻，你们自己也就会变成譬喻，这样就能摆脱日常的操劳。"

　　另一个说："我打赌，这也就是一个譬喻。"

> 头一个说:"你已经赢了。"
>
> 第二个说:"但是很遗憾,只是在譬喻里。"
>
> 头一个说:"不,在现实里:在譬喻方面,你已经输了。"
>
> ——卡夫卡《论譬喻》[1],1922年

走过去。

走过去,这是一个最为简单的身体动作,只要我们人类有腿,且能够行走,就可以如此行动。这也是如此日常的动作,走过去,就是走到街道或道路的另一边去而已,是很容易的事情。

走过去,或者也是走到另一条道路上去。进一步,这句话隐含着,走过去,就走向了另一种人生。甚至,走到了另一个世界,神话般的世界。

走过去,如此日常的动作,作为日常生活最为基本的动作,也是一种操劳,如果走过去足够困难,足够累的话,就会成为生存的事实,最为基本的人类经验。

但作为生命上路的姿态,也是一种如此难以言喻的姿态。走过去,这个姿态本身就是一个譬喻!这个譬喻反过来又要求人类的行动。此譬喻成为人类行动的前提。

最初,人类的任何基本动作或姿态,其实都已经是一个

---

1 [奥]卡夫卡:《卡夫卡全集》(第1卷),第518页。标题依然是勃罗德所加,无疑来自文本中的"譬喻"这个元词。

譬喻了。但从经验的动作到生命的伦理，似乎并没有直接的推导。

或者，一切的姿态，都只不过是譬喻而已？其实都是逻辑的陷阱？思维的捕鼠器无处不在。

除非你相信这里对话的两个人，其实就是一个人的"腹语术"，或者就是中国文化的"双簧戏"。

或者，除非，一旦你迈步（pas），你就离开了基底，哪里是落脚处（法语的 pas 同时具有迈步与止步的双重姿势：step/stop）？

如果总是会有黄泉或者深渊在脚边，如何走得过去？谁能够在譬喻里赢？这是这个文本的一个谜，一个让智慧之人也要操心的谜，一个没有钥匙的譬喻之谜（如同阿多诺所言），卡夫卡的几乎所有文本都是没有了解谜钥匙的譬喻式书写，或者是譬喻之失败的书写。

我们要走进这个谜之中，譬喻的谜之中，可能也是根本没有钥匙的谜语之中[1]，我们必须进入失败的譬喻与譬喻的失败之中，不断改写，现代性的基本写作状态乃是永远要面对写作本身的失败，也是所有譬喻都会失败的危险。

---

1 Theo Elm, Hans H. Hiebel (Hg.), *Die Parabel, Parabolische Formen in der deutschen Dichtung des 20. Jahrhunderts*, Frankfurt am Main: Suhrkamp Verlag, 1986. 其中的文章讨论了布伯的哈西德故事：作为生命的教义与作为教义的生命（Lehre als Leben, Leben als Lehre），最好地点明了卡夫卡写作与布伯思想的亲密性，当然更为彻底的转化则是生命的自然化与自然的弥赛亚化。

2.1 走过去:这是走到中国?

走过去。

走过去,许多,许多的人,随着我们一道,进入了这个譬喻的小世界。文本的阅读可以分为三段。

第一段,卮言或者至高智慧之言,如何可能进入平庸的日常生活?就如同犹太教神秘主义或者弥赛亚的名字如何进入日常生活得以被享用?同是一个词及其意义指向,比如看似如此简单日常的一个动作——"走过去",却总是意在言外,不仅仅是走向街道另一边,而是走向另一个世界,而且平常的人也不会去做。因为这总是指向某个神话般的所在——一个虚托邦?看似如此实际,其实还是虚幻的,是想象的某个地方。而且更为可怕的是,大众所不知道的,智者们也不一定说得清楚,有时候,说那么多,反而帮了倒忙,老子不是说过,"善者不辩,辩者不善"?

似乎卡夫卡在反讽犹太教拉比们的解经历史,其实并没有给出什么解释,反而更为神秘玄乎了。其实只是在比喻或譬喻里绕圈子,只是语词的游戏而已,如同惠子对庄子的指控。一旦我们进入日常生活,我们面对的都是具体的琐事,我们必须反复"抡起锤子",辛苦地去处理日常琐事,但那神秘的依然神秘,似乎与日常生活没有什么关系,"空无的依然是空无的",依然没有什么意义。

那么如何面对日常平庸生活与至高神秘空无之间的差异呢?对于后来的本雅明而言,问题也是如此,如何在世俗的幸福历史世界与上帝之国的弥赛亚来临之间建立联系?既然二者之间并没有关联!如同卡夫卡小说如何在犹太教神秘主义想象与现代官僚机构之间,两个几乎不相干的世界之间,建立联系并打开转化的通道呢?官僚机器的天敌只能依靠另一个强权的逻辑?如同布莱希特所言的,布拉格的犹太小青年也有着法西斯主义的迷梦期许?

第二段,文本出现了一个重要的转换,其中"一个人"建议道:不要对抗了,不要陷入世俗与智慧的对立,佛教式俗谛与真谛世界的二重对立及其消除也提供了启发,就是要把"自己"也变成"譬喻"!只有让自己跟随譬喻,并且最终彻底变成譬喻,才可能免除日常的烦恼。成为譬喻本身——进入一个苦修的外在世界,就可以摆脱日常生活的烦恼,进入一个涅槃的世界,遗忘世俗的烦恼,一般认为庄子的思想不就是某种逃避世界的消极无为吗?这不仅仅是人生,也是这个文本,这个教义,或者这种譬喻的书写方式本身,必须消除此二元对立状态,这是反复自身指涉(导致了逻辑悖论),又反复自身解构(出现了反讽),也是反复自身转化(需要转化的工夫)的运作。

何谓把自己也变成譬喻或卮言？这是要成为庄子式的卮言者？比如庄子文本中的那些无名人、无为谓、天根、忘己与忘名之人？这些卮言者看似概念——如同柏拉图的通种或最为基本的善理念，其实也是概念的生命化，一般性的概念必须具体化为一个个鲜活的生命形象，人类自身不可能具有此一般化的能力。这也是犹太教与中国文化为什么不相信基督教的道成肉身的方式，中国人仅仅相信自然的循环转化与可再生性，这也是为何庄子的卮言者主要是处于混沌作用中的基本元素（风、水、气，但又不只是元素，如同柏拉图的 khora/chora）。只有变成无所用的卮言者，才可能打开另一个世界，才可能真的走过去？只有打开一个如此空无所用的世界，才可能进入现实世界的真理？这样，不就让人类成了一种元语言？是的，这就是元语言，本雅明1916年《论语言本身与论人的语言》一文中所言的"纯语言"，成为亚当那样的"元语言"，而且获得具有神性形象的名字。这是本雅明差不多在同一时间就已经明确的方向，进入了犹太教神秘主义的秘密核心。

如此的转化，成为另一个名字，成为一个"比方"，这是譬喻的指向，以已知暗示未知，成为另一种语言的寓意——"想象一种语言乃是想象一种生活方式"。

第三段，随后吊诡出现了，出现了"第二个人"，即这是两个人的对话。这两个人来自哪里？代表了谁？是前面的智慧之人与日常之人，还是模仿庄子与惠子？是丑陋的苏格拉底与肥胖的犹太拉比，还是耶稣与法利赛人？是卡夫卡与庄子？或者就是任意一个的"我与你"——如同布伯的书名，又或者就是一个人的腹语术。

针对前一个人变成譬喻的建议，这"另一个"则认为，如此的转变或转化，也只是譬喻而已，既不可理解，也没有什么意义。而且他是以打赌的方式表达。只有信仰，如同帕斯卡尔所言，才需要打赌，一般的事情不关涉性命，当然不必打赌，而打赌总是指向未来的不确定性。

第一个人不得不同意：是的，跟随譬喻，并且变成譬喻，确实，只是一个譬喻而已，说到底还是譬喻而已，并没有什么实际效用，而只是文学的修辞术，就是无用的。因此，反而是对方赢了，因为"譬喻"说到底似乎"也"只是一个譬喻而已！在这个意义上，认为这只是譬喻的对手赢了，即现实生活赢了，但也同样是无用的。

另一个人却接着说，可惜他自己只是在譬喻里赢了而已，即，只是在譬喻世界里赢了，因为他们依然在譬喻里打转。——这就如同庄子与惠子针对鱼之乐的争论，是你知鱼之乐，还是我知你？是人类之知还是自然之乐？在卡夫卡这里，似乎是世俗世界之操劳与譬喻世界之神秘的对立。

但是第一人又说：不是的，恰好是在现实里或实际中，现实的力量赢了，譬喻本身却输了。

在现实中获胜永远只是暂时的,而在譬喻里获胜又是虚幻的;如何可能既在现实中获胜,又在譬喻中获胜?如何可能同时双赢?但这才是真正的吊诡:必须在譬喻方面更为彻底地获胜,必须让譬喻获胜!而这是不可能的,譬喻其实是无用的,无用如何大用?这是文本隐含的谜语。

因此,这里不可能有获胜者,无论是现实中还是譬喻之中,这是双重的失败——现实的失败与譬喻的失败,也导致这是一个失败的譬喻,是一次失败的书写。文学也就成了某种无用的文学!

对于卡夫卡,犹太人的命运,道家智慧的命运,可能就是如此双重失败的最佳见证!之为无用的例子!犹太人在历史上不断被放逐,在现实中从未进入应许之地,而犹太教神学所等待的弥赛亚之譬喻,也从未来临,因此这是双重的失败与无用;中国道家智慧也好不到哪里去,无用的高深密意从未在政治上实现过,其道教式长生不老的修行活动,也只是陷入神秘主义的泛滥之中,因此也是双重的无效,根本上的无用。进入现代性,二者都需要双重拯救,但这如何可能?无用如何可能大用,且还是保持为无用的?无用的文学到底如何可能?这是这个譬喻式写作的谜中之谜,秘密中隐藏的秘密。

走过去。

很多人走过去，一个人走过去，一个民族走过去。

20世纪初进入现代性的布拉格犹太人卡夫卡，既要走到德国或西欧，也多次去意大利等地旅行，如同大多数的犹太人，试着"归化"或"走进"欧洲文化；但随着锡安主义的兴起，他们又想"走回"耶路撒冷，回归到犹太民族的复国之地耶路撒冷。这是卡夫卡生活的时代，无论在德国还是在布拉格，犹太复国主义已经切实可行了，卡夫卡与本雅明都有过回到巴勒斯坦或耶路撒冷的念头；而也许，卡夫卡还在遥望中国，他也想"走到"中国那边去？

这就是为何卡夫卡要认为自己是一个中国人，要回家了，如果是马上要回家的话。马上就回家，这也是一个简单的动作，但你要回到哪个家呢？当然，卡夫卡说的是，"我想，我若是……的话"——用的是虚拟语气。为何卡夫卡会有如此感受？这是因为看到了自然的风景，"而此刻良辰美景经由静寂与空无、经由一切生命和非生命的感受力而升华"——这种感受，几乎是一个中国文人的审美感受，其所用的词语，似乎也异常东方化。

因此，他认为自己已经走进这个风景了，他就试图再次走过去，走到中国这个东方国家？或者只是学习中国的双簧戏，说出双重的声音？

"走过去"，这是一个动作，也是一种阅读文本的方法？

阅读另一种语言的文本，阅读另一种智慧，需要走过去。这个时候，卡夫卡已经读过了庄子，当卡夫卡开始阅读庄子的时刻，他开始走到汉语一边去了？或者，历史从此就打开了另一双眼睛，这是从没有过的眼睛，既非犹太人的，也非中国人的，也非欧洲人的，因为它走过了所有语言的边界。

走过去，卡夫卡就形成了另一种语言，这语言与庄子相似，但并非同一性的翻译，而是对一种可能的"纯语言"的转译；它也非犹太教的奥义，因为这是神圣语言的无用性；也非哲学式的智慧，而是需要打赌，但这种打赌却以譬喻为指向，异常诡异，充满了悖论。此悖论还是滑动的（诺伊曼所言的"滑动反论"，Gleiten des Paradox）[1]，在现实与譬喻的双重世界中滑动，进入了"吊诡"（pure paradox）。吊诡之为吊诡，乃是悖论的滑动，进入纯粹状态，保持在可解与不可解之间的不确定状态（如同卡夫卡在另一则譬喻式写作文本《普罗米修斯》中所言）。

吊诡，不同于逻辑"矛盾"（contradiction）是错误的，需要避免；不同于表达的"悖论"（paradox）是需要解决的；不同于"佯谬"（oxymoron）有着某种诡计与诡诈；不同于"二律背反"（antinomy）是需要寻找中介连接的；不同于"双重约束"（double bind）需要在可能性与不可能性之间保持张力。吊诡与

---

[1] 叶廷芳编《论卡夫卡》，北京：中国社会科学出版社，1988年，见其中诺伊曼的文章，第541页。

这些相关,却有着不可解决性,但又有着解决的可能性,但对此可能性又是不确定的,因此是更为纯粹的悖论(尤其考虑到西方语言还无法翻译出吊诡的悬空与诡诈)。

尽管此滑动的悖论或吊诡,看似没有什么帮助,却依然有助于我们理解譬喻的绝对性(神话般的)以及现实的坚实性(操劳)。

当然,有很多犹太人也试图走过去,进入庄子的文本中。

卡夫卡的写作姿态显然受到布伯的影响,来自布伯对于庄子的翻译(1910年)以及对于东方宗教的思考(1909—1918年左右的演讲[1])。卡夫卡出席过1913年布伯在布拉格的演讲,大量通信已经证明了二人的交往,如同后来策兰对于布伯的期待:一个可以对话的"你",一个可以授予诗意的"你",一个可能的弥赛亚。

那么,卡夫卡阅读庄子时,到底读到了什么呢?他走到了庄子文本里面吗?据说卡夫卡曾给古斯塔夫·雅诺施念过一段《庄子·知北游》:

> "不以生生死,不以死死生,死生有待邪?皆有所一体。"随后卡夫卡解释道:"这是一切宗教和人生哲理的根本问题、首要问题。这里重要的问题是把握事物和时间的内在关联,认识自身,深入自己的形成与消亡过程。"卡夫卡还用铅笔给下面这段话划了四道线:

---

1 [德]马丁·布伯:《论犹太教》,刘杰等译,济南:山东大学出版社,2002年。

> 古之人，外化而内不化；今之人，内化而外不化。与物化者，一不化者也。安化，安不化，安与之相靡，必与之莫多。狶韦氏之囿，黄帝之圃，有虞氏之宫，汤武之室。君子之人，若儒墨者师，故以是非相𩆜也，而况今人乎！圣人处物不伤物。[1]

——似乎卡夫卡悟出了一切宗教与全部人生的根本问题，即，把握事物和时间的内在关联，尤其是生命的一体"转化"，如同荷尔德林《在可爱的蓝色中》一诗中也认识到的：一方面，充满劳绩，人诗意地栖居于大地上；另一方面，"生即死，死即生"。荷尔德林也试图以不可认识的神性来度量人类，让人获得神的形象，让灵魂获得造型的本质，从苦难中转化。在卡夫卡的评论中，这一点也许与他自己的小说《变形记》相通，重要的是生命的"转化"，才能"不伤物"，不损害物的本性，让物得以保其天年，任其自然发展，才能去"化物"，就是外形随物变化，而内心凝静，不将不迎，如同古代的人外形变化，内心则不变化。更不要陷入是非之争，因为言语也会伤人！而"化"最终指向"安"，安之为安适，乃是与变化相适应，圣人也要安定万物，而不伤害万物。

或许是为了回应庄子的文本，或者说着迷于如此的不伤物，卡夫卡自己才写出了一篇《论譬喻》的片段小说？其实它不是小说，有些像杂文，或者片段，好像是笔记，又好似

---

[1] ［奥］卡夫卡:《卡夫卡全集》（第5卷），第455页。

格言。或者，就好像庄子的某些对话片段，比如庄子与惠子的那些对话（"子言无用"与"子非鱼"）。《论譬喻》这个文本，可能还是卡夫卡阅读了卫礼贤的《南华真经》译本之后，尤其是"子言无用"这一段对话——德文翻译为"无用的必然性"——而写出的，因为布伯的翻译选本中并没有如下《庄子·外物》中这一段：

> 惠子谓庄子曰："子言无用。"庄子曰："知无用而始可与言用矣。天地非不广且大也，人之所用容足耳，然则厕足而垫之致黄泉，人尚有用乎？"惠子曰："无用。"庄子曰："然则无用之为用也亦明矣。"

无用之为用，这也是吊诡。无用如何有着用？走过去——就是黄泉死地了，人类不可能征用死亡的深渊，庄子在这里的论证，打开了修辞的深渊，就如同这个文本中寓意指向的位置：黄泉，这也是死地，如同尼采所发现的生命个体各个主体透视法的深渊。走过去，就到了黄泉，想象力打开了生命的"元现象"，一道存在本身的深渊，一旦深渊被打开，或者导致危险，或者导致拯救。

而在20世纪思想中，海德格尔彻底地发现了人类无家可归的惊恐（Unheimlichkeit），人类本身是惊恐之中的最为惊恐之物，这是索福克勒斯悲剧《安提戈涅》第一合唱曲的最初发现。人类以其技术开始对世界的主宰与控制，人类自身就显现为世界的惊恐之物，将代替神来宰制世界。海德格尔一直试图克服此惊恐之物,却不知道,希特勒的第三帝国即是如此的惊恐之物,等到他开始清醒并且彻底反思时,却苦于无法走出天敌的限制——德意志人要模仿犹太教才可能拯救欧洲,但这是一个恶性循环。在急难时刻,他发现了庄子的无用之物,那个打开的死亡深渊。因此,在德国战败日(1945年5月8日),海德格尔写出了《晚间交谈》(GA77)中的隐秘对话主旨:让德意志成为一个等待与无用的民族!尽管海德格尔从不提及犹太人,更没有提及卡夫卡,这是异常奇怪的拒绝[1],而犹太人卡夫卡不是早就意识到了自己所属的犹太民族,已经是或者从来都是一个等待与无用的民族?或者说,进入现代性才可能成为一个真正无用的民族?不断被屠杀,进入捕鼠器,不就成了彻底的无用之物?

走过去,脚下的深渊已经打开!这个黄泉一直打开着,只是中国人对此视而不见,而可能肖勒姆与海德格尔等人,在1920年代已经看到这个深渊!当然,他们也无力逆转西方命运的走向。

走过去,如同海德格尔存在历史的另一个开端转向,在走

---

[1] [德]海德格尔:《乡间路上的谈话》(GA77),第247页,参看译者的观点。在三场虚拟对话中,第一场对话中的三个人物,其中一个就是"向导"(Ein Weiser)或"智者",作为"引导者"(Ein Weisender)。而第三篇虚拟对话为《在俄罗斯战俘营里一个年轻人与一个年长者之间的夜谈》(我们简称为《晚间交谈》),以庄子与惠子之间关于"无用"(die Notwendigkeit des Unnötigen)的对话为结尾,思考"全然无用的民族"(ganz unbrauchbare Volk),不也是在模仿庄子的对话?如此看来,似乎海德格尔也在模仿卡夫卡?既然也是关涉到智慧之人的无用(unverwendbar),这也是不可能的无关之联!

向那个诗意的希腊时，却也走向了暴力的深渊。

这是譬喻式写作，但也是关于譬喻的譬喻，是元写作，是关于语言的语言，是譬喻要征服现实，是要让譬喻获胜，这如何可能？如此颠倒的书写，也是"元语言"的书写。

也许卡夫卡在这里机智有趣地模仿了庄子与惠子的对话——"无用之用"，以及"子非鱼安知鱼之乐"。只是更为自觉加入了吊诡的元逻辑。

即，还有另一段庄子与惠子的对话也与之相关（《庄子·秋水》）：

> 庄子与惠子游于濠梁之上。庄子曰："鲦鱼出游从容，是鱼之乐也。"惠子曰："子非鱼，安知鱼之乐？"庄子曰："子非我，安知我不知鱼之乐？"惠子曰："我非子，固不知子矣；子固非鱼也，子之不知鱼之乐，全矣！"庄子曰："请循其本。子曰'汝安知鱼乐'云者，既已知吾知之而问我，我知之濠上也。"

两个朋友在田野上游玩，其步伐本来很从容自在，就如同、就应该如同水中的那些鱼的姿态，但偏偏惠子要与庄子辩论鱼与人的不同，或者庄子偏要说出那"鱼之乐"，二人在相互的诘难中，似乎并不快乐，任何争论都不可能快乐的呀，但两个人的散步本来应该是快乐逍遥的，如同许多游鱼一样，"许多"不一定是许多人，而是许多自然化的生命，只有成为自然化的生命，此游走的步伐才可能是逍遥的。

在这场争论中，有胜者吗？似乎是庄子胜利了，可是惠子明确说到，是庄子开始了判断——以人类的语言去言说鱼之乐。是惠子胜利了吗——人类与鱼类毕竟就不相同？但惠子却对着自然游走的鱼类，讲着逻辑的道理。到底谁胜利了？在逻辑里或者譬喻里，惠子其实赢了——既然是你庄子开始言说的，而动物世界并不言说；但在现实里，庄子赢了——因为鱼类不需要逻辑讨论，而乐感就是感受，语言表达要还原为感受性。庄子似乎宁愿在逻辑与譬喻里获胜？这是一个关于"乐"的通感，人与自然的内在感通，因此，这里就不再有譬喻与现实的冲突，不再有逻辑的区分，不再有赌注，而就是进入自然与人类的感通。

或者对于庄子，对于这场游戏，走过去，不要争论，没有比争论更为愚蠢的了，但既然记录了这场争论，这看似愚蠢的争论可能也暗示了另一种自由的游戏空间？这是去逍遥起来，闲散起来？

走过去？如果一个人的脚步移动一点点，但可能就走向了"黄泉"或"死地"，这一步如何可能走得过去？卡夫卡以这个步伐来开头，其实不就是在模仿庄子对话中的步伐？厕足而至黄泉了，如何可能过去？因此，庄子文本说：走过去，也许就走向了黄泉。走过去，或者也许会走向《逍遥游》的"无何有之乡"！或者，走过去，就走入了水中，这不就放弃人的意志而成了鱼？也许庄子是要求惠子学习鱼游动的姿态——鱼在水中游，而鱼不知道自己在水中，放弃人为与自然的区分，学习自然的拟似性？如此相反的后果，在同样的"走过去"的步伐中，已经隐含着。

走过去，这个所谓想象的彼方，不就是黄泉？不就是无用的所在？走过去，成为鱼，不也是更为自然，也更为无用的了？但对于我们，不可逃避的日常切身庶务又是必须可用之物！"无用的必然性"还是卫礼贤的德语翻译所加上的标题，无用如何成为必然的？在此片段中，如果"无法理解的就是无法理解的"，这就如同庄子的卮言，或如同犹太教的奥义，就是无用的了。而我们又必须每天为日常琐事操心，这不就是生存的悖谬？神圣之物是无用的，日常操劳最终也是无用的消耗，都没有什么用处。

但是，为了获救，为了从日常操劳中摆脱出来，获得自由，我们只有跟随譬喻，我们不应该跟随日常生活的方向？一旦我们走过去，跟随那譬喻，我们就走到了譬喻里面，我们也会"变成"譬喻，转化为神话一般的存在，进入一个神秘的所在。

但如此的转化，其实也可能只是一个譬喻，即，仅仅只是一种修辞策略，一种激励，一种诱惑，让我们摆脱日常生活的烦忧，也只是一种幻象。如同一旦我们发现，我们每个人的生存不过是如同西西弗斯那样的无意义与徒劳的话，我们似乎获得了象征性的安慰，我们成了"形象"，如同后来加缪的发现，但显然，这只会导致另一种虚假的幻象（illusion），卡夫卡无疑要破除这种象征性（symbol）的类比（analogy）幻象。即便象征类比有着某种力量，比如征服了人心，让我们在文学世界里获得了安慰，但其实最终并没有什么帮助！因为这只是在譬喻方面赢了。

但奇怪的是，这个断片的结尾却说：不，不是的，如果只是如此这般在譬喻的文学世界里赢了，其实还是输了！因为譬喻之为譬喻，必须转化自身，实现自身，而不仅仅是一个譬喻而已。必须现实化，但又必须保持譬喻，这类似于庄子的无用之用：譬喻是无用的虚象，但又必须保持譬喻，而且必须让譬喻实现，既然要走过去。

甚至，更为可怕与吊诡的可能是：现实的荒诞与怪诞已经超过了任何的文学想象，任何可能走出此现实泥沼的步伐与幻想恰好是导致现实荒诞加剧的要素，也许卡夫卡的写作，肯定自己的失败之不可避免，就在于认识到任何写作的不可能性或譬喻的绝境。

譬喻仅仅是一个譬喻，但譬喻又不能仅仅是一个譬喻，这是吊诡之处，这是譬喻的吊诡，不是现实的矛盾。这是来自譬喻本身的纯粹悖论，即，一方面，譬喻确实是譬喻，是混杂的众多的类比、想象与幻象等各种修辞术；但另一方面，譬喻并非仅仅是一个修辞,一种文学想象与幻象,而是更高的现实,更高的实在,必须存在与实现,譬喻的世界是更为真实的世界——需要我们"走过去"与"走进去"的世界,阅读的行动必须让不可理解的变得可以理解,尽管其还是保持着不可理解性。

这也是另一种来自譬喻本身的悖论:弥赛亚之为救赎,已经无法进入世界,他可能从未来过,他也不可能来了,他走不过来,他已经变得无用了。中国道家的无用思想,不就是悬置了所有的弥赛亚救赎?既然救赎的弥赛亚也必须保持其无用性。但如此无用化的弥赛亚如果还有着救赎的力量呢?弥赛亚乃是不可摧毁的信念,不是无用之为大用的吊诡了?!

因此,那看起来在譬喻世界里获胜的,可能还是输了,因为这个譬喻本身根本就不可能被实现,它是如此的无用,就如同阿多诺后来说哲学早就被延误或者错过了实现自身的机会。

2.2 譬喻与厄言:相互的转化

走过去?

谁在走过去?

是许多。文本的第一个词,其实是"许多"。

因此,这个文本中,有着许多的步伐。"走过去",卡夫卡的这个文本,其实是多重步伐的综合:

首先,"走过去"这个动作,模仿的是"无用的必然性"的对话:"无用之用"。尽管在布伯的翻译文本中没有这一段,但是庄子与惠子关于无用的对话,布伯也有所翻译,布伯的译本一开始就选择了《逍遥游》中的对话片段,也关涉到无用。

其次,打赌的那一段,如同惠子与庄子的"子非鱼,安知鱼之乐"一样,即打赌相互之间是否理解了,也是一个对话的步伐,是二者在散步中的回旋,彼此走过去,但又并没有走过去。是相互的循环指责,相互反转的游戏,是围绕语词本身的游戏。庄子的文本也有着步伐,他跳向水中,成为鱼,与鱼一道游戏就成了水中鱼,但惠子却依然在概念中,在语词的区分中,在判断中;而在庄子这里,则进入了自然化的纯语言,如同在亚当的伊甸园中,并没有区分与判断,濠梁与水中鱼,就如同一个伊甸园的原初生命场景,是自然的场景,其中并不需要对话,不需要区分,只是需要共感与游戏,这里隐含着自然化的无用解释学。

最后,除了与庄子有联系,这个文本,可能还与犹太教拉比们的对话相关,与耶稣所使用的寓意(parable)方式相关,尤其是戏仿耶稣在《路加福音》第十章第三十七节所言的:"你去照样行吧!"

走过去?

走过去的有"许多"。许多人吗?可能在这个文本中,也不一定指的"人",而可能是"概念",或者抽象的"元词",比如"譬喻"这个词本身。

抽象的概念如何走过去?或者我们必须走进抽象的世界?或者抽象的概念,如同幽灵,将走近我们?

不仅仅是走过去,其实可能一直有着一个相反的方向:走过来?

文本有着对话,如同布伯所渴求的"我"与"你"的对话,如同后来策兰在诗歌写作中寻求的那个可能的"你"。

这一次的写作,关涉譬喻,既然譬喻已经是语词表达的修辞,而关于譬喻的譬喻,成了譬喻本身的譬喻,那是更高的修辞,那是神话般的所在,尽管对此地方,我们似乎不可能理解,那里仅仅是一个虚托邦,一个虚托的所在,但也许仍然有着某种帮助。

我们不得不跟随譬喻:是的,不得不跟随譬喻,这是前提。有着两种说法:一方面,跟随譬喻的跟随——成为一种圣人的生活,这是必须的,但可能也是虚假的与不可能的;但另一方面,如此的说法其实只是一个譬喻而已,但为此譬喻打赌,还必须让譬喻彻底获胜,而这几乎是不可能的,也许它只能是一个赌约,必须一直处于打赌的不确定性中。这也是为何对于卡夫卡小说的解读如同《诉讼》中所言,正确的解读与错误的解读可能并不冲突。

许多？哪一个？比如，那个跟随譬喻的化身，成了譬喻本身，或把自身寓意化的耶稣，成了天国本身。比如卡夫卡的饥饿艺术家：他成了那个笼子本身，不断自我克制与收缩——不断跟随着譬喻——试图重新成为圣人或者模仿圣人的行动。他确实在现实里赢了，他克制饥饿进行了四十天（如同耶稣基督），大家也知道他的表演是真实的。但是在譬喻上他却输了，因为如此的跟随，如此的表演，还有意义吗？如此的无用与无为还有意义吗？在譬喻的譬喻层面上，饥饿表演彻底失败了：没有人愿意跟随如此虔诚与斋戒的生活了，它不可能成为一种生活，尽管在现实里，如此的饥饿实践与修炼又是吸引人的。当然，其意味恰好又是反向的：如此现实的无用，恰好又是有用的启示，这又是一个颠倒。吊诡的逻辑需要反复颠倒。卡夫卡的世界是一个需要反复翻转与颠倒的吊诡世界，这是犹太教神秘主义传统中关涉弥赛亚救赎的解读工作，需要把一个句子颠倒七七四十九次，才可能让其意义释放出来。

许多？这是另一个，一个跟随譬喻的人，如何在现实的劳作中获胜，在譬喻中也赢了呢？这是可能的吗？比如女歌手约瑟芬及其跟随者，在譬喻上赢了吗？好像是。她在现实里赢了，满足了我们的倾听；在譬喻的意义上，是耗子叫还是完美的天使歌唱？尽管不确定，但其实还是赢得了什么——她的歌唱乃是我们这个耗子式民族的希望。这最后一个小说，其实指向的是希望，非常微弱的弥赛亚希望。这是有待于真正跟随的方式，难以言喻的"好像"或"好似"的方式：好似耗子叫，好似天使的歌唱，仅仅是"好似"，这一"好似"已经在变异，也许是犹太人，也许是中国人，但首先要变成一个"耗子似"的民族。

许多，许多方式，许多走法与步伐，当然，还有另一种，这是在现实中输了，譬喻中也输了——这是建造地洞的耗子：耗子，不断建造地洞，跟随此地洞的建造，不断地建造与拆除，成了这个动作本身，并不停止，入口的奇妙遮掩与迷宫的游戏。但，在现实中，他输了——地洞不可能建造出来；在譬喻上，也是输了，他惊恐，逃避，着迷于自身的迷宫，惊恐于自身的惊恐幻觉，最终还是被摧毁，如此建造的观念及其迷宫的譬喻，都是失败的表征。

这是一个非真理的世界。这是犹太民族在现代性中的命运——在一个非真理的世界无处可逃，并被大屠杀。这也是中华帝国的方式：一方面，要建构城墙抵御外来民族，不断修建，但又漏洞百出；另一方面，自己在城墙里出于恐惧，对于入口的伪装，对于迷宫宫墙的着迷，让自己也迷失其间了，如同那个走不出皇宫的使者，"我有时一度迷失在自己的所造物之中"。

但我们不得不跟随譬喻，并且不得不成为譬喻或卮言，如果我们不让譬喻获胜,如果我们不去打赌,我们就不可能摆脱日常的操劳,不可能获救。这就要求我们再次成为"元语言",成为无用的纯粹语言。这个对话,最好地把"无用"的智慧之言与"有用"的日常生活,进行了最为强烈直接的对比,既凸显了日常庸用的重要性与绝对性,也凸显了无用卮言的重要性,而且让二者处于相互转化的关系之中。

无用与有用之间,不可用的智慧之言与日常的生活之间,日常的成功与卮言的失败之间,如同庄子的材与不材之间——其实是不可能的,并没有这个之间的转换通道,只有来回不止息地滑动悖论,不停地相互反转,形成了卡夫卡的滑动反论,或者滑动的悖论,即吊诡。

"许多"——这是文本的第一个单词,卡夫卡如此写,显然不是随意的,它们不一定是许多"人",而可能是"概念"或"元词",是譬喻本身,是譬喻化的可能生命。

此"譬喻"(Gleichnis)的多重性混杂包含着:隐喻/类比/寓意/相似/谜语(metaphors / analogies / parables / similes / riddles),从现实的动作与场景出发,经过修辞学的转化,走向隐喻的扩大,也可以成为精神世界的类比,甚至成为某种宗教的寓意,并且可以相互拟似,彼此模仿,导致戏仿与反讽,并且一直保持着在谜语一般的不可理解之中,或云雾状态之中。如此简单的叙事,哲学化的小说,或者教义化的文学写作,可以从日常叙事,走向元叙事,走向叙事本身的解构,直到走向不可知的谜。但其中最为关键的是"元词"或者"概念"本身的人物化。

"许多",再一次,不一定是"人",而是概念与抽象的元词,此概念的人物化,不同于基督教的"化身"类比,不同于希腊神话的象征——尽管柏拉图在《蒂迈欧篇》中试图让"最高的通种"生命化,但并没有成功——这是"虚托邦"尚未呈现出来的停顿,但庄子的卮言试图让元词或纯语言得以实现。

比如《庄子·应帝王》中的卮言:

> 天根游于殷阳,至蓼水之上,适遭无名人而问焉,曰:"请问为天下?"无名人曰:"去!汝鄙人也,何问之不豫也!予方将与造物者为人,厌,则又乘夫莽眇之鸟,以出六极之外,而游无何有之乡,以处圹垠之野。汝又何帛以治天下感予之心为?"又复问,无名人曰:"汝游心于淡,合气于漠,顺物自然而无容私焉,而天下治矣。"

——在这里,"无名人"这个概念,竟然成了有生命的对话者。在庄子文本中,有着大量这样的卮言者(即概念的生命化),比如,无为谓、无穷、无始、无为与无有、倏忽与混沌,等等,这些如此哲学化的元词,如此虚拟化的可能世界中的"非生命",它们并不是唯一上帝的道成肉身,而是多重生命的自然宇宙化,是非生命的生命化,是譬喻或卮言的具体实现,甚至,无用难道不也是可以生命化的?无用的神会化身为什么样的生命?不一定是人类,可能是某种新的超人,或者技术化的自然生命。

卡夫卡也是如此,他也把"概念"或"意念"生命化与动作化了:

> 我有三只狗:"拽住它"、"抓住它"和"绝不"。"拽住它"和"抓住它"是普通的小捕鼠犬,当它们单独在那儿的时候,不会引起任何人的注意。可是还有"绝不"呢。"绝不"是一个杂种,看上去,即使几百年的训练,对它也不起作用,"绝不"是一个吉卜赛种。……"绝不"认为,不能再这样下去了,必须找到一条出路。[1]

在这里,卡夫卡把概念化的动作彻底生命化了,与庄子的卮言有着相似性。无用的文学书写乃是让概念获得自然化的生命形态,如同布朗肖的虚构写作,乃是让"死"这个中性的概念获得个体当下"复活"的经验。

此譬喻的对话方式,关于譬喻的元写作,就如此类似于庄子的卮言,因此,以 Gleichnisse 这个词来翻译、来改写"卮言",会导致什么样的后果?

显然,卡夫卡的标题受到布伯的直接影响,因为布伯的

---

[1] [奥]卡夫卡:《卡夫卡全集》(第5卷),第90页。

庄子选译文本异常独特，他名之为《交谈与譬喻》(Reden und Gleichnisse)，即主要是对话的文本，或涉及"卮言"的文本。当然，布伯并没有翻译《天下》与《寓言》篇中对"卮言"的直接定义，也许是因为他觉得这些文本过于困难，这也是对后世中国思想的误解之源——把卮言放在寓言之中，而寓言只是"三言"中的第二种，并非卮言的最高种！但是，布伯以 Gleichnisse 作为翻译，肯定已经发现了庄子独特的言说方式，即"三言"中的卮言如此奇特，也深深认识到语言言说的重要性，尤其是"道"之为教义的诗意与神秘性。

而且布伯也深深触及了"卮言"与"寓言"的差异，不然他不会用 Gleichnisse，他本来可以用"寓言"(Fabel)——这个词与动物的寓意相关，比如伊索寓言与后来的童话寓言，甚至用比附或者"寓意"(Parabel)——这个词也被经常误用来翻译卡夫卡的这个文本，但"譬喻"并非基督教的"寓意"，因为比喻或寓意要给出明确的指向，但譬喻更为神秘而不可理解，而且指向元语言的表达，或者是本雅明与保罗·德曼所言的寄寓或者寓意(Allegorie)——与象征的明确和固定不同，寄寓的指向乃是从个别到一般的不可能性。因此，卡夫卡自觉地选择 Gleichnisse 这个词，而且卡夫卡同时写过的另一个片段《小寓言》(Kleine Fabel)就是关于动物的——老鼠与猫的寓意文本(天敌的暗示)。显然，卡夫卡自己非常清楚动物的"寓言"与卮言的"譬喻"在修辞方面的差异，当然此寓言也可能具有卮言改写的深层指向。一旦在书写中让老鼠（Maus）的发音与摩西(Moses)的意第绪语发音产生共鸣，或一种被指责的意第绪的德语发音之为"老鼠腔"（Mauscheln），或者卡夫卡认为没有一个作家如同犹太作家克劳斯一样口齿不清（mauscheln），最后还虚构了一种女性化的摩西——"约瑟芬"这个犹太女歌手或耗子民族的英雄，甚至与长城的城墙(Mauer)也发生共振，也许这种意第绪语化的德语写作已经中国化了？这是另一种腹语术？此"非感性的相似性"可能就具有了不同寻常的譬喻的深广性。

　　对于布伯与庄子，寓言与卮言的区分异常明显，那就是卮言更多指向不可表达与不可理解，比如《普罗米修斯》的第四重改写，就进入了不可理解之中，"所有譬喻所言的不过是，不可理解的总是保持其自身的不可理解性"，这里的譬喻也是卮言，如同卡夫卡的小说，总是深入到世界本身的不可理解，进入小说本身的秘密与谜底，任何理论都不可能彻底揭破此谜底。而庄子的卮言也是如此，是空言，无意义之言，是秘密之言，是指向"无何有之乡"之言，却打开了新的通道。

　　这一次，通过卡夫卡的另一种改写或者翻译，在本雅明对于元语言之翻译的意义上，我们会更好地进入庄子的卮言？卡夫卡的"譬喻"这个并非标题的标题，就可以翻译为"卮言"，或者就是庄子卮言的德语转译。譬喻看似是某种寓言，又不仅仅是寓意，而是神秘的卮言，因为关涉神秘的不可解，所以只能进行譬喻化书写，让譬喻成为可能的世界，不仅仅是基督教神学的"存在类比"，而是更为深入到不可理解的深渊。

庄子的吊诡就指向一种纯粹的悖论：既然不可把握，不可理解，如何还要去把握？但它似乎又有着把握的可能性，这就是"吊诡"。有着梦想，但这些梦想几乎不可能实现，但此无用的梦想却如此诱人，离开了幻念，人类如何还可能是人类？无意识的吊诡从来都没有被化解过。对于卡夫卡，有很多希望，虽不是为了我们，但还是有着希望。有着救赎，即弥赛亚成了多余与无用，但无用的弥赛亚还是可能会来临，因为这个无用的弥赛亚不再是我们的天敌。

此卮言或者譬喻，可以让我们面对整个现代性的困难：面对不可表达的表达，不可表象的表象，不可说之说，我们如何去说，如何保持譬喻的绝对性，保持打赌的激情，还不能够输掉。对于卡夫卡而言，这是同时性的操作：既要去说，但又要无所说，如同解构的双重手法。不同的是，卡夫卡要在二者之间打开"余地"：到底是在譬喻的世界里赢了，还是在日常的世界里赢了？都可以赢，都可能输？关键是二者之间的关系，二者之间的转化，即，如同庄子的化物而不伤物。而且最终是让譬喻获胜。与之不同，对于本雅明而言，巴洛克的寄寓还是有着伤害，是僭主们的自我伤害与哀悼的自残性。

要在譬喻中获胜，要让譬喻获胜，这需要创造性的力量。需要把概念生命化，这是真正的生命转化。如果弥赛亚的到来是一次救赎的热望,是一次彻底的治愈与纠正,那么,弥赛亚就必须再次生命化,如同卮言的自然化与宇宙化。这也是本雅明思考元语言时所思考的——弥赛亚的自然化节奏。在譬喻中获胜,让譬喻获胜,乃是弥赛亚式的获救,这是几乎不可能的工作。

2.3 许多声音:从拉比的解释学到无用的解释学

走过去?

谁在走过去?

文本的第一个单词"许多",很多,可能不是人,但也可能是人,就是我们这样的一个个个体。

许多,此"复多",可能隐含着多个人物的多重声音。许多的人,因而有着几种不同的立场:

1. 叙述者:区分者——或者怀疑主义者;2. 纯粹的智慧人——拉比与神圣——只是传统宗教的跟随者;3. 日常者——只是虚无者;4. 另一个打赌人与修辞者——虚无的游戏者——解构的游戏;5. 现实中赢了,譬喻里输了,即要在譬喻里赢?——不可决断;6. 如何在譬喻方面彻底地赢,而不仅仅是修辞学的获胜?需要出现一种无用与吊诡的表演学与工夫论。

许多人,比如这些犹太人,布伯、本雅明、肖勒姆,还有卡夫卡，都会走过来，如果他们走过来，他们应该扮演哪一个角色？而如果庄子也进来呢？也许就会出现很多笑声。

本雅明会说，我们已经彻底失去了《圣经》的教义，或者学生们没有解经的钥匙了，二者都是犹太教神学的失势；但对于肖勒姆而言，不可能失去《妥拉》，经文只是丧失了意义，但还有效用，只是意义缺席了，但并不是彻底无意义了[1]。无意义与意义的缺席不同，前者并没有真理可言，后者则被认为对于缺席的经验正是一种神性的新经验。

但是对卡夫卡来说，似乎兼具二者，如果"正确的解释与错误的解释并不完全相互排斥"，就悬置了任何判断。甚至还具有第三种解读的方式，这时庄子进来了：《圣经》是无用的了，但此无用却有待于大用。如何用？庸用。何谓庸用？一方面，大家在通用，但《圣经》不是被阅读报纸那样的方式取代了，而是被翻译转译了，需要去转译翻译，如同拉比们所为，需要拉比们式的写作，卡夫卡就是如此的写作；但另一方面，则是无用，保持自身的无所用，就是讲故事，看似无意义，却让缺席保持自身的力量，保持自身的威慑——那空无与悬空的威胁，或者是威胁即将来临，或者是一种后怕，或者在当下的悬空之中！如同德里达说的不可决断。但二者又保持为同

---

1 ［法］斯台凡·摩西：《历史的天使：罗森兹茨维、本雅明、肖勒姆》，梁展译，上海：华东师范大学出版社，2017年。

时的。

肖勒姆会说:打赌,这是在譬喻中赢了,因为保持了对于神秘与上帝的跟随。但本雅明会说:这是在现实中赢了,如同以色列建国;在譬喻上,却是输了,即神秘的意义反而消逝了,以色列国家过于世俗化了。

或者相反,卡夫卡会说:神秘的意义再次赢了,也是输了,因为与现实还是没有关系,这是双重的失败。

德里达则会说:这是不可决断的,二者可能并存,可能在现实与譬喻中都赢,即譬喻在履行的信仰行为中实现了,改造了世界,如同基督教,如同马克思主义对世界的改造。显然,卡夫卡并没有如此乐观,本雅明偶尔会如此乐观,但也只是相信微弱的弥赛亚力量而已。或者全输了:譬喻还只是譬喻而已——只是譬喻的游戏而已,现实还是现实——反而更为忙碌了,如同我们这个资本主义拜物教时代与消费时代,宗教看似世俗化了,资本主义成了宗教,现实本身的非真理性赢了,主宰了一切。捕鼠器无处不在,也许你已经在其中了,所有人都想成为猫,但最终都成了老鼠,在捕鼠器中被夹住了尾巴的老鼠——还在痉挛,试着逃跑,但身体更被撕扯得痉挛与疼痛。譬喻最终还是被束之高阁了,我们不再打赌,我们没有在譬喻中获胜,我们也没有让譬喻获胜。

我们几乎都生活在卡夫卡小说的世界中,任何教义都是无用的，就如同帝国的巨大建造——万里长城，尽管让帝王的譬喻具体实现了，但从来没有在现实中赢过，而与巴别塔的譬喻对比，似乎也不可能获胜。

因此，东欧人齐泽克会以讲笑话的口吻说：我们根本就没有走过去，怎么可能走过去呢？大家都卡住了，卡在了语言的譬喻里，或者我们一迈步就掉进了路边的下水道——而并非黄泉。卡夫卡也许会同意齐泽克这个东欧家伙的笑话，因为卡夫卡也喜欢讲唯一神论始祖亚伯拉罕先生的笑话。他反对基督教神学家克尔凯郭尔的解释，亚伯拉罕根本不可能走出门，竟然拿自己的宝贝儿子以撒去献祭，这是不可能的事情，亚伯拉罕有太多的家庭琐事要打理，根本不可能走出去，不可能走出门。

如果其中一个对话者是女性呢？甚至是本雅明所喜欢的那些妓女，比如穿上了克劳斯格言体花衣的妓女们。男人们根本没有机会走到街道的另一边去，而是来到了床上，忘记了争辩。或者真的走过去了，如同克尔凯郭尔的后悔，疾病致死了。

如果是布莱希特呢？这个可能熟悉中国双簧的剧作家会说：一个人也是三个人，一个人同时在表演三个人，不仅仅是两种声音，可能还是三种声音，你们得学会分辨这看似愚蠢与无意义的表演。

这许多人中，可能也包含了庄子？回到与惠施的那些辩论，庄子既要辩论，又要行动，这是召唤他进入自然，不是人事，不是言辞，而是放弃言辞，进入沉默，如同塞壬的沉默，进入沉默中的自然。

这里隐含着各种拉比们的神秘解释学，除了耶稣所言的譬喻以及"跟随我"的要求之外！卡夫卡有着模仿与戏仿，还有喀巴拉神秘主义的解释，因为拉比们就喜欢在机智的辩论中展开《妥拉》的复杂性，似乎与上帝一道游戏，神秘与神圣地游戏，在布伯的哈西德故事中也有着相似的游戏。当然，这还可以是戏仿耶稣的言说方式，但并没有明确的所指，反倒是与庄子的关系更为密切。

这个文本，与庄子相通，但也不同，与拉比的解释学也不同，卡夫卡在这里更为彻底面对了无用性，即现代性的虚无主义，或者更为彻底面对了无用与有用的吊诡关系。

也许，卡夫卡是用譬喻转译庄子的卮言。譬喻不过是对庄子卮言的德语转译，尽管并没有走向庄子式的自然化虚托邦！而庄子的卮言因为走到卡夫卡的譬喻写作中就可以获得另一种理解，更能揭示出现代性人类生存的处境？

如此吊诡的言说只是文字游戏而已？只是捕鼠器发出的吱吱叫声而已？或者是思想需要一把怪异的锤子来锤打自身，如同庄子要求惠子回到其本来的开始？如果有着输赢——如果譬喻是有着输赢与好坏的，那就不是绝对的譬喻与纯粹语言，那只是一半的比喻、类比与寓言而已。就绝对的譬喻而言，不可能输，因为它或者神秘或者无用，一旦在现实中以譬喻来打赌，达到某种目的——输赢，那么这种打赌行动，说到底还是有效用的。但譬喻并非指向实用，而是一直保持其无用性！因此，对方在譬喻方面一旦开始打赌，就不可能赢！这是否因为譬喻本无输赢问题？这也是庄子对于惠子好胜的争论之心的悬置与还原。

思想需要一把新的锤子，此卮言或譬喻的书写，如同庄子"卮言"所打开的无何有之乡的通道：这是"第五维度"的敞开，不是日常生活的三维空间，也非第四维度的时间维度——这在网络虚拟空间中随处可见了，此第五维度是虚拟空间与可能世界的关联。譬喻里的世界会输掉，因为无法现实化，现实世界没有胜利可言，如同上帝的完美理想国度其实已经空无化。现实永远是不完美的不可救药的，任何能指的临时性替代，都不足以弥补现实与理想王国的裂隙，恰好要从此裂隙出发，打开可能的世界，但又必须通过虚拟空间的第四维度，此虚拟的可能世界转化与实现，才是第五维度的世界。

在卡夫卡的作品中，此"第五维度"隐藏在前世界的混沌中，只有打开第五维度才可能摆脱天敌的控制，如同本雅明在《评歌德的〈亲合力〉》的写作中同样看到的，那是泪水的星群建构的幻象面纱。此"第五维度"并不存在，如同策兰在《逆光》一诗中写到的："四个季节，而没有第五个，为了自身抉择其中的一个。"是的，并"没有第五个"，但此"无"，并不存在的"无"，将使任何的决断成为可能。

在政治形态上，则不同于如下的四种时空：自由主义全球化秩序、共产主义革命、混杂现代性，与新帝国的再次兴起（征用技术与大数据）。面对无处不在的捕鼠器（卡夫卡在给朋友勃罗德的书信中反复写到这捕鼠器），我们必须想象第五种锤打模式，让不可见的抽象譬喻获胜，这是整个世界的获救，是弥赛亚打开一个"虚托邦"（尽管看似不可接近），向着我们走过来。

走过去。

这是走到一个如此接近又如此远离的世界，确实是一个寓意一般的世界，是在现实世界之中，但又不同于现实世界，而且还成了譬喻，这是本雅明在讨论卡夫卡的这篇《论譬喻》时，自己给出的思考，并奇妙地与中国文化有关：

> 故事讲述的是一位老画家向友人展示他的新作。画作中有一个花园，一条狭窄的小径从池塘边穿过下垂的树枝通向一扇小门，小门后面有一间小屋。就在朋友们四处寻找这位老画家时，他却消失无踪。他在画中，沿着那条狭窄的小径慢悠悠地走向那扇门，在门前静静地停住脚步，微笑着侧过身，在门缝里消失了。我也曾像这

样进入到画中，那是一次我在用毛笔描画碗盆的时候，我随着一片色彩进入到了瓷盆中，感觉自己与那瓷盆没有什么不同。[1]

走过去，这是走到了绘画之中，这是变小并消失于图像之中！这是奇妙的想象，这是西方人对于中国文人美学的虚构。在中国文化中似乎并没有如此直接的故事，尽管《重屏图》或唐代以来的屏风画有着如此的"如画"幻觉，或者《聊斋志异》中有着相似的佛教式虚拟想象。

这首先发生在犹太人对于中国文化的着迷中，出现了一些相关的故事，确实，是故事，是一些奇妙且无用的故事，这些故事一直没有被西方哲学界与中国文学界所关注，这是自布洛赫以来就无比好奇且加以绘声绘色重新改写的故事：一个中国画家，因为持久着迷于自己的绘画，其最后的告别方式竟然是走进了自己的绘画作品之中，以消失于自己的绘画作品之中的方式来告别世界。[2] 即，中国艺术家也"走过去"了——"走进了"自己的作品之中。布洛赫稍早，然后是本雅明受其影响，后来卡夫卡加入了如此的虚构，这个走进自己作品并且消失的方式，似乎成为一种解决卡夫卡譬喻悖论的独特想象。

如此梦幻一般的想象，是布洛赫试图克服现实世界与梦想世界的二元对立，就如同面对佛教所言的涅槃世界与烦恼世界

---

1 ［德］本雅明：《柏林童年》，王涌译，南京：南京大学出版社，2010年，第6页。
2 Ernst Bloch, *Spuren*, Frankfurt am Main: Suhrkamp Verlag, 1969, S. 151.

的对立及其二者如何转化的问题,对于中国艺术家,并不一定要如同佛教徒那样走到世界的彼岸,而是在两个世界之间,找到一道门,这道"门"并不在现实世界,而是在艺术家自己的作品中,如果绘画作品都是挂在墙壁上,如此的穿越也是打开了墙——如同中国万里长城作为城墙——也可以如此这般被打开?这是一种什么样的"穿墙术"?这也是打开一个被规则堵住的世界之墙,一个"间世界",它就在艺术家自己创造的作品中,艺术家可以进入自己创作的作品中,从世界上消失,但又在这个世界中。如此的想象被布洛赫当作所谓的"中国动机"(Chinesische Motive)[1],一种文学写作的"穿墙术",如同本雅明所言,"要与卡夫卡交流,就必须让自己成为譬喻"[2],在此魔术化的图像特征中自我转化,才可能分享卡夫卡的世界,此"中国的直观世界"就形成了一种元象征的"开门术",一种绘画的魔术,具有元语言的魔力,就如同哈西德传说中所言的那层"面纱"——区分这个世界与救赎世界的微妙差异——仅仅是一层被吹拂起来的面纱[3],此面纱就如同一幅画,打开一个

---

[1] Ernst Bloch, *Spuren*, S. 154.

[2] Walter Benjamin, *Benjamin über Kafka: Texte, Briefzeugnisse, Aufzeichnungen*, S. 170; 或 Walter Benjamin, *Gesammelte Schriften II*, S. 1260-1261. 关于这个中国画家进入自己的画作并且消失于"门"中的故事,围绕弥赛亚来临的各种小门,我们在另一本著作有着详细的讨论,参见夏可君《无用的神学——班亚明、海德格与庄子》。其实所有这些想象都与布伯翻译《聊斋志异》相关,本雅明这里的讨论证明了布洛赫式故事的源头可能是布伯所翻译的蒲松龄中国鬼怪爱情小说《聊斋志异》中的《画壁》。

[3] Walter Benjamin, *Gesammelte Schriften IV*, Frankfurt am Main: Suhrkamp Verlag, 1991, S. 419.

虚托邦的间性空间，如此就形成一个打开世界之门、打开梦幻与幸福之门的机会，带来安慰或救赎可能的穿越幻想。

此奇妙的穿越方式，也是一种"中国智慧可直观性"的标志？此来自中国的想象与动机，不断启发着本雅明，在其整个1930年代模仿普鲁斯特《追忆似水年华》的写作方式（寻找生命由衰老走向青春的魔法）中，即书写《柏林童年》时，寻求个体记忆的救赎机制时，在较早稿件的第一篇《姆姆类仁》的结尾，泄漏了自己整个写作的秘密[1]，就是潜在地被布洛赫所改写的中国故事吸引，重复了画家走进自己画作中的姿势或动作，而且最为关键的是，这是本雅明整个拟似性想象方式的来源——中国故事与景泰蓝瓶子上的图案，是对一种"相似性"或"拟似性"的原初想象方式，对昆虫拟似或模拟的原始生命魔力的唤醒，是一种语词的面相学还原。如同仿生学所发现的生物之间的相互形态模仿，比如螳螂和蝴蝶、蝴蝶和兰花之间的彼此拟似"游戏"，仿生学与形态学，在自然无用的游戏中，体现得最为充分。法国哲学家凯卢瓦对此有着洞见，中国智慧的可直观性也与这个仿生学的形态学相关，一直保留了某种原始的直观智慧。那就是说，拟似性或拟态，庄周与蝴蝶的相互转化，才是打开世界之门的钥匙，才是故事与跟随的秘密。[2]

---

1 ［德］本雅明：《柏林童年》，第6页。此外，本雅明也认为卡夫卡《论譬喻》的写作灵感来自中国文化（Walter. Benjamin, *Gesammelte Schriften II*, S. 1260–1261）。

2 Werner Hamacher, *Keinmaleins: Texte zu Celan*, Frankfurt am Main: Klostermann RoteReihe, 2019.

走过去，走进去，如果按照中国故事所启发的方式去行走，在世界上穿越，那么这个故事就打开了并不存在的"第五维度"（如同弥赛亚来临的"小门"）。1933年，评论阿多诺论克尔凯郭尔的著作，与准备卡夫卡论文的同时，本雅明认为阿多诺有意忽略了克尔凯郭尔哲学的原型，而去寻找后者思想中不引人注目的残骸，在其中寻找图像、譬喻与寄寓的钥匙，由此：

> 中国的童话中，传递着一个画家消失于（他自己所画的）图像之中的运动，并且作为一个哲学的最后之词来认识。这种自身"通过变小而得以消失的拯救方式"，如此进入图像的方式，并非救赎，但它是安慰。如此的安慰，其源泉是幻想，其幻想的机体通过不间断地从神话历史的过渡而在和解中获得安慰。[1]

在这里，本雅明认为中国故事所启发的这种自身消失于图像之中的方式，尽管不是救赎，而只是安慰，但也带来了机会。如果弥赛亚来临，也许要借助于中国艺术故事的这道小门？这可能改写《论历史的概念》中弥赛亚来临的方式？这将是"第五维度"的时间性显现，是"虚托邦"的具体化。

走过去，这是进入一个虚托邦的世界。

---

[1] Walter Benjamin, *Gesammelte Schriften III*, S. 382–383.

第三段

"奥德拉德克式"的姿势诗学：
同时表演三个人的"样子"

　　这世界仅仅是一个样子。

　　这世界仅仅是一个"样子"，人类的各种生存姿态也仅仅是装样子，或者装睡——因此叫不醒；或者装醒——其实永远在睡着；或者装着装着——假装竟然就成真了；或者如此的悖谬——却有着奇特的对称与依赖性，真真假假，假假真真，如同错误的解释与正确的解释并不冲突。

　　面对哲学，如果中国有着所谓的哲学，大致就是一个样子；中国的整个社会形态，或者，中国人，大概就是一个样子而已：样子总是装着的，但装着装着就成真了，装着装着就成了自身的一层"假皮"，最终成为一张"死皮"；所有人就都必须如此装着，这样，中国，就是一个"样子的国度"——一个装模作样的世界。

中国人是一个样子。但这是一个什么样的样子？一个装模作样的样子，久而久之，成了一个谁也说不清的样子！

这世界是一个样子，卡夫卡的小说，可能是对这个"世界样子"最好的发现。

卡夫卡与中国，可能卡夫卡发现与发明的很多样子，都参照了中国，或者以中国为样子的基本样态。

3.1 奥德拉德克：如此多变的样子

这世界是一个样子，但这个样子有着哲学的外表，而且"装得"很好。

比如卡夫卡《家长的忧虑》（这可是卡夫卡生前出版时自己命名的标题）中的那个"奥德拉德克"，那个怪物。这可能是卡夫卡在某个灵魂出窍的时刻所发现的奇特混杂形象，是并不发达的资本主义与官僚制度的寄生物，但又是高度组织化的剩余物，有着某种神秘的气息乃至宗教合法性，但又只是纸老虎，或者傀儡一般的木偶。

> 一部分人说，"奥德拉德克"一词源于斯拉夫语，并试图以此来说明这个词的形成。另一部分人则认为，该词源于德语，斯拉夫语只不过对此产生影响而已。但是，这两种解释均不可靠，人们完全有理由认为，两者均不准确，尤其因为他们没有赋予这个词以一定的意义。

当然，要是的确不存在叫做奥德拉德克的生物，谁也就不会从事这样的研究了。初一看，他像是个扁平的星状线轴，而且看上去的确绷着线；不过，很可能只是一些被撕断的、用旧的、用结连接起来的线，但也可能是各色各样的乱七八糟的线块。但是，这不仅仅是个线轴，因为有一小横木棒从星的中央穿出来，还有另一根木棒以直角的形式与之连结起来。一边借助于后一根木棒，另一边借助于这个星的一个尖角，整个的线轴就能像借助于两条腿一样直立起来。

人们似乎觉得，这东西以往曾有过某种合乎目的的形式，而如今他只不过是一种破碎的物品。然而事情看上去并非这样；至少没有破损的迹象；任何地方都看不到足以说明这种现象的征兆或断裂处；整个东西看上去虽然毫无意义，但就其风格来说是自成一体的。此外，有关他的情况，无法较为详细地说明，因为奥德拉德克极为灵活，不容易抓住他。

他交替地守候在阁楼、楼梯间、过道和门厅里。有的时候，他几个月不露面；在这期间，他大概移居到了其他的住所；可他又必然回到了我们的家里来。有时，每当人们走出门，恰巧看到他靠在下面的梯栏上，这时，人们想同他讲话。当然，人们并没有向他提出一个个难题，而是像对待孩子——他的矮小就诱使人们这样做——那样对待他。"你到底叫什么名字？"人们问他。"奥德拉德克。"他回答说。"你住在哪里？""没有明确的住所。"他边笑边说；但这只是一种像是缺肺的人发出的笑声。听起来就像是落叶发出的沙沙声。谈话通常就这样结束了。此外,就连这些回答也并不是总能得到的;他常常长久地默不作声,看上去就像一块不会说话的木头。

我徒劳地自问,对他该怎么办呢?难道他会死去吗?一切正在死亡的东西,以前都曾有过某种目的,某种活动,正是他们耗尽了他的精力;这并不符合奥德拉德克的情况。由此可见,他将来会不会带着拖在身后的合股线咕噜咕噜地滚下楼梯,一直滚到我孩子和孩子的孩子的脚前呢?显然,他绝不会伤害任何人;但是,一旦想到,他也许比我活得更长,这对我来说,几乎是一种难言的痛苦。[1]

这就是"奥德拉德克",卡夫卡式文学所发明的神奇"样子"或"物性"样态:它既是人类又是幽灵,既是物又非物,是一个不断变异着的样子;它是一种社会心灵的混杂状态,一件官僚制度或官僚机器——以资本吸血的方式,以欲望混杂的暧昧,以拜物教的生殖化,以世俗享乐却又惶惶不可终日的方式——是各种样子的混杂形态;但它仅仅是样子,空洞无物,仅仅是装样子,且越是装得像,却不知道像什么(simulation),也就越是鲜活而有吸引力,但其实只是样子而已;奥德拉德克只是一个样子,亲切又可怕(Unheimliche),无处不在又无所在。在这里,卡夫卡接续歌德的形态诗学,在当代小说中发明了世界之物的某种独特"形态"与"样子"!

但这个样子不可能被人类"扬弃",如同黑格尔强调的这

---

[1] [奥]卡夫卡:《卡夫卡全集》(第1卷),第183—184页。

个哲学范畴，一切可以扬弃，同时舍掉与保留，在汉语的样子逻辑中，其实是"余化"，此余化的逻辑乃是一个弹性的逻辑，一个伪装的逻辑，一种装样子的逻辑；它是黑格尔哲学的完美对应物，但又绝对不同，因为此"余化"的世界，并不追求真理，并不否定自身，而是到处肯定，到处繁殖。这是世界全面的"非真理化"。奥德拉德克，就是这个"非真理"的样子，而且这个"非真理"力量巨大，一直存活着。

这个怪物，可能是商品，借助于它，我们也许可以更好地观照晚生现代性的中国，如何不得不被商品拜物教的幽灵诱惑；作为观察者，你对此不能当真，因为它并非西方资本主义的拜物教原型，一切都只是偷偷地模仿，是一种精致的赝品；此赝品与"山寨"的生产，必不可少，这就成了宗法家族繁衍的生计学，成为官僚机器的化身；它已经破败，并非完整的机器，却又能够运作，有着人的样子，但仅仅是样子而已；尽管我们都知道它只是一个样子，但我们需要它，我们不得不与之一道游戏，一道生活，我们离不开它；最终，我们就都成了与之相似的样子，当然它也像我们了，彼此依赖，彼此游戏；我们乐此不疲，没完没了，永远处于终局状态，我们甚至能够让死局也只是一个样子。

奥德拉德克乃是三重世界的转化之物：它是人造物，也是身体，还是自然物，还是三者之间的相互转化，世界样子的变形记。

奥德拉德克，一个哲学形象，一个卡夫卡发明的形象，一个世界的样子。

它不仅仅是一个比较政治学与比较神学的名字，还是一个"比较哲学"的名字，因为它作为样子，乃是一个非真理的样子。

作为哲学形象与样子的奥德拉德克，也是一个混杂的形象，因此不知道它的来源是德国的、斯拉夫的还是犹太教的家谱，也许它就是一个中国玩偶的灵感，一个侏儒或者驼背小人，一个中国鬼怪之物，一个尚未成型的生命，也是一个"非生命"，一个非物之物。

但奥德拉德克首先是一个哲学形象，它针对的是黑格尔，是对黑格尔辩证法"扬弃"力量的反讽，不再允许把牺牲者作为中介，来不断展开历史的整体化进程。现在，奥德拉德克是一个中介，但此中介不是走向辩证法，而是对"扬弃"重新理解：它的别名是"余"——多余与无余。

奥德拉德克，作为余化之物：它是一个"剩余物"（remanet），一个被废弃与遗弃之物；它是"无余"（Restlos）之物，它似乎并没有自身的存在，仅仅是一个幽灵或怪物（specter）；它是一个"多余"之物（sur-plus），并没有什么用处，随时被抛弃；它是一个"余存"（survival）之物，它一直比我们存活得更久；它既是有余的，也是无余的。齐泽克所言不差：

它不可能被得到，但也不可能被摆脱，如同享乐本身的悖论。

奥德拉德克是一个余化的哲学形象，一个从未存在之物，一个余化的名字，一个卡夫卡自己隐秘的个体化签名与反签名。

奥德拉德克的政治讽喻在于：

1. 它看起来如同黑格尔总体哲学最为完美的"对应物"，或者根本的"对立物"。

2. 但它可能就是黑格尔哲学的某种变异实现，比如在中国，与中国文化的某种辩证法融合，形成金刚不坏的政治机器。

3. 它可能是卡夫卡所想象的某种无用的文学，这个无用之物乃是生命转化最为本真的形态。

就如同这个名字所隐含的命名法则：一个名字如何开始被获取？名字以什么样的名义开始？这个同语反复中，有着名字自身书写的悖论与困难。回到一个字母的签署，展开一个字母的故事，比如 K。这个代码的行动姿势化，卡夫卡以什么方式进行？这个故事，不仅仅是关于一个物，还是一个元叙事——关于故事的故事，即名字本身的发生。这是这个名字的"姿势"(gesture)展现，是这个名字的姿势化，回到语言之前的语言，重新创造亚当式的元语言或纯语言（如同本雅明所言），重新开始。

卡夫卡的人物并不是我们现实中的这些人,而是接近于动物或"非人"的存在,无论是变为甲虫的萨姆沙(Samsa / Kafka),还是建造地洞的老鼠(Maus),无论是被涂抹打叉(X / cross),或被匿名化的 K.,抑或是女歌手约瑟芬(J.)或耗子式的犹太民族(摩西:Moses),还有猿猴与狗类,或者建造与攻陷长城(Mauer)的那个中华民族的族类,都以非人类语言的动物姿势,来表达自身。如同约瑟芬的歌声,到底是美妙天使的歌声,还是本能的吹口哨,或者就只是耗子叫,从根本上无法确定。

在本雅明看来,"卡夫卡的全部作品是动作之大全"或"姿态的典书"(Kodex von Gesten)。为何整个写作要还原到姿势上?这与本雅明所思考的"元语言"或"纯语言"的表达相关,但卡夫卡的姿势,接近于蛮荒世界中的杂交动物,或者是被劳动压弯了腰的姿态,或者是现代官僚机器中的工作者,或暗示儒家中国人的卑躬屈膝,这是留给弥赛亚来临的任务——纠正这些被压弯了的生灵,纠正他们已经彻底扭曲的样子。

在1917年《往事一页》这篇小说中[1],整篇短文与卡夫卡书写《中国长城建造时》的主题相关(手稿上还有"来自中国"的字样被删掉了[2]),卡夫卡特意在名字(onoma)、法则(nomos)、

---

1 [奥]卡夫卡:《卡夫卡全集》(第1卷),第168—170页。
2 *Kafka-Handbuch: Leben-Werk-Wirkung*, hrsg. von Manfred Engel und Bernd Auerochs, Stuttgart: J. B. Metzler, 2010, S. 250.

游牧（nomeus）、获取（nemein）之间进行游戏。名字成了无意义的姿势，姿势的表达不再具有法则，力量获取的随意性或者自然性，以及死者总体上的无意义，对于姿势的不可命名与不可理解，有着异常鲜明的表达。

> 和游牧民族交谈是不可能的。他们不懂我们的语言，他们甚至几乎没有自己的语言。他们像寒鸦一样互相表达自己的意思。我总是听到他们像寒鸦一样的聒噪声（"卡夫卡"显然把自己捷克语的名字"寒鸦"藏在了这个故事中，这也是卡夫卡父亲商店的徽标）。我们的生活方式，我们的公共设施，他们同样无法理解，而且毫不在意。所以，他们也对任何的手势语表现出不屑一顾的态度。哪怕你扭伤了颌骨，把手旋转得脱了臼，他们仍然不明白你的意思，而且永远也不会明白你的意思。他们常常扮鬼脸；随后又是翻白眼，又是吐泡沫，但是他们这样做，既不想说点什么，也不想吓唬人；他们之所以这样做，完全是一种习惯。他们需要什么，就拿什么。你还不能说他们采用了武力。[1]

卡夫卡的写作，依照本雅明1934年的卡夫卡论文，有着"姿势的晦暗之处"或者"譬喻的云雾状态"，甚至这是卡夫卡本人也未曾参透的动作。在什么意义上，卡夫卡也迷糊于这个云雾的姿势状态？因为这是样子，却是并没有样子的样子？

---

[1]［奥］卡夫卡：《卡夫卡全集》（第1卷），第168—169页。

没有原型，只是装模作样而已，但如此逼真，几乎就是真的，却只是非真理的样子。

也许本雅明是受到布莱希特史诗剧对于演员动作的反思与打断的影响，而布莱希特的动作打断，自我疏离化或者陌生化的戏剧理论，就来自对中国戏曲的学习与自觉。那么，犹太人、德意志人与中国人，在姿势上就有着相互的拟似性与模仿了？

对于本雅明，所有人类的姿势，都指向人类身体受到的大地引力与生存劳作的重负，人类的劳动不过是加重了人类身体的沉重，弥赛亚的救赎乃是为了消解重负——身体的、心灵的、世界责任以及劳动的重负。人类乃是被自己所生产之物压垮了，其实都应该卸下，这需要通过发现新的姿势，通过弥赛亚救赎的纠正，恢复人类飞翔或者轻盈的姿势。变得轻盈与轻逸，这是姿势的诗学或者美学最终的方向。

关于奥德拉德克这个物的小说，还被卡夫卡奇怪地名为《家长的忧虑》。卡夫卡的小说都来自对一个家庭室内场景的戏剧描绘，或者成员动作不断被打断的描述，如同《诉讼》的开始。既然是家长的忧虑，那么，这个奥德拉德克就是一个家庭成员，一个有着家族谱系或根系的成员了？但显然又不是，它是无根的，是无名之物的姿态，它被剥夺了家系，是史前世界或洪荒世界杂交的虚拟之物，或作为遗忘的物品与废弃之物。

这是一个并不存在的物，却又好似驼背小人，好似物件，好似一个幽灵，"好似"，仅仅是一个好似或好像之物，在似与不似之间，只是在过渡之中，突兀的过渡之中，不可预估，只是一个幻化之物，但又有着生动的姿势。这是卡夫卡了不起的虚构。

奥德拉德克，这是一个文学的礼物，一个无用之为大用的庸常之物。

3.2 一分为三："天敌"或"死皮"

中国人，可能就是一个样子？

但这是一个什么样的样子？没有人说得清！

如果你是一个外国人，第一次来到中国，你会发现中国人喜欢表演。确实，很多最初来到晚清帝国的外国人，都认为中国人不好理解，仿佛都在表演：一方面对你非常客气，点头哈腰；但另一方面，又言不由衷，讳莫如深；你永远不知道中国人内心在想什么，你所看到的都只是表面，但也许一切其实也就仅仅在表面，并没有什么深度，就是一个样子而已。

也许是因为中国人一直保留了与原始之物或前历史的本源关系，保持了与自然的原初拟似性的关联，无论多么人化，还依然保持了与自然的感性相似性，就如同汉语之谓象形文字。这种"似与不似之间"的"好似"（als ob / as if）逻辑，让中国人的生存姿势有着动物性，有着不确定的生长性，而并非如同人类历史所塑造的固定化或仪式化的行为姿势，因此具有了某种表演性与多变性。

这是让卡夫卡着迷的中国样子，因为进入现代性之后，看似无比神秘的犹太教与犹太人，也许就仅仅剩下了外表，一切仅仅停留在了日常生活的表面上，如同神秘不可见的天堂"城堡"其实就是我们日常生活的此地的"小村"而已。但是，在这小村子中，还是有着让我们着迷的东西，这是什么样子呢？

我们甚至可以从人类的行动姿势与"第五维度"的关系，来区分人类的三个大世代。第一个世代，原始的智人直立行走后，感受到空中第三维的敞开，开始不同于动物世界，开始建造三维的生活建筑，并开始想象第四维度，还保留着对于无维度的感应——无维度的自然世界也隐含第五维度，比如黑洞。第二个世代，就是当下的我们这些"末人"，以各种空间技术来进入第四维度，进入第四维空间，以时间速度进入第四维度，比如航天器、网络空间，等等。随后，人类将进入第三个世代：人类生活在第四维度之中，让"第五维"的无时间性方式显现，并与之一道呼吸。

卡夫卡的写作，无论是一个笼子寻找一只鸟，还是狗从空中获得粮食的舞蹈学习，或者是空中杂技表演者的最初痛苦，都是对这个"第五维度"的姿势化表现。这在《一条狗的研究》

中最为明确:

> 食物并不落地,而是跟随我一起往上跳,食物在跟随饥饿者……它只不过证明了人们早就知道的事情,即土地不仅以垂直的形式,而且以倾斜的甚至螺旋的形式,从空中获取食物。[1]

但在现实生活中,卡夫卡小说中的人物样子,却一直处于结结巴巴或尴尬难言的模样中,似乎面对着某种不可战胜的天敌,总是处于尴尬之中,尤其是被审判的那个人,都是在同时表演出三重样子:

1. 做着日常的动作,并说着话。2. 但立刻发现自己的动作不对,不合适,好像做错了什么,话也说错了。3. 尽管一边看着自己的错误,一边试图去纠正,却总是无法纠正,越是纠正越是可笑。

——这在《诉讼》开头时 K. 的身体姿势上体现得活灵活现,K. 如此的手足无措,其话语也是如此:

1. 同时说着话——这话也是不对的或者无意义的。2. 知道自己无法纠正已经说出的话。3. 或者知道自己所言的无意义与错误,但又无法纠正,无法改变,越是自我辩护,越是言不由衷。

很多时候,就出现了这样的"样子—三段式":

---

[1] [奥]卡夫卡:《卡夫卡全集》(第1卷),第453页。

1. 本来就一直处于某种没有意义的动作与言说的"无聊状态"。如同某种海德格尔式的"被抛状态",某种"实际性"或"既成性"的无可奈何状态。

2. 同时立刻"自我意识"到这个动作与言说是无意义的或者不合适的。这时出现了"打断",某种"自我反思"的时刻,如同浪漫派所言的"滞后的特征",或者布莱希特式的反思打断时刻(如同本雅明在《作为生产者的作者》中指出的"中断情节"或者与观众疏离的时刻,这是布莱希特对姿势的塑造所具有的蒙太奇效应)。

3. 但同时还意识到自己试图去纠正此动作与言说状态的不合适,即此反思状态或纠正行为也是不可纠正的,甚至还是"不可救药"的。这就让生存彻底处于一种被诅咒的受困或"囚徒"状态,这还是自己的愚蠢造成的,即,如果不去纠正可能还不至于会如此,但纠正又是必须的,这是更为残酷的悖论。于是生存进入被不可见的天敌彻底打败的困窘状态,或地狱般的永恒复还状态。

——当然,这并非一种推断式的三段论,而是同时发生的,一次行动中,行为者同时就感受到了此三重不可分离的状态,瞬间就进入了地狱般的深渊。

这也是一种不断自我卡壳又不断自我挣扎的状态,就如同卡夫卡自己所描述的老鼠尾巴的姿态(这是给自己父亲的书信中所描述的儿子们的状态）：一只老鼠被踩住了尾巴，总是试图挣脱出去，但导致的就是不断地痉挛战栗，看似可以逃走，它也不断努力逃离，但尾巴还是被踩着，如此的奔逃其实反而更为撕裂自身，反而更为疼痛！卡夫卡的无语言姿态就呈现为此自身痉挛撕裂的生命姿态。

如此的痉挛姿态也反映在卡夫卡自己的句法中，卡夫卡的句子与叙事，也似乎总是被"卡住"，或者不断地自我打断着，处于不可解脱的痉挛状态，比如文本中反复出现的"但是"。这也是"无用的文学"之不断自我取消、自我否定与自我余化的展开方式，这也体现在"好似"或"好像"的姿势化句法中。面对帝国时代的恐怖和混杂现代性的处境，无用的文学只能通过不断地自我打断来余存。

卡夫卡对生命原初姿势或样子的反观，倒是与庄子和惠子的无用对话游戏相通，这或许也是卡夫卡说他可以理解庄子的缘故：在姿势的密码与解码上？或是在面对天敌时的反应上？

无意义的言说与动作，不是在一个狭小的空间与个人的世界中展现，而是在一个无限的世界，是被上帝，或者被法则统治的世界，被某种无名的"天敌"所注视的世界，只是被动的弱小者并不知道这个天敌在哪里，却以被告人或者不合适的人类动作，假定了这个天敌的审视目光。因此，个人的处境被一个天敌审判的处境扩大了。或者，这个动作发生在地狱，发生在动物世界。这也是《变形记》的奥秘：我是一个年轻人，但我的生命不是人，而是动物的样子，我当然不是一个动物，但我不得不或者不可能不是一个动物，我只能是一个动物，我只有成为一个命中注定的动物，才可能感受到世界的存在。

如此这般"样子"的动物诗学，一种姿势的诗学，却并非人类的动作！一旦成为人类的动作，立刻就不再合适。人类的动作为什么别扭？人类本来只需舞蹈，如同在高处舞蹈的杂技演员，但人类不可能成为杂技演员。因此，人类的所有动作都很可笑，人类的语言姿态更为可笑，通过礼仪或权力来规训，更为可笑与僵硬。人类的各种动作来自对"天敌"的回应，甚至对自己身体的回应，如同亚历山大大帝无论多么强大都无法摆脱自己沉重的躯体。或者，面对各种权力的斗争与组织的密谋，走向仪式化的约束与公开的辩论，似乎是姿态的现代化与公共化，乃至透明的解放，然而一旦这些姿势被规训与程式化，也就成了人类自身的天敌，政客们的表演只是让民主政治成了明星们的游戏。就连体育与音乐表演的娱乐节目，在后来的本雅明与阿多诺看来，在技术的游戏与自然的相似之间，也过于游戏娱乐化了，一旦被还原到相似性，反而更为真实。

这也是为何本雅明要重新找回他的"驼背小人"，驼背小人则是另一种还原，一个类似于奥德拉德克的姿势或样子，这是记忆的弥赛亚还原。人类动作其实本来只是如同动物一样，本应保持自然的状态，懒洋洋的，随便躺着，保持为闲散的游戏形态。但人类又明确感受到动物状态的不合适，人类直立行走之后，就不再是随意躺卧的动物，不得不保持自己的直立，但又不得不劳动工作，身体再次弯折下来，人类感受到劳累与疲惫，进而感受到自身的幼稚可笑与别扭，如同西西弗斯推石头上山的可笑行为。人类一旦感受到自己的别扭，想去纠正，却变得更别扭了。如同人类弯曲的脊背，就是人类劳苦的基本姿势，不能游戏，不能如同天使般舞蹈歌唱、赞美上帝，不能等候弥赛亚的来临，不能自由地逃逸，除非弥赛亚来临，扶正我们被辛劳压弯的身体，改变我们面对天敌时的被动形态。

中国智慧的可直观性，本来最为直观地体现为各种"形态学"（Morphology）。从商周时期混杂的"饕餮纹"，到漆器上的"云虚纹"，再到草书的醉意书写与山水画皴法的写意笔法，从中国武术的动物拟态直到戏曲动作，尤其表现为中国文学最为具有代表性的"孙悟空"七十二变形态，"即刻幻化"想象的工艺化与"仙道机器"的妖魔鬼怪混杂化，且逐渐被日常化之后，"姿势的诗学"也体现为日常"样子"的直接性与含混性，也许是因为此多样性与日常性，中国思想家们反而几乎从来没有面对过"本民族精神形态"的独特性与征候，也就一直无法发现自己的民族性格与民族精神，鲁迅对此有着深刻颖悟。中国哲学也许最期待的是一门现代性的"形态学"？尤其与西方的形态学对话，与当代的仿生学对话之后。重构民族精神的形态学，考察其演变过程，寻找到其精神变形的方法！如同尼采在《查拉图斯特拉如是说》中指出的精神的变形。因此，无用的文学并非概念的游戏，而是事关"生命形式"（其实是生命形态）的根本转化，卡夫卡的《变形记》是形态学写作的典范之作，其作品中的大量动物形象也是无用文学的形态学发现！

而西方文学，从歌德开始的世界文学展望，也离不开他发现的各种形态学——从动物到植物的形态学，当然也体现为文学与哲学的形态学扩展。在20世纪，尼采查拉图斯特拉与动物的形态寓意开始发生影响，从斯宾格勒的历史形态学到容格尔的劳动工人主宰的总动员形象，从本雅明对于歌德《亲合力》的评论直到对于卡夫卡小说中姿态密码的发现，以及布莱希特对于中国戏曲人物姿态三重表演的直觉，"无用的文学"与世界文学的"形态学转向"内在相关，这还是有待于展开的研究！

回到中国人的样子与戏曲表演的姿势。也许中国人这独特的表演性所启发的多重性，触发了布莱希特了不起的发现。就在论中国戏剧表演时，他思考了这个《双重表演》的多重样子[1]：

---

[1] ［德］布莱希特：《戏剧小工具篇》，张黎、丁扬忠译，北京：北京师范大学出版社，2015年，第37页。

中国演员表演的不仅是人的立场态度,而且也表演出演员的立场态度。他们表演的是演员怎样用他的方式表现人的举止行为。演员把日常生活语言转化为他自己的语言。当我们观看一个中国演员的表演的时候,至少同时能看见三个人物,即一个表演者和两个被表演者。譬如表演一个年轻姑娘在备茶待客。演员首先表演备茶,然后,她表演怎样用程式化的方式备茶。这是一些特定的一再重复的完整的动作。然后她表演正是这位少女备茶,她有点儿激动,或者是耐心地,或者是在热恋中。与此同时,她就表演出演员怎样表现激动,或者耐心,或者热恋,用的是一些重复的动作。

这是什么样的样子:是平常的练习,还是困难的技艺?这是日常的生活,还是一出神秘剧?对于已经表演化了的中国人,也许根本无法区分这是日常生活还是表演生活。但是,你得同时发现"样子"有着如此的三重性。[1]

在一个人的样子上,同时看到如此三重的动作及其表演性,这是卡夫卡式的动作诗学。这也是本雅明对于卡夫卡写作秘密的了不起的发现——这是姿势的大全,我们现在要说,这是"样子"的三重性与迷惑性。

---

1 为何是"三重性"?也许这也是一种中国式思维?参见庞朴先生的卓越研究(庞朴:《一分为三论》,上海:上海古籍出版,2003年)。此外,本雅明不是没有注意到此多重表演性,早在其博士论文(《德国浪漫派的艺术批评概念》,王炳钧、杨劲译,北京:北京师范大学出版社,2014年,第105页),就指出了反讽之为自身反思的四重性:观赏者的心境,场景中的观众,演员自身的反思,以及演员沉迷于反复的自我观察。把前面两种合二为一,就是三重表演理论了。

我们并不知道到底是本雅明影响了布莱希特，还是布莱希特影响了本雅明，因为布莱希特这篇文章写于1935年遇到梅兰芳之际，这已经是在本雅明1934年的文章之后了，但是考虑到他们的密切交往并且在1929年左右已经认识，以及布莱希特对于庄子文本中大量"引文"的阐释（所谓"三言"中的"重言"十之有七，"寓言"十之有九，如此的戏剧化虚拟改写方式，竟然都被布莱希特理解为"引文"了），而深刻影响了本雅明的写作方式，认为有必要用"引文"写一本书（如同后来的《拱廊街》手稿），乃至提出了卡夫卡的姿势诗学。

这个起着援引作用与样子游戏的姿势诗学，也许更为靠近布莱希特所言的中国戏剧表演。或许这是卡夫卡小说潜在的启发，又或许这是中国戏曲表演所给予的刺激。其实，本雅明在思考卡夫卡的《美国》（或《失踪者》）中那个名为卡尔的形象时，指出了那些学习的学生形象已经接近于"道"，而那个虚构的所谓"俄克拉荷马剧场"的自然戏剧与中国有着亲缘关系，看到天使们的幻觉时刻，可能也来自中国戏曲舞台上神仙们显现的可直观性。

在卡夫卡的神秘洞见中，参照中国人表演样子的三重性，生命的真相被看到了：

1. 任何人，无论是中国人还是犹太人，都是人，但这是一个被审判、不得不自我申辩的个体，他被无端宣布为有罪，带着不可能消除的羞耻感，因此感到了自身存在的非正常性。尽管他可能无罪，如同《诉讼》中的K.，然而一旦被传讯，似乎罪就来到了自己身上，不得不开始表演这个再也无法消除的罪感。

2. 人一旦触感到自身的不正常，就一下子成了一个动物。为何成了一个动物呢？因为羞耻感，因为罪感，浑身不自在，开始自我纠正，越是自我纠正，越是不正常，如同被剥离了一切装饰的赤裸的动物。越是不愿意成为动物，就越是比动物还要动物。

3. 同时也认识到此动物性不可能消除，但又试图摆脱出来。成为人类是不可能的了，那就只能成为魔鬼或者妖怪，而不是成为神。倒不如说，其实人类最初就仅仅是神，带着动物面具起舞降神的样子，并非人，看似动物，其实是神化身的某个身体。从根本上，人类不可能从动物状态摆脱出来，但发现此动物状态的非道德性，但又不可能成为人，幻想成为神，也是不可能的，却还有着成为神的欲望。其后果是，成为神的颠倒状态，即成为鬼怪，成为动物的幽灵。但此鬼怪，如同中国的鬼怪小说——比如蒲松龄的《聊斋志异》——中所写的，男人被妖女轻易就诱惑了，男人们宁愿看到妖怪的自然神圣性，宁愿鲜血被吸尽，成为自然不死的元素。当布伯翻译蒲松龄的《聊斋志异》时，他眼中的幻象到底是什么呢？卡夫卡又是如何进入这个幻象的想象呢？这不就是《变形记》的那个原初幻觉?

这是一个现代人不得不同时表演的三重生命样子或样态:

有罪之人的不道德生活—动物性的赤裸生命暴露—鬼怪般不纯的自然生命,卡夫卡以其魔灵之眼,发现了生命姿势的密码。

人性被扭曲的劳作姿势—动物还原的欲望姿势—前世界的元素姿势(生命的舞蹈)。也是如此的三重性。

这也是为何卡夫卡会写到那些动物,无论它是《一条狗的研究》中的"狗",最后要去学习舞蹈、音乐、科学,从人的音乐演奏,到动物们的扰乱,再到学习饥饿科学与音乐科学的新生命,以摆脱天敌的控制;还是女歌手"约瑟芬"这个动物化的雌性弥赛亚,本来是人吹口哨,却成了耗子叫,其实也许是灵魂的歌唱,但已经不可能是纯粹神圣的天使们的歌咏,而只能是某种颠倒的形态。虽然几乎摆脱了天敌,此三者还是"混杂"在一起的。

这不仅仅是戏剧表演或者人物行动的三重样子,也是德国浪漫派之后,所谓 Roman 之为话说式的叙事,是绝对文学的三重表达:

1. 乍一看,就是一个具体的文学故事与叙事,关涉具体的事情,一个人物的故事,比如 K. 的各种故事。

2. 同时，也是关于故事的故事，是文学自身的故事，是所谓元小说与元叙事，在那个被叙述的人物身上同时承担着文学本身的使命。比如 K. 这个人物的名字就不只是人物故事了，还是文学叙事的新发现，以一个字母符号命名人物，这本身就是一个代号，代表了叙事角色的同一性、身份的匿名性与未知性，有待于阅读者去索引，去寻觅，它可能会淹没在写作活动中，即这个字母会在其他字母中迷失自身。卡夫卡的整个写作其实都是围绕名字的游戏与播散书写，这个字母 K，自己的名字 Kafka，虚拟的人物缩写标记 K.，还有文学自身的新化身，文学自身的迷失者与寻找者，或者那些不确定的形象，比如奥德拉德克这个最佳的例子，都是关于文学本身可能性与不可能性的书写。

3. 甚至，不只是元叙事，还是关于文学世界所要指向的那可能世界——去揭示那可能世界的秘密。如同卡夫卡的小说，这个 K. 不仅仅是卡夫卡写作活动与写作本身的自我指称，也暗示希伯来喀巴拉神秘主义所指向的世界能量与可能世界的到来，是世界的救赎密码。就如同《城堡》之为天国，或者 K. 乃是一个弥赛亚来临的等待者，不只是一个故事角色，也不只是文学写作的代言人，而是一个未来世界的等待者。如此的写作及其所召唤的民族，也是一个等待与无用的民族。

就如同女歌手约瑟芬：她是一个歌者与所谓民族英雄——她歌唱的高昂姿势，也是一个文学写作混杂声音的化身或卑微耗子式文学形象的代言人(三重声音的混杂)——或文学已经无意义,就只是吹口哨的姿势,她还是一个犹太民族渴望灵魂救赎的形象——就是耗子式的喊叫姿势作为觉醒的纯粹生命才可能获救,如此耗子式民族,不就是一个无用与等待民族的最好想象?

当然,地洞中的老鼠、音乐之狗,这些动物性的生命,都是如此,还有表演饥饿的艺术家也是如此:作为斋戒与饥饿的实行者,作为一种饥饿表演的文学艺术——如同堂吉诃德的骑士精神,都可以作为显现"第五维度"的姿势。

为何人类的生命进入现代性,只能以此动物性的样子显露出来?这是一个"非真理"的世界,生命被打回到纯粹自然生命的样子,此样子,越是颠倒,反而越是真实。因为生命有待于从纯粹的自然生命重新开始,以摆脱天敌的控制,当然又不再是已有的自然法则与丛林法则,而是把自然的混沌与弥赛亚的救赎关联起来。

无论这是被动的还原:如同纳粹对犹太人的迫害与屠杀,就是把犹太人当作动物来责骂与对待,让自己的暴力合法化,使之成为阿甘本所言的剩余生命,也如同本雅明已经从卡夫卡这里预感到的,如同阿多诺所严峻思考到的生命危险;还是主动的还原——人类生命只能从理性的秩序规训下解放出来,还原到动物化生命,如同尼采对于历史性的批判,如同巴塔耶与超现实主义对于无意识生命的肯定,直到本雅明还原到世界之前,那个看似泥沼的混沌世界,却可能有着生命与宇宙的相似性感通,以此相似性的感通可以重新想象一种新生命。

一旦生命被如此彻底地还原,这就是本雅明所认为的,在与肖勒姆1938年6月的通信中结尾写到的,卡夫卡的作品已经没有智慧可谈,有的只是智慧的支离破碎,只是谣言,或者愚蠢。如此这般,我们依然生活在卡夫卡小说的世界中,从前者发现我们自身存在的实情谣言,从后者则体现为动物性的愚蠢暴露,只是这动物状态仅仅意味着出于某种羞耻而放弃了人的形态与智慧,此羞耻则是中国人必须去感受的状态:非真理状态中,唯一真实的感受是羞耻,也许只有羞耻才可能撕破包裹自身的这层"假皮"与"死皮"?但阿Q似乎就没有如此的羞耻感,而只有精神胜利法,如何可能脱皮与换皮?

为什么犹太人只能通过中国人的样子来达到某种自我观照?这是一个外在性的维度,不是西方内部的神话与逻辑的对比,而是西方对他者的排斥,以及如何从他者角度重新看待现代性。犹太人的命运在现代性之中,已经是人性本身的命运,而人性本身已经被打回到动物性。因此,要想穿越资本主义的计算管理逻辑,只能通过动物生命,此动物性并非相对于人性的兽性,而是另一种生命。

而中国文化的生命呢?在本雅明讨论卡夫卡的文本中,非常奇怪的是他竟然以中国为参照,其1931年最早文章的标题就是《中国长城建造时》，以这个小说名字开始讨论犹太教的塔木德问题。这是因为这篇小说发现了生命的动物状态：《变形记》的爬行状态，这个动物状态，是一般生活在地底下，在地缝中生活的甲虫的基本姿态，也是孤立环境中不知道法律的人们。1934年，本雅明再次纪念卡夫卡时，就专门讨论了中国人对于卡夫卡的重要性。异常奇怪的是，本雅明引用的是另一位犹太著名哲学家罗森茨维格在《救赎之星》中对中国人无个性的特征与极其原初的感情之纯净的赞美，同时强调这个感情的纯净可以用来精微地衡量姿态举动，因为中国人的情态与喜欢拿腔作态的中国戏剧表演的姿态相通。因此，卡夫卡的全部作品构成了一套姿势的符码，本雅明由此发现了这个姿势的诗学！

对于我们中国人，重要的是，这个样子的姿势诗学与中国性相关，与中国人自身想象的动物性相关：本雅明以卡夫卡对动物性样子的发现，思考了另一个中国的幻象。如同K.的死指向了羞耻，而K.的羞耻比他存在得更加长久，如同奥德拉德克比我们活得久。卡夫卡对亚伯拉罕献祭样子的反讽改写，也是把他当作了某种中国宗法家族三妻四妾的中国家长，或者如同中国餐馆跑堂者一般的殷勤，也是中国人阿谀奉承的姿势样子，晦暗不明也是来自姿态，因为家庭是由人和兽构成的：驯养或者反驯养。

对于本雅明而言，犹太人问题——即犹太人作为他者的化身，在现代性的同一性暴力之中，在德国纳粹开始的种族清洗与大屠杀之际——乃是人性本身的问题，而人性的问题在现代性的暴力之中乃是排斥他者的问题。他者不再仅仅是人性，而是人性向着动物性的还原，既是因为大屠杀的行为如同兽性或魔灵一般疯狂，也是因为人性本身的动物性得到了彻底暴露。在卡夫卡与本雅明看来，中国人的身体姿势恰好最能代表动物性与人性的自然性，某种自然化生命的余留与还原，它可能走向暴力也可能走向救赎。

为何偏偏是我们中国人的样子？中国人作为本雅明与卡夫卡思考的例子，有着何种启迪作用？本雅明思考现代官僚制度时可能已经参考了中国传统的庞大的文官制度，以及现代性已经显现的官僚机器——这人类与制度耦合的产物，也可能看到了中国人那种并不彻底理性化的行为姿态中，有着动物性活灵活现的展现，尽管他获得这种洞见的来源庞杂模糊。

为何是中国人动物性的样子？这不是对中国人的侮辱吧？当然不是。因为现代性的技术与资本主义的理性发展到了极端，要么是彻底消灭人身上的自然性与动物性（其实这是不可能的），彻底把人变成机器；要么是人类身上被压抑的动物性或自然性在反弹中彻底爆发，尤其体现在动物性姿势的显露上。

这二者都是超越人性的，也许正是在尼采之后，人性的问题已经太人性，上帝死亡之后，一切问题均已转换为"身体"与"动物性"的问题，这是非人性的时代！我们都是"非人"，除了向着人工智能的技术转换，似乎别无他途。是否还有另一种方向？把生命向着动物性还原，并非之前人类中心主义所设定的比人类低级的动物种类，而是与个体的有限身体相关的那种生命展现的自然化姿势或样子！

一旦前者的压抑与后者的坦露一起出现，对于我们当今中国社会就尤为具有参照性，因为我们在拼力进入资本主义的交换计算逻辑，但我们的文化并没有西方的理性传统与转换的历史，反而把无法理性化但又要理性化的那种蹩脚与别扭的动物性暴露出来。同时，我们中国人自身几千年的身体姿势传统，还面对着两个问题：一个是传统身体姿势既然没有走向理性的规整，是否就余留了大量的动物性？一个是身体姿势如何在现代性中转变或者转身？但 K. 与动物的样子有什么可以理解的？没有。中国人的样子呢？也许也没有什么可以理解的。哪怕是受到西方戏剧影响而出现的"文革"样板戏：看似表演，其实更加是装样子的，只是装得更加正式、更为政治，也更为虚假。

这里包含了三个相关的问题：一是面对西方现代性技术化的压力，中国人的身体如何扭曲变形；二是传统的身体姿势到底有着什么样的特性；三是现代性转换之中的身体姿势已经成为什么样子了。当然，问题可以简化为两个：一个是中国传统的身体姿势，另一个是进入现代性之后可能出现的身体姿势，而后者恰好是本雅明对卡夫卡想象解释的重点，也是我们要思考的重点，这里有一种新的世俗启迪？

中国的文化生命保留了原初的动物性：作为变形了的动物性，有着精灵的动物性精神，更为靠近睡眠与昏沉。中国人的生存姿态与基本动作中体现了某种其他的原始性的样子，比如，纯然的动物性，好武斗，不止息的青春期躁动；或者是被驯化的动物性：驯养，家庭管教；或者是类化的动物性：巫术，武术的游戏，等等；或者是人化的动物性：衣服的动物符号化，纹饰化；或者是崇高的动物性与自然的幻象：龙的崇拜，云的崇拜，等等。但这些形态，动物与自然的形态，都只是样态，只是样子，在不断繁殖着的样子，却从未得到反思。

中国人生命样态的动物性也体现为更复杂的社会学样子，有待于姿势的现象学与假皮的解构学来分析，比如：半直立，半睡眠，所谓的假寐，其实是不负责任，具有随意性，也是思维的懒惰，打盹也是思考的不集中，或者也有遗忘的好处，动物般的遗忘性才可能获得快乐，这是中国人的俗乐智慧，与善忘和装样子隐秘相关；或者体现在解不开纠结的父子关系上，比如姓名的图腾性与原始性，再就是一直无法摆脱的孩子气，因为父亲的严厉管理，我们总是有着孩子气（太多孩子气的无意义），即如同动物园中被驯养的小动物，带有不可教化的天真，轻信一切，如同小动物一样很容易兴奋与满足；父子之间的敌意，如同甲虫之间的斗争，"谁与狗一起躺在床上，谁就和臭虫一起上身"；中国人总是会显露出莫名其妙的手势与动作姿势，总是心不在焉，显露出内脏器官的咳嗽，但就是不愿说出真话；中国人的样子是一种无固定轮廓、沉浮不定又踌躇不定的存在样子，但又有着严密的机构组织与程式化姿势，好表演，做作，最终把假的做成真的，于是形成了"死皮"。中国人的行为处事，之所以只是做做样子，根本不相信规则与契约，乃是出于深度的恐惧，动物性巨大本能的恐惧，保留了原始的恐惧，却更不可能被消除，总是显得成事不足败事有余。

中国人如此的样子或样态，却最为体现当前的全球化时代"混杂现代性"的典型样态：不是科耶夫所言的日本式历史终结的媚雅样态，而是一种多变的不确定形态，一条"变色龙"，它具有极强的可塑性。

因此，进入现代性，很多具有自我怨恨与自我教化矛盾心态的革命者认为，中国人要么进动物园，要么进杂耍园，而杂耍就是做戏，显然，这两条路还是装样子，整个中国的现代性还是在装样子，无论革命的还是反动的，无论破坏的还是建设的，都只是装样子而已。

如此的装样子，让整个人性与人心的世界到处滋生出沼泽：蜂拥的精灵在无忧无虑地繁殖，新的精灵不断变成老的，而且名称不同。这就是中国，而这来自罗森茨维格这个犹太神学家动人准确的描绘，尽管指向中国人的祭祖活动。当然，这其中有着与天敌们的游戏，因为与天敌游戏，可能短暂保存了生命，但也只是一层假皮或死皮。

样子哲学的吊诡在于：装与不装，都是样子。你无法叫醒一个装睡的人——但没有比这个句子看似尖锐其实更为掩饰装样子的背后逻辑了！因为，装睡的人根本不必叫醒，不是不可能去叫醒他，而是他早就醒着呢，甚至比你清醒得多！但他只是"假装"醒着，其实他并没有睡，没有人敢睡着！在这个世道没有人敢睡着，再说也不可能睡得着！他所能做的只是无时无刻装着样子——睡梦中也是——但这是醒着的！不是假装睡着！即，其实他什么都知道，却只能装着不知道，他的无法被叫醒——不是假装睡着——而是他假装着不被你叫醒，否则这会更为危险——因为你竟然敢装睡！因此，装睡并不高级，一直假装着清醒——但又装着什么都不知道，好像睡着一般才行，那才是真高级！

如此的装样子，习以为常，一直装着，习以为常之后，整个世界都"仿佛"在装样子，久而久之，他以为整个世界都仿佛是如此的样子，如同他一般的样子。而耍无赖也是一个故意使坏的装样子。至于是傻乎乎的样子还是聪明的样子已经不重要——因为这都是样子而已。

皇帝的新衣——皇帝穿衣或者没有穿衣——都是假动作或

者装样子，没有穿也可以"假装"穿上了呀！——习以为常之中即便皇帝好好地"穿着"新装也要"假装"旧衣因此怎么看都是"假衣服"习以为常之后你也就无须"辨认"其真假有无直到你最终还是习以为常。——这个句子可以一直没有标点符号地书写下去，这就是汉字哲学也在装样子的魅力。没有比如此装样子的汉字（words）更为糟糕（worst）的了！不，怎么都糟糕（worstest）不透。

装样子，这好像是某种自欺，但也是装着自欺，因为他什么都知道。其实他什么都不知道，但又假装自己什么都知道，习以为常之后他就以为自己都知道了。但其实这是同时假装——是同时——假装自己真的知道与真的不知道。因此，他自己，你们，也都分不清他到底是真装还是假装，但都是装。

3.3 "第五维度"：一种新的自由科学

中国人的样子，在卡夫卡的小说中，还是异常特别的，确实充满着"雾状"或"云状"的混沌变化性。

本雅明在谈到卡夫卡时，写于1931年的最初的文章竟然是关于卡夫卡想象中国的小说《中国长城建造时》，从复述一个中国传说开始，即一个传递临死皇帝遗旨的使者，以及一个等待消息的"你"——在窗前沉思的"你"——是一个样子，而那个还在勤奋努力传递着圣旨的使者——但总是无法走出层层的宫阙与台阶——不也是一个异常可笑的样子？

我们知道，这是在暗示北京的紫禁城，是中国人自以为的世界中心，而片段结尾梦想这个旨意或消息的"你"，在本雅明读来，可能就是卡夫卡他自己，这样的一个卡夫卡，就是一个中国人了！或者也许那也是弥赛亚自己，一个未来的"你"。

更为奇怪的是，随着本雅明思考的展开，中国人取代犹太人成了世俗启迪观照的对象，尤其集中于中国人动物性的姿势。为何本雅明在借助卡夫卡来思考犹太人以及文学的使命时，展开世俗启迪的资本主义批判时，竟然总是谈到中国人，谈到中国人的身体姿势与样子？难道犹太人的命运，资本主义的未来，与中国人的生命形式休戚相关？尤其来自中国人身体姿势的样子，而且是动物性的姿势？

如此这般三重表演的样子，其启发性何在？

感谢布莱希特睿智的目光，第一次让我们发觉——我们每一个中国人都是如此的三重人格，同时有着三重表演性格，艺术化的中国演员总是要同时表演出三个人，或同时显现出三重行动的模态，就如同德国浪漫派的元写作与绝对文学的书写方式：

其一，面对一个已有的故事或者日常事件，比如喝茶；其二，这个表演喝茶的行为，同时已经程式化了，这是经过训练，通过一系列成形的动作所展示的，这是"元写作"——是关于写作或者引用文学写作本身的理论成了小说或关于表演的表演，是对于表演的引用；其三，则是"这一次"的这个演员，在表演"这一次"的喝茶事件，需要她创造出这个当下场景的唯一性与戏剧性，如同绝对的文学乃是有待于重写的缺席的文本。

一个中国文本的书写，处身于此尴尬的世界，乃是让自己同时成为三个人（不是一分为二，而是一分为三）——但这一次，要表演出"无用"的戏剧：首先是一个当下日常生活的行动者，但不去为，不要试图去做任何看起来可以建造世界的事情，而是保持静止，获得定力，"定"生"慧"，"止"生"明"；其次，一个表演"无为"的演员，仅仅表演出表演本身的无为与无用，即任何表演本身与理论的无用，在这个意义上，任何知识分子都不要认为自己拥有可以去与政治合谋和交换的真理，不要妄想去教导主权者，否则你将葬送所有理论微弱的尊严；其三，则是让此无用在每一次表演中，呈现出全然不同的样态与鲜活性，同时具有启发性与开放性，让其他人进入关于无用的彻底游戏。

现代性艺术其实无限接近如此的三重无用的表演：比如约翰·凯奇的《4分33秒》观念音乐作品，就是一个艺术家去表演"不表演"，激发了观众的好奇与没有表演的情绪。只是如此的不表演还不足以显现无用的丰富性，只能做一次而已。

无用的姿态或者姿态的无用，乃是从非真理中、从不可能中，逆转出来的某种真理性指向，它仅仅是弥赛亚式的转向与指向。如同卡夫卡在《一条狗的研究》中所展开的生命转化的过程——通过一条自然化生命小狗的奇特行动轨迹与变化：进入一种奇迹的灵氛（与演奏音乐的七个音乐家或七条狗邂逅）——试图传达此奇迹的经验（四处奔走，向自己的同胞描绘当时的情景）——研究奇迹的后效（研究狗类音乐，对音乐之狗和空中之狗的研究）——不断去证实那奇迹（做实验，企图证实食物从天上而来的起源）——并创造新的奇迹（绝食以及绝食最后阶段与美丽的猎狗相遇，学到新的音乐科学）——直到变成"老年狗"（超越儿童阶段）。因此，这是这条狗与女歌手耗子叫的不同：

> 今天谁还能谈青年。当年他们是些真正的青年狗，可惜他们唯一的抱负就是变成老狗，这件事他们当然不会失败，所有的后代都在证实，而我们这一代，即最末一代，则证实得最好。[1]

作为最末的一代人，无论是中国人还是犹太人，我们的责任与使命，乃是更为明确地走向无用，回到动物的自然生命状态，进入第五维度，重新生成为人。这个自然化生命重新生成为人类生命的过程，乃是通过无用之用的转化，首先成为无用，然后去学习那些"无用的科学"——比如，去歌唱与念咒：

---

[1] ［奥］卡夫卡:《卡夫卡全集》(第1卷)，第448—449页。

我想证明，当我躲避那些食物时，土地并没有将它们斜着往下拽，而是我引诱它们跟在我身后。然而我无法继续这项实验，看着面前的食物却得进行科学实验，叫谁也挺不了多久。不过我想采用别的办法，我想在能忍受的期限内彻底绝食，当然我也要避免看一眼食物，避免一切诱惑。于是我隐居起来，不分昼夜合眼而卧，既不操心捡食物，也不操心截取食物。我不敢断言，不过却怀着些许希望，希望不采取任何措施，单凭不可避免且不经济的喷洒土地和默背那些咒语及歌曲（舞蹈我想放弃，以免跳虚身子），食物就会自己从空而降，它们不理睬土地，径直来敲打我的牙齿要求放它们进去。如果出现这种情形，就算科学没被驳倒，因为它有足够的灵活性应付例外和特殊情况，但民众将会说什么，幸亏不如此灵活的民众将会说什么？因为这是历史上不曾有过的那种例外。史有记载，有只狗因身患疾病或悲观沮丧拒绝准备食物，寻找食物，吃下食物，于是狗类联合起来共同念咒，因而使食物偏离正常路线，径直进入病狗口中。但我精力充沛，身健体康，我的食欲之旺能让我除它之外什么都不想。不管大家是否相信，反正我绝食完全出于自愿，我自己有能力让食物下来，也想这样做，但我不需要狗类帮助，甚至坚决而又坚决地禁止自己得到帮助。[1]

——是的，这是狗的音乐式表演：咒语及歌曲，通过无为（安眠），走出同类，让食物偏离开正常的已有路线，尤其通

---

[1] ［奥］卡夫卡：《卡夫卡全集》(第1卷)，第454页。

过绝食，不去吃，从而接收到来自空中的粮食（这是第五维度的生命符号）——如同摩西在旷野带领犹太人领受的"吗哪"，已经不同于谣言与愚蠢，也许可以解除我们这个民族的绝境？如同学生们笨拙的"研究"——不是来自人性，而是来自自然性与超越性，这是无用的"教义"，也许对我们有所帮助。

通过绝食，通过饥饿的练习（卡夫卡通过中国诗人袁枚的《寒夜》一诗所喜欢的素食主义[1]），如同"鱼虾绞肉机"的境况暗示了我们民族整体上的贪婪性格，无论是政治权力生理学还是生理政治经济学的贪婪，我们只能从无用中获救，以摆脱天敌无比强大的主宰。没有什么比培养一种无用的智慧更为迫切与困难的工夫了，这是另一种弥赛亚式的目光，于是这条狗发出了呼吁——走过去，从谎言的世界，走到真理的那边：

> 不错，你们这些狗，但我不是为了在此就这样死去，而是为了从这个谎言的世界走向真理那边。在这个世界里，没有人会告诉你真理，包括我这个谎言之国的土生土长的公民。也许真理并不十分遥远，所以我并不像自己想象的那样孤独，别人并没有抛弃我，是我抛弃了自己，我不中用，注定灭亡。[2]

这条经过转化的狗，已经有所觉醒，这是在恐惧和羞愧

---

[1] ［奥］卡夫卡：《卡夫卡全集》（第9卷），第83—84页。在1912年11月给女友菲莉斯的冬日书信中，卡夫卡提及了袁枚的这首诗歌，却奇特地将它与素食主义关联起来。

[2] ［奥］卡夫卡：《卡夫卡全集》（第1卷），第459页。

中，在血的事实中得到的觉醒，而且是极端的自省，这是成熟生命的觉醒——对虚假现实与非真理的切身感受：

> 当时我觉得自己清楚地看到了以往的任何狗也不知道的某种东西，至少传说中对此只字未提，于是我怀着无尽的恐惧和羞愧，急忙将脸埋在我面前的那摊血中。我觉得自己发现的事情是，那条狗已经开始歌唱，尽管他自己还不知道，不仅如此，旋律还和他分开，按照自己的法则在空中飘荡，从他的头顶上掠过，仿佛跟他毫不相干，只是冲我而来，把我当成了目标。……不过，就算这是一个错误，它也有某种伟大之处，它是把我从挨饿中救到这个世界里来的唯一的现实，尽管只是虚假的现实。[1]

也只有通过节食或者斋戒，才可能从法则中穿身而过，这是逃出天敌的一种方式，即去发现"法则的漏洞"（Gesetzeslücken）或让"第五维度"显现出来："所以，尽管我急于反对他们，我也决不会违反他们的法则，只是凭自己特殊的嗅觉，从这些法则的漏洞中穿身而过。"[2]

自然化的生命有待于重新开始"食物科学"与"音乐科学"的双重研究。前者告诉我们如何建造，后者告诉我们如何逃离，我们必须彻底改变自己的口味，不是从民族的本土性与地上，而是从天上从空中获得粮食，直到不由自主地进入另一

---

1 ［奥］卡夫卡：《卡夫卡全集》（第1卷），第461页。
2 ［奥］卡夫卡：《卡夫卡全集》（第1卷），第457页。

种"旋律"与"歌唱"——这是我们需要去发现的另一种自然的诗性智慧,有着弥赛亚救赎的智慧与粮食,也是自由的与科学的歌唱,即另一种财富与粮食,我们从未获得过的财富与希望:

> 也许恰恰是这科学的缘故——不过那是一种不同于今天所从事的科学的科学,是一种最新的科学——这种天性使我将自由看得高于一切。自由啊!当然,自由(Die Freiheit! Freilich, die Freiheit),如同我们今天所获得的自由,还是一个瘦弱的新生物。但它毕竟还是自由,毕竟还是一种财产……[1]

在这里,"自由",这最后之词,几乎重复了三次(freilich的词根也相似,这是非感性的相似性的书写游戏),这最新且最高的科学,是我们需要去关心与学习的科学,卡夫卡比所有人都更为彻底地认识到天敌的绝对力量(从犹太教愤怒而嫉妒的上帝到社会官僚权力机构),为了回到自然化的纯粹生命与自由的新科学,以摆脱天敌的控制,我们需要在自由中学习自由。[2]

---

[1] [奥]卡夫卡:《卡夫卡全集》(第1卷),第463页。
[2] 在面对"天敌"的思考中,无论是中国传统思想试图摆脱丛林法则与弱肉强食的礼仪秩序和逃避主义方法,还是中国现代思想受到各种进化论与发展观而导致的不断革命的运动,都没有彻底发现摆脱天敌控制的出路,而是再次陷入到残酷的斗争逻辑之中。除非通过自由与自然的结合,无用与让予的结合,如同我们从海德格尔后期所发现的出路。面对世界大战与种族屠杀的绝境,只有无用与让予才是可能的出路。当前世界面对恐怖主义袭击也在遭遇同样的处境。

这"自由"是我们唯一需要通过"无用"去获得的财富！这是最为不可摧毁的信念，自由其实并不存在，自由乃是绝对的无，需要我们去经验自由时，让自由到来，我们必须在自由中学习自由，因此自由其实一直是一个瘦弱的新生物——但这正是暗示生命在自由中一直可以重新出生。

如此的重新出生，是从无中出生，从天空中再次出生，是让无来为，也是让自由来用，我们只能在自由中学习自由。信念与自由都并不存在（它们都存在于"第五维度"？），因而不可摧毁，体制与天敌不可能摧毁一个并不存在之物，但正是由于此自由的"无物"不可被摧毁，此不可摧毁之物的信念也存在于第五维度，这就需要我们每一个人去发明自己的自由与无用的"奥德拉德克"，这正是无用文学之任务。只有自由可以让我们不再处于民族的童年时代，而是重新成人：成为自由之人——为了一种无用的文学！

第四段
卡夫卡需要的中国镜像：
仙道式助手打开的小门

　　思想需要一把锤子，如同卡夫卡的日记中所写的那把锤子：既要具有生命的自然性，又要有着艺术的幻想；既要有着制造的激情，又要使之保持空无，如此的锤子首先锤打的是思想自身。

　　自然的自然性与艺术的幻想性，极端严格的制作性与空无的敞开性，思想的自身锤打必须同时具有如此的"四重力"，这是教义的书写要聚集的四重力量。这也是本雅明试图更为明确聚集的力量：德国浪漫派与康德哲学，犹太教神秘主义与歌德的文学写作，从这不同的四重性出发，面对现代性危机，以此形成新的教义，不断地打碎自身，给出全新的组合。

　　哲学，现代性的哲学需要新的锤子，自从尼采以来，思想既要击打偶像，又要打造新的事物，但此新的事物又不可能成为新的偶像，这是思想锤打自身的痛苦。

犹太教及其神秘思想，本来可以成为锤打西方哲学的一把锤子，只是一旦进入现代性，犹太教自身也需要锤打，因而不可能直接加以利用，而且此锤打异常彻底，几乎要击碎自身，而且还要一直保持自身的空无化，这是至为困难的哲学任务。

本雅明，阅读卡夫卡的本雅明，对此锤打的困难有着痛苦的体会，经过如此锤打的教义，不仅仅是西方内部的击打，而且此击打的力量还来自异域，来自中国。

卡夫卡与中国的相互击打，相互借力之中，还要借助新的助力，就是深入卡夫卡且展开了卡夫卡尚未展开的写作秘密的本雅明。在本雅明这里，他聚集了更多的力量，也将更为彻底地击打书写本身。这把击打的锤子，其"锤把"更为通红灼热，更为无法握住，因此，西方思想似乎没有什么后继者愿意继续拿起这可能灼伤自身的锤子。

如何重新拿起这把烧得通红、可能灼伤使用者的锤子？需要新的思考方式。如何发现拿起锤子但又不伤害自身的方式？这方式来自哪里？中国？！也许来自中国的老庄道家思想——那无用的思想。

一旦回到1920年代的法兰克福大学，我们会惊讶地发现，卫礼贤的中国学院、布伯与罗森茨维格的《圣经》翻译与犹太神学复兴（布伯与卫礼贤围绕"中国与我们"的对话，以及罗森茨维格对于中国的对比思考），在法兰克福社会学研究所，这三重不同的思想方式已经开始了对话，这个对话的"集大成"或问题的汇聚点，竟然是在一个边缘人，即本雅明那里。

本雅明1932年开始对卡夫卡展开专门的研究（当然更早从1925—1927年已经开始），开始了对他自身生命的激烈锤打。当然除了犹太人身份与犹太人救赎问题，以及犹太教弥赛亚神秘主义与世俗官僚社会以及资本主义这两重世界的张力关系，更为关键的历史现实感在于，当时犹太人已经处于大屠杀前夜的惊恐之中，而且本雅明试图移民到巴勒斯坦，因而需要有关犹太文化研究的专业论文，这是现实与思想、哲学与文学之多重的锤打。

1927年之前的本雅明，试图让哲学与文学成为一种具有犹太教神秘主义弥赛亚精神的教义，这是所谓的弥赛亚还原，用弥赛亚的宗教性来超越康德的认识论模式，同时补充浪漫派与歌德的自然性维度，即在弥赛亚还原的同时，还要自然化还原，是二者同时进行的还原，形成了本雅明所期待的"弥赛亚式自然的节奏"，这是本雅明思考的根本出发点。早期，本雅明从德国浪漫派与歌德出发，还是不足以让弥赛亚与世界发生关联，这在《评歌德的〈亲合力〉》的写作中有所体现，以自然界的"星星"来象征救赎的可能性，在没有希望中发现希望。但并没有形成完整的思考，弥赛亚的自然化并不充分，巴洛克的哀悼剧也不足以呈现弥赛亚自然化的活力，反倒只是衰败的寓意，因此需要新的维度让弥赛亚自然化，这就是中国道家的助力。而卡夫卡的道家化写作与普鲁斯特的无意记忆提供了这个维度，这也是为何卡夫卡写作的中国性如此重要。这个难点，在1934年的"卡夫卡论文"（Kafka Aufsatz）中得到了最好的解决，它让弥赛亚与自然化的双重还原得以可能。而弥赛亚的自然化，将离不开老庄道家的思想。

这是肖勒姆很早就异常敏感地指出的："瓦尔特·本雅明的生命与老子的生命有着深深的平行"以及"自从老子以来，没有人活得更像本雅明"[1]。这是异常惊人的论断！我们还不得不为此寻找更为明确的证据。

4.1 本雅明与道家：生命的相似性

围绕本雅明与道家的关系，皮特·芬维斯（Peter Fenves）在关于本雅明与中国关系的最新研究[2]中，发现了更多相关的资料，简明地梳理出一个本雅明与道家的深度关系。

---

[1] Peter Fenves, "Benjamin, Studying, China: Toward a Universal 'Universism'", in *Positions, asia critique*: *Benjamin's travel*, vol. 26, No. 1, 2018, p. 36.

[2] Peter Fenves, Benjamin, Studying, China: Toward a Universal "Universism". 芬维斯的这篇研究文章异常重要，笔者在几乎完成本书时才读到这篇文章，其中很多思考与笔者相通，可谓深得我心，这是重要的共鸣。芬维斯对本雅明与辜鸿铭和 de Groot 关系的思考，尤其是后者的普遍主义寻求，是笔者没有注意到的。而芬维斯强调1933年论相似性与模仿能力的重要性，从顺应世界或与世界的相应（Anpassung an die Welt）来思考本雅明的"相似性"（ähnlichkeit），及其宇宙的感通与感应，与笔者的思考亦是相通。

这是对生命的重新理解：生与命。"生"，乃是"生—生"，或一次性出生，或不断地再次再生，现代性的生命要得到"生—生"的断续理解，不再只是传统的生生不息了。"命"，乃是命定与命数，或不可逃避的命数，或摆脱命数的逍遥。"生命"在道家，乃是生存的本体论差异：生生与出生的"生"——不等于——生命与命定的"命"。但在现实生活中，人一旦出生，就进入了"生—命"的规定之中。

本雅明早期对于生命与青春的玄想，对于纯粹生命与自然生命的思考，已经与道家开始对话。他在1914年《青春的形而上学》的文本中就已经触及了老子的《道德经》，并且明显引用了老子语句——不过引用的是亚瑟·威利的翻译，而且就是第八十章："邻国相望，鸡犬之声相闻，民至老死，不相往来。"为什么他独独对这一章感兴趣？几乎同时，1916年的卡夫卡也开始思考中国，写出《中国长城建造时》，以及与《邻村》相似的片段，完全是改写这一章。两者竟然有着如此的巧合。

从出生到伦常的规定，血缘家庭作为出生的第一位置。从生命走向伦理的规定与性格，而性格具有自然性，但此自然性成为一种社会化规定，因此，自然化生命与生命的规定，也可能受到中国儒家血缘化的规定，也有着尊卑之等级制规定，直到走向四海之内皆兄弟的兄弟情义，但此兄弟情义，还是有着等级、爱好与兴趣、地方性习性的区分，也并不平等，因为血缘的自然性还是有着性好差异。

出生——出生也是命定，从家庭进入社会的规定，那是规训，但任何规训，都必然意味着对生命的强制与暴力，也必然滋生出反叛，就导致法律的镇压，于是出现了法律与罪的判定，有罪就是一种命运。一旦进入社会，就有着犯错的可能性。或者已经犯错。

出生——成为有罪的，原罪——如同犹太教的生命原则，在上帝面前——人人都有罪。但此有罪，导致了自然化生命的无意义。需要生命的救赎——这是耶稣基督的以命换命——但如此的代价太大，而且是天国的虚拟化的补偿经济（如同德里达的解构）。显然，再次陷入了经济交换的牺牲循环逻辑。

出生——成为历史的，自然化历史，则是技术化的生命，进入劳动，又被规定，主奴辩证法导致人性的困境，劳动的解放在于劳动自由——继续通过技术的进步与发展，这是马克思主义与科学技术发展的生命观劳动观。劳动乃是规训，乃是罪，是奴役，是资本主义的拜物教与剥削，解放在于劳动的自由解放，这是技术的革命。但有限生命的短暂性呢，如何弥补？

出生——如何回到自然性，回到生生不息的自然？这是中国道家老庄的自然观，从出生到生生，乃是生命的自然化还原。但此自然化还原，乃是无辜与无罪的生命。此无罪的生命不断再生，就需要再生的生命技术或生物技术。这是弥赛亚的自然化。如果有着弥赛亚，乃是进入此无罪的生命——如同回到伊甸园的亚当，回到原始的生命，无罪的生命，就是弥赛亚式的生命。

但如何保证每个生命都有着再生的机会与权力？这需要弥赛亚的保证。弥赛亚让自然的再生性有着更大的机会与保障，这是自然的弥赛亚化。

《青春的形而上学》可能才是本雅明与中国关系的种子，是原初的胚胎，几乎所有的关键要素都在这里了：这是隐秘的对话与种子的播撒。

1. 比如赤子。以"青春"作为转化的媒介。这与随后1916年的《论语言本身与论人的语言》中对于媒介的共通媒介寻求相关，也与《论普鲁斯特形象》中寻求老年的青春化相关。

2. 玄牝与女性。道家对于阴性的重视，已经是某种女权主义的前身？为何是女性？女性的接受性与再生的自然性，这是生命的奥秘，也是道家的奥秘，同时保持"处女性"或"接受性"——自然的沉默与沉默的自然，某种空无性的敞开性，但不可能被占据，以及"生产性"或"自发性"——给予生命与未来，胚胎的发育种子，不断的生成与再生性。中国道家就是能够把空无性与自然性结合，而且具有胚胎的种子性，此胚胎的种子成为歌德式的元图像或元现象。

3. 沉默与语言。老子肯定了沉默的重要性，这也是与本雅明1916年的语言学论文相关的，不是男性，不是苏格拉底式言说，而是女性与生产的爱欲。本雅明文本中有着某种新的女权主义或者女性化精神，尤其是《评歌德的〈亲合力〉》中的女性主角奥蒂莉，以及从《单向街》中的妓女到《拱廊街》中的母性弥赛亚，最后则是《柏林童年》中的母亲形象，等等，还有待于梳理。

4．"间距"。"小国寡民"或"不相往来"的间距为何如此重要？这是对于距离的肯定，现代性乃是肯定距离与差异，越是接近越是远离。文化的对话不是交融，而是肯定差异，发现差异所可能激发的另类活力，保持差异，使之"延异"，并且不断"扩展"间距，不是去"跨越"与"弥合"此间距，而是彼此越来越远离，越来越不相伤害，越来越不相干！这还是让此"间距"打开自身，具有空白活化的潜能！面对现代性的灾变，相对于同化他者或者消灭他者的两种极端方式，间距化或者间隔化的间离方式，也许更为重要，这也是老庄道家思想所可能具有的现代性转化力量，但在此间离中也出现了另一个中介——自然。

随后围绕"自然生命"的展开，这些展开如此隐晦，我们这里只能指引出来，以便于更为详细的研究。

1．在《性格与命运》，以及1920年代围绕《评歌德的〈亲合力〉》的文本中，讨论"自然化生命"的还原时，本雅明不是走向赤裸生命与剩余生命，不是走向道德法律下的罪恶和原罪堕落的生命，而是通过神话化的生命，与自然相关的魔灵化的生命，向着纯粹生命，即自然化的生命还原，从而寻求救赎的可能性。此魔灵化的神话生命，其魔灵的想象可能受到布伯翻译的中国鬼怪故事的影响？因为把魔灵与自然生命关联起来，也是西方思想中并不多见的方向。

2. 在1916年《论语言本身与论人的语言》中，西方语言的堕落与人性的堕落是一致的，但救赎如何可能？这只有回到伊甸园之中，回到自然状态，即创世的上帝与自然的和谐共在。伊甸园中的亚当，必须再次开始新的命名，但这必须回到沉默的自然，此沉默的自然与前面思考的女性的沉默、老子的沉默也隐秘相关？当然老子文本中缺乏自然哀伤的维度。

3. 围绕巴洛克悲悼剧中的自然历史的书写，其中关涉到寄寓的象形文字书写性。历史的自然化还原，带有象形文字的特点，如果与弗洛伊德所认为的"梦中的文字乃是象形文字"联系起来，会走向本雅明当时对于儿童图画书的关心，因为儿童图画书就是"图像—文字—姿势"三者的同时性共感。此共感，乃是一种中国式图像思维或本雅明后来"思想图像"的来源。

再随后，则是集中在拟似性与模仿能力上。本雅明逃离德国不久，1933年所写的《相似性的教义》与《论模仿能力》，接续了1916年的语言学论文，同时受到克拉格斯宇宙爱欲的影响，开启了更为明确的思考自然拟似性与宇宙感通性的方向。其与中国文化的接近，如同芬维斯指出的，体现在顺应或调适与相似的对应关系上。

1. 此拟似性或模仿能力，不是柏拉图与亚里士多德的模仿理论，也非现代性勒内·吉拉尔与拉库-拉巴特所思考的模仿竞争与牺牲献祭模式，此带有中国文化"似与不似之间"的拟似性诗意模式，乃是更为回到人类与自然的相感上，回到人类与自然的感通关系上。

2. 尽管本雅明并没有展开中国文化似与不似之间的相似性原理，但他在1938年所写的关于中国绘画展览的文章中，提到了此云烟一般的相似性与不相似性，并且展开为感性的相似性与非感性的相似性，这是对图像与文字关系的进一步展开，不同于后来的索绪尔有关能指与所指的语言学理论。

3. 在《论星象学》中讨论宇宙的相似性与个体的自我命名想象中，已经把生命的自然性与犹太教神秘主义关联起来。

其后的痕迹，当然是我们随后重点展开的1934年围绕"卡夫卡论文"中所讨论的卡夫卡的道家化进路。

最后的痕迹，却非最后之词，则是本雅明围绕《柏林童年》的写作中，尤其在早期手稿第一篇《姆姆类仁》的结尾，泄露了整个拟似性想象的秘密，这是来自中国画家的幻象：伟大的中国画家最后会进入自己绘画中的小门（即"把自己变小并消失于图像之中"的原理），在那里告别与消失，这就在世界之中打开一个"间世界"，一个虚幻空间。而如何让此虚幻空间在世界之中展开，还保持虚拟的？这是本雅明在《拱廊街》的写作中所面对的基本问题，而此问题还没有被彻底解决。

本雅明的相关主题与老庄道家、与卡夫卡相关，这是要彻底贯彻"道"之双重性：空无与锤打；既要认真锤打，又要空无所成；同时做出双重性。这是一种书写的要求，也是思想的要求。它能解决什么问题？这是卡夫卡无法解决的基本问题：既要犹太教的弥赛亚救赎——但弥赛亚已经变得无用，又要资本主义时代的日常幸福——但又被组织官僚与商品拜物教所操控，因此如何既需要二者，又转化二者？既要弥赛亚的救赎又要不可能的幸福，就如同必须让无用保持无用但又有大用——这就必须找到无道世界的一道"小门"，还要找到走出资本主义的通道，打开大道。

卡夫卡似乎并没有解决此难题。为何卡夫卡无法解决？因为他的生活局限于布拉格？或者卡夫卡的弥赛亚还是无用的，却还没有彻底地自然化？即，对于本雅明，卡夫卡的写作，无论是无用的弥赛亚如何进一步进入世界的问题——如果卡夫卡并没有解决，因此需要本雅明来回答，即弥赛亚的自然化；还是资本主义如何走出拜物教的问题——这是回到自然，让自然弥赛亚化,都如同本雅明的《拱廊街》研究,乃是为了通过资本主义而找到走出资本主义的出路,通过技术的灵晕寻找到新的审美灵晕。

对于本雅明,卡夫卡的写作启发的乃是生命的转化,无论其写作是否成功,都启发了本雅明进一步的思考,在弥赛亚的自然化与自然的弥赛亚化的双重转化上,本雅明变得更为自觉与彻底,而正是道家的生命转化,启发了本雅明的思考。

犹太教神秘主义如何实现?通过弥赛亚的自然化。因为弥赛亚的希望已经不再可能,我们人类只是上帝的笑话,这只是一个非真理的世界。弥赛亚已经无用了,但又需要弥赛亚。如何走出官僚资本主义体制?现代性生活的组织与命运,也是一种生命的形式或生命政治的组织形式,需要走出此生命形式,进入自然化的乡村,而不是都市与城堡。但这是否过于后退?这是生命形式的还原。生命形式的还原与弥赛亚的还原,都与自然化相关,就与老庄的中国性相关,这也是通过中国来迂回。

生命形式的还原也是生命的转化。但这是哪些方面的转化?这是生活世界的转化——进入神话一般的"前世界";生命主体的性格与姿势还原——去除命运,不是早期的悲剧性命运与性格,而是无性格,通过魔灵的生命走向自然的无辜;生命主体的动物性还原——走向马;以及生命交往方式的还原——骑士的精神；或者是生命书写的重写——骑士与助手，骑士不再是骑士，而是成为助手与学习者，学习正义，为正义做准备。

这是成为无用的助手，为正义做准备，犹太教借助于道家，乃是为正义做准备，从而打开一个间域的世界，一个绘画中的小门，进入自己创作的作品中。

4.2 中国镜子：卡夫卡的困惑

在一个已无真理、只有谣言与愚蠢的世界，卡夫卡无疑只能是一个失败者，卡夫卡的写作不过是从此失败的确信中开始了神奇的梦想，但在一个没有希望属于我们的世界之年中，如何可能还有着真理与救赎的发生？这是极端虚无主义对教义本身的锤打。

如果卡夫卡生活在一个需要补充的世界[1]，他对补充物的发现足够吗？是否还需要再次补充？那补充什么呢？这还是未知

---

[1] ［德］本雅明：《经验与贫乏》，第385页。当然，围绕卡夫卡写作的神学意义，在本雅明与肖勒姆那里的争论，以及随后阿多诺在奥斯维辛集中营之后对于该问题的回应，还有后续很多思想家的思考，比如德里达对本雅明的解构，大多是围绕本雅明的犹太教弥赛亚问题，围绕本雅明所打开的犹太性及其现代官僚制度批判的问题视域，还没有涉及道家的维度。比如研究本雅明思想中的犹太主题的重要论文，参见 Irving Wohlfarth, "On Some Jewish Motifs in Benjamin", in *The Problems of Modernity*, 1989, pp. 157–215。但我们并没有发现对于本雅明思想中道家主题的相关重要研究！中国学者的相关研究既没有深入到犹太教部分，也没有具体到道家的现代性，大多只是泛泛而谈。

的，也即是本雅明思考卡夫卡的核心问题。同时这也是现代性的基本问题，本雅明1934年的"卡夫卡论文"就试图从卡夫卡对于现代官僚制度与生命模式的表现中，发现一种动物状态的姿势诗学（Poetik der Tier-Geste）。

卡夫卡的文学作品其实都是对"譬喻"（Gleichnis）的锤打，但本雅明立刻说，又不仅仅如此，而是要比譬喻"更多"（mehr），这是它的凄怆与辉煌。这是一种什么样的譬喻呢？"多出"的又是什么呢？这个问题还有待于追问。

与前面需要"补充"的未知要素相关，那么，这些需要补充与多出来的东西是什么？这是"吊诡"的逻辑："譬喻"乃是面对悖论的方式，面对"悖论"的不可解，但又要承受此悖论，有着生存的"余地"，这就是吊诡的张力。

而就文学的想象而言，本雅明其实已经给出了答案：镜子！也就是说，这是卡夫卡"毕生都在苦思冥想自己是什么模样时，却不知道世上有镜子"。[1]

思想需要锤打出一面新的镜子，来观照自己生活的世界，来变异自己的犹太教背景。但这面镜子从哪里来？中国？是的，中国！悖谬的是，本雅明确实在论卡夫卡的系列文本中发

---

[1] ［德］本雅明：《经验与贫乏》，第339、340、365页。

现了这面镜子，但后来的几乎所有研究都遮蔽了这面镜子。

因此，重新解开这面被犹太教神秘主义灯芯绒包裹得甚好的镜子，或者也许是已经被历史的灾变压碎的镜子，就可以打开思想的另一种维度吗？这是我们思考的出发点。

一旦我们追问那个动物性的姿势诗学，以及"多出譬喻"的那些其他要素，我们就走向了另一个方向，尽管本雅明认为这多出的力量已经超出了犹太教的解经方式，即文学寓言化的哈加达已经对律法的哈拉卡有所冒犯与僭越，但其实还有着另一种隐秘的"教义"（Lehre），即让文学介入教义，且内在地改变教义，此教义的隐秘改变还来自中国，经过道家无用论的锤打，让"教义的残余"生成为一种新的无用教义。[1] 本雅明不是没有谈到神学的隐秘教义及其教义的残余，尤其是动物姿势，而除了动物姿势，就是学生们学习的姿势，这个学习的姿势不仅仅来自犹太教，也来自中国。

本雅明在论卡夫卡的文章中指出，卡夫卡的所有写作都是姿势的事件，而不可理解的动作姿势就成了譬喻里的玄妙之处，如此姿势的诗学来自对中国的观照。非常有趣的是，本雅明参考了罗森茨维格在《救赎之星》中对于中国的思考，即认为中国人没有性格，而是情感纯净的动作，如同中国戏剧是动作姿势型的，将情节化解到动作中，因此指出："卡夫卡的全

---

[1] ［德］本雅明：《经验与贫乏》，第358页，德文见 Walter Benjamin, *Gesammelte Schriften II*, S. 420.

部作品是姿态之大全（Kodex von Gesten）。"犹太教神学家罗森茨维格在《救赎之星》关于中国的部分中，有三处明确提到了中国的儒家与老庄，尤其是老子的思想，这些片段对于本雅明思考卡夫卡有着深刻影响，这也是以往研究者很少关注的来源与影响。因为这更为内在地关涉到文化差异带来的可能激发作用。罗森茨维格写道："没有任何其他民族的抒情诗是如此纯粹的一面可见世界的镜子。"[1] 也是在这一节，罗森茨维格谈到了中国人的"无性格"。

显然，"镜子"（Spiegel）这个譬喻也来自中国！但可惜这是一面被遮蔽了的镜子，因为后来的研究者很少关注到罗森茨维格在这一点上对本雅明的深刻影响。这里有着一条隐秘的暗线：犹太人对于中国思想的借用与参照——一面晦暗却不可缺少的他者镜像。

本雅明反复提到"镜子"，似乎是把中国，尤其是中国人的生存姿态，无论是儒家祖先崇拜的，还是老庄之无为的姿态，当作了可能的对比镜像，才可能看清卡夫卡小说中的人物动作，才可能看清犹太人现代性的命运。

关于动物的譬喻与姿势，本雅明写道："我们掌握了一种卡夫卡的譬喻所伴随的、在 K. 及动物的动作姿势中得到解释的教义吗？这种教义是没有的。我们最多也只能说，某些地方

---

[1] ［德］罗森茨维格：《救赎之星》，孙增霖、傅有德译，济南：山东大学出版社，2013年。关于中国的部分，见第35、55—57、71页。

对此有所暗示。卡夫卡可能会说：这些作品是教义的残余物，流传着教义。"当然，也许在本雅明更为悲观的态度看来，卡夫卡对于中国的想象与思考，作为一种新的教义，可能只是教义的残余物或遗物与准备而已。本雅明甚至认为卡夫卡与老子之不同在于："如同老子，卡夫卡是个譬喻作家或寓意作家，但他没有建立宗教。"卡夫卡自己没有建立宗教，这也是因为虚无主义化的犹太思想者并不相信宗教了。

在这里，本雅明再次提到了老子，显然这不是第一次了，而且该长篇论文大量分析了卡夫卡的《中国长城建造时》，把犹太人亚伯拉罕的形象（卡夫卡所言的另一个亚伯拉罕，总是会有另一个不同的亚伯拉罕），与中国侍者的姿态联系起来，形成了"姿态的诗学"，让犹太教始祖亚伯拉罕成了一个中国家长，当然，这也是让中国人的祖先转译为一个可能的犹太族长，以此反思自身动物性的生命状态。

需要再一次锤打卡夫卡的写作，按照卡夫卡自己的锤打方式，认认真真做某物，又空无所成，既要如此的生命自然化，又要如此的艺术想象化。

本雅明的锤打异常富有耐心，但又异常杂乱（那些大量的笔记手稿），当我们进入本雅明思考卡夫卡的文本时，就不再仅仅是那篇发表在1934年《犹太评论》杂志上纪念卡夫卡去世十周年的不完整论文了，还有着大量的手稿与通信文本，我们可以从后来经过专门编辑的本雅明论卡夫卡的大量笔记中看出这个庞大的计划，那部可能的书稿并没有完成，我们这里的写作似乎是接着那尚未完成的遗著？思想还必须继续锤打自身，让自身保持绝对的觉醒。

当然，对于我们中国人而言，不可避免地已经带上了自己的先见或前见：本雅明在思考卡夫卡时的中国动机或主题（Motive，这也是本雅明自己在论文中用到的词），才是更为隐秘的问题，有待于我们去思考的核心问题。

是哪些动机或主题呢？本雅明对卡夫卡的直接阅读从1931年开始，而短文标题竟然是《中国长城建造时》这篇小说的名称，这是好奇还是随意的？无疑，他受到勃罗德这个编者的影响，卡夫卡去世后的小说集出版的名称竟然以这篇小说为标题，而本雅明也如此选择自己的标题，是反讽还是认同？本雅明自己也尤其关注日记《一道圣旨》的核心片段，这是对中华帝国巨大统治困难的直接反讽，还是对犹太教上帝的秘密已经无法超越各种拉比们的历史解经学，而接近当代生活的暗讽？故事把卡夫卡本人也带进来，成为一个梦想中国皇帝旨意的"接受者"，他难道是一个被拣选的"中国人"、一个新的信使？

本雅明认为，卡夫卡毕生都在冥想自己的模样，却不知道世界上有面可以反思自身命运的"镜子"。对卡夫卡的这个判断，异常奇怪，倒不如说它指的正是我们中国人自己！因为中国人就是不知道可以通过看镜子而获得自我反思的机会。[1]
当然这里说的是卡夫卡小说中的人物。或许卡夫卡远离镜子，避免已有的任何自我反思与理解的可能性，乃是因为世间已无真理，反思不再可能。或者没有镜子参照的中国人，封闭于自身帝国梦想的中华民族，也许恰好吊诡地可以给予犹太人一面镜子（如同巴别塔与万里长城的对比）？当然这需要一面变了形的镜子——通过动物的姿态，而非仅仅是人的姿态！这是更为自然性的还原。

在讲述救世主来到"小村子"的故事时，本雅明首先援引犹太拉比对于公主在村子里的象征，认为卡夫卡的世界只是稍微有所调整，就成了城堡，但是还有着更为隐秘的改写，那就是怪物线轴"奥德拉德克"这个半人半动物的形象，并且与德国童话的"小矮人"形象重叠，甚至与老年的浮士德相关，这就把救世主的寓意与小说的叙事，还有童话故事相重叠，而且还悄然带入了中国道家的厄言，这才是卡夫卡写作中形象混杂的秘密！也是本雅明在《讲故事的人》中要发扬的混合形象，这正好回应了"混杂现代性"（hybrid modernity）的书写要求。

为何卡夫卡与本雅明都着迷于中国长城的建筑计划？是因

---

[1] 邓晓芒：《灵之舞：中西人格的表演性》，上海：上海文艺出版社，2009年。邓晓芒教授明确指出，中国人一直缺乏一面反思的镜子来自我观照，导致中国人容易陷入自欺而不自知，尽管有着装样子的表演性，但缺乏一面彻底反思或者绝对反思的镜子，比如不可欺又让人恐惧与战栗的上帝的绝对目光。

为它象征着庞大的官僚机器与体制建制？这是政治取代了命运，不仅仅是官僚机构，还有建筑计划，都是人类自我封闭为囚笼的形式化。但为何要建造这么大的建筑呢？这是奇谜与奥秘，有着神秘主义的诱惑，尽管没有展开巴别塔与长城的差异，但其中又有着"分段修建"手法中隐含打开缝隙而逃逸的可能性。它是为犹太人准备的方式？这正是需要"补充"的要素：巴别塔建造了却不去用，即道家式的无用，才可能存留犹太人的梦想，如同中国长城其实在抵御外来入侵方面，并没有多大作用一样。

或者这是一种自身消失而进入图像的方式？想象一道异域无尽绵延的长城，来对比可以无限升高的巴别塔，这是让自身消失在自己的创造物之中，这是在世界之中打开一个非世界，这是一种幻象与幻化的经验，消失在自己的所造之物中。

因此，前面三重解释学的改写也体现在那个"村庄"的譬喻上，其改写在于：从犹太法典中弥赛亚来到村子的虚拟故事（带有童话色彩的喀巴拉故事），到卡夫卡小说《城堡》中山脚下的小村子（因为无数可能的意外，无法抵达邻村，暗示现代生活的不确定性与无处不在的虚无深渊），如同阿伦特借助另一个故事《一个寻常的烦恼》所思考的赤裸的人类基本的行动结构，带有一种逻辑的疯狂与幽默的兴奋混杂着的感受，再到"老死不相往来"的间距化与虚无化放大，但此道家故事也被弥赛亚叙事，被回忆的目光所跨域，带来救赎的可能性。

卡夫卡作品中官场与家庭的重合，其实更会让人联想到中国人的生活方式，所谓"修身齐家治国平天下"的一体化。家庭就是剧场，如同卡夫卡的儿时照片已经处于既像刑讯室又像王宫这样奇特的戏剧空间中，这个戏剧空间，在卡夫卡的小说中，就与中国人的生活方式关联起来，它并没有什么神秘可言，而且直接引用了罗森茨维格《救赎之星》的思考。这是异常奇怪的引用，不是他的犹太教思想，而是他对于中国的思考，而罗森茨维格显然并非中国问题专家！这关涉到中国人的性格，不在于明确的个体性格，"而在于情感和与生俱来的纯净"！因为这与动作的表达相关，"情感的纯洁或者是动作的一个特别精确的天平"。[1]

以至于本雅明得出惊人的结论，俄克拉荷马的露天戏剧来自中国戏剧，因为它们都是动作，继而得出更为广泛的结论，"卡夫卡的全部作品是动作之大全"或"姿态的典书"！[2] 它不是象征的，而是在不断变换的关联与尝试性布置中，即不断变化的位置与关系中重新不确定生成出来！这非常好地把握住

---

[1] 值得注意的是，在《救赎之星》中，要高扬犹太教思想的罗森茨维格，对于中国，无论是儒家还是道家的评价都并不高，虽然也指出了道家无为的重要性，但主要还是负面评价。但是在本雅明这里，却完全不同，他赋予道家相当积极的意义，这是因为本雅明不必为犹太教辩护，有着更为深刻的问题意识与时代危机感，甚至认为单靠弥赛亚精神也不再足够，也还具有现代性的虚无主义前提以及反讽的自觉。

[2] ［德］本雅明：《无法扼杀的愉悦》，第14页。

了中国人的戏子或"样子"的特点,察言而善变,总是带着善变的面具。但这却是卡夫卡小说人物与戏剧化动作的来源!当然,卡夫卡式的人物动作已经不是中国人的了,而是处于反思中的中国人或者可能的犹太人——他一边做着动作或样子,一边反观这个动作,而且立刻知道这个动作的无意义,乃至于不合适,又要去纠正,但还没有来得及纠正,已经发现纠正更不合适,这就不仅仅是让别人觉得怪异,就是自己也越来越别扭尴尬,又不可能从此窘迫中解救出来,显得越发愚蠢可笑。

既然我们身处一个非真理的世界,既然这个世界并没有出路,我们如何可能走出此非真理的世界?卡夫卡的世界中并没有真理的内容,其寓意写作也并不启示真理性,这并非犹太拉比们的解经书写,而是现代虚无主义的书写,是陷入泥沼中的消耗,甚至试图走出此泥沼的意愿都是愚蠢的。

4.3 "前世界":发明仙道式的助手

必须再度进入泥沼,不是逃出去,而是把现代资本主义生活向着神话还原,如同后来罗兰·巴特所为,只是本雅明更多借助于中国道家而展开,当然也借用了当时更为丰富的其他思想资源,这是彻底打开一个神话般的"前世界",如同之前对于歌德《亲合力》的思考。

此"前世界"来自卡夫卡的发现:现实生活的神秘性。如同《法的门前》(或译为《在法的面前》)的守门人与跳蚤。当然也是欲望关系的泥沼，如同《城堡》中小人物们在小村子的生活，带有尚未成熟与已经烂熟的双重气味。或者来自中国的混沌想象，如同《一道圣旨》或者"长城"的无数城墙。或者是动物式不可消除的惊恐，比如《地洞》的建造。而对于本雅明，此"前世界"得到了更多理论上的回响：巴霍芬的原始母系社会以及克拉格斯的宇宙爱欲；前世界与神话的关系，接续之前对于性格与命运的思考，如何避免牺牲的暴力，这是出生之前的踌躇；而前世界与遗忘的关系，如同尼采的思考，可以摆脱历史的重负；前世界还具有混乱与混沌的特征，与庄子的混沌之喻有着潜在的关系；因此，"前世界"与中国文化生命的模糊暧昧相关，如同前面所言的混杂的乡村气息；前世界与死亡的不可能性，如同地狱吹来的风，让死者不可能彻底死去，这是死亡之后的徘徊。如何逆转此前世界与现代地狱世界的重叠，如何让出生前的踌躇与死亡后的徘徊得以连接？这只有通过不断的学习。面对必然失败的命运，但还是要学习，让骑士逆风而前行的姿势，转化为学习的姿势，走向正义的准备。

　　具体而言，前世界与中国的关系呢？由于中国文化对母系与阴性的推崇，本雅明在讨论犹太作家克劳斯时，竟然把克劳斯写作中的混杂特性，尤其妓女的气质与中国文人的虚无主义享乐联系起来。而遗忘与平淡的性格，就如同罗森茨维格的研究与观察。中国文化没有神话式的暴力，也没有纯粹的神圣的暴力，在于中国文化对自然元素的仙道化，自然的元素性升华为生命的仙道形象，这是与道教隐秘相关的，是生命转化的卮言想象。其中也有着动物性与仙道的混合，因而没有出现西方的悲剧命运，为了消除命运，以自然为性，走向自然化的生命。但也因此没有进步，没有发展，而是无尽的循环，如同接纳帝王家谱血缘彻底的自然性与此血缘的准神圣化，而进入现代性，却要破解其中的恶性循环。这就需要弥赛亚的切入，需要新的教义，需要进入寓言或者卮言的想象，进入譬喻的吊诡，才可能破解其中的恶性循环，或者化解悖谬之处——犹太教自身不幸命运的不可解决。尽管失败的命运不可避免，但失败的命运因为譬喻的写作，因为与东方的关系，而转向学习，在学习正义与正义学习的姿势中，弥赛亚纠正生命弯曲的力量将会显现出来。

此"前世界"，此乡村的气息与老子相关。为何这个老死不相往来的乡村气息如此重要？因为来自农村，有着自然的气氛，与动物，比如那些鸡与犬共在？当然也有马，等等，就不必有城堡。而"未完成与烂熟之间"，这是未完成的动物自然，与烂熟的人类自我神圣化，需要重新连接。当然其中还有着自然的原初气息，那个尚未败坏的自然，那个沉默的自然。

就如同中国人的无性格与平淡，一种自然化的戏剧，有着来自自然的祈祷，这是自然与心性的感应。卡夫卡小说中的人物也是无性格的。没有身份的？这就被还原到自然状态，不再是魔灵的性格，不是魔灵的牺牲与恐惧的暴力，而是自然戏剧的表演。何谓此自然的表演姿势？这是动物化的表演？这是前语言的原初姿势，卡夫卡人物的姿势化，就不是语言表达，而是姿势化。如同中国老者与亚伯拉罕形象的修改，以老子之为老者的形象，以儒家与老子修改亚伯拉罕的形象，要献祭的信仰骑士不可能走出家门，因为陷入了家庭的经济，不可能走向牺牲献祭仪式，这是反对克尔凯郭尔式的基督教信仰，改写信仰的方向，使之无为与无用化。

这就需要动物们的帮助，因为动物有着遗忘性与无罪感。如同"马"这类动物，一旦我们数数卡夫卡作品中的马以及本雅明论卡夫卡文论中的马与骑士，似乎与道家也隐秘相关？因为这关涉到愚蠢，"大智若愚"的寓意，是反转与颠倒。此动物性的"马"形象（当然就是自然动物）—生命本能—骑士形象重叠：动物的马与前世界的自然化生命，体现了马奔跑的生命力，但马也属于泥沼的世界，从属于自身遗忘的本性，彻底奔跑时的遗忘，以至于最后仅仅剩下马，骑手都已经消失，马之为纯粹的生命，乃是自然的灵魂，是注意力的某种体现。这也是生命本能的扩展，走向亚历山大大帝的历史征服（在《新律师》的小说中），直到印度与东方，但这个征服已经被遗忘，自然的活力被遗忘，人类的文明化，宝剑，大门与道路，古典的征服历史已经消逝了。

信仰的骑士与君主暴力的骑士精神，西方革命的原型必须被修改，这是双重的修改：一方面，走向了乡村骑士的方向，那个《邻村》中的年轻骑士，必须以老庄的道家精神来修改道路与方向，他走不到邻村，因为无数的间隔与深渊；另一方面，或者改写象征骑士精神的堂吉诃德形象，面对小说叙事与虚构的写作本身，走向元叙述与元写作，转向仆人桑丘，反转骑士的幻象，让桑丘的真理体现出道家式无用的生命形态，在游戏的生命中有着遗忘的智慧。

对骑士精神的多重改写，乃是面对从地狱中吹来的风，逆向而行，是为了从愚蠢中发现生命的道路。

对于卡夫卡，如果这世界仅仅剩下愚蠢，而且此愚蠢还会带来某种帮助，如此的颠倒如何可能？生命如何开始自身的转化？这是变成动物性？动物是某种助手？只有自然化的助手，看似如同动物一般的助手才可能有帮助？除非这动物有着三重样子：动物—孩童—天使，是这三重样子的重叠，就如同桑丘的形象重叠中国道家仙道的有趣形象，才可能构成帮助。即从人类动作到动物的动作中获取教义的残余或者残余的教义，这也是童话故事隐含的教义，还有着犹太天使的幻象。比如"睡美人"的童话故事，或者希腊的神话故事，无论是被缚的普罗米修斯还是塞壬的歌唱，从遗忘到沉默，都经过了犹太教改写，以及现实小说的虚拟化，最后再经过中国化改写（尤其是遗忘与沉默的主题），加入中国智慧的可直观性，尤其是中国智慧的"形态学"变化，无论是孙悟空的七十二变，还是即刻幻化的想象力，生成为新的"总汇诗"或者新的文体。

但助手并不存在，而有待于发明，中国的智慧也有待于再次发明如此这般的助手。如何寻找到助手？这需要进入文本中思考的鸿蒙初开的世界或"前世界"（Vorwelt），它既是世俗世界沼泽的象征，也是如同中国人的混沌思维，又是老庄思想的启发，还与祖先崇拜联系起来，这也是中国人原始思维的余留，也是罗森茨维格比较思考的指导，原始图腾——引向了动物！而关于甲虫的变异，这个变形记以及导致的事物混杂也是来自中国吗？也许就如同庄子寓言中的动物们。而在卡夫卡的作品中，动物乃是盛装被遗忘之事的容器！这样，就把中国人的图腾思维、动物性姿态、祖先崇拜与遗忘性，尼采所言的动物式遗忘的快乐——中国人的俗乐智慧，以及思想的动物、洪荒或沼泽世界的杂种、杂交（bastard，hybrid）与罪责，都重叠在奥德拉德克的形象中，建构出虚拟的形象，成为超越生命与非生命的混杂物！

卡夫卡需要发明新的形象，在"奥德拉德克"这个虚构的形象与姿势上，可以看出卡夫卡了不起的现代性发明与"混杂"的想象：

它好像一个"童话"故事中的人物，矮小如同驼背小人，如同玩具；它好似一个"寓言"中的动物形象，突然出现与消失,保持沉默;它像一个"神话"中的鬼怪精灵之物,多变且不可见;它像一个现代性的抽象图像与结构化的叙事,比如它的线圈与线性化,它的不止息地滚动;它还像一个哲学发明的概念人物,一个庄子式的非存在物(如同这个名字的暗示)。

从这个形象中可以看出现代性审美最为基本的寓意:1. 敢于面对与承认深渊与神性的缺席,肯定世界的匿名性。2. 却要发明一种并不存在之物,且让这不存在之物具体化。3. 这个不存在之物还是一直保持为不存在的,并不显现在场,因此避免了偶像崇拜。4. 有限短暂必死的人类主体,还要让这不存在之物活得比自己更久,这是为数不多的合法的自我哀悼与自恋的机会。5. 最后,一直保持这个无限不存在物与有限个体二者之间游戏的欢愉!

在卡夫卡的小说《一条狗的研究》中,在这条狗的"生命转化"历程中,可以更为明确地看到如此三重形象的助手式自然化综合:这是一只动物,一条小狗,因为听到了音乐,开始自我转化;进入童话一般的动物世界,要求自己的同伴一道进入这个神奇的经验,开始学习音乐;最终,要通过更为神奇的改变,学习食物科学与音乐科学,从天上接受粮食,不就成了天使?如此的三重转化过程,是对尼采《查拉图斯特拉如是说》精神三重变形的改写?这也是三重的自然化:动物性是我们人类生命中的自然性,儿童是我们人性的自然阶段,天使则是非生命的自然化状态。

也许在女歌手约瑟芬的歌唱姿势上也有着如此的三重变形：耗子民族，当然其声音只是耗子叫，没有什么意义，是无用的；或者如同孩子气的吹口哨，如同我们民族的本性，一直有着孩子气，无法长大，如此的吹口哨当然也没有什么意义，也是无用的；或者如同天使的歌唱，让整个民族得到暂时的安慰，甚至得到升华，但最终还是无用而被遗忘。如此的三重变形，就是无用文学的化身过程。

如何发明新的助手形象？本雅明在《讲故事的人》中说到了童话的助力以及傻子形象，尤其是原始时代的自然与自由的同谋合力，幸福的救赎性才可能实现：

> 童话曾是人类的启蒙导师，至今仍是儿童的首席教师，因此童话仍隐秘地存活于故事中。第一位真正的讲故事者是童话讲述者，今后还会是这样。每当良言箴训急需之日，便是童话大力相助之时。这个需要来自神话创造的需求。童话告诉我们人类早期如何设法挣脱神话压在人们胸襟的梦魇。在小丑的形象中它显示了人怎样在神话前"装傻"，在最年幼的兄弟形象中，它揭示，随着原始时代的消退我们的机会越来越多。在那个力求探明何为恐惧的人物形象中它显示了我们所惧之事可以为我们洞悉。在自作聪明人的形象中它表明神话所提的问题都是头脑简单，如狮身人面兽所出的谜。

在那些济助儿童的动物中它告诉我们，自然不单单服从神话，还更愿与人为亲。太古之时童话已教会人类、至今仍在教导儿童的最明智的箴言是：用机智和勇气迎对神奥世界的暴力。(这就是之所以童话分勇气为两极，辩证地划分为机智和奋勇。)童话所具备和施展的解救魔力并不是使自然以神话的方式演变，而是指向自然与获得自由的人类的同谋。成熟练达的人只能偶尔感到这种共谋，即在他幸福之时，但儿童则在童话中遇见这个同谋，这使他欣喜。[1]

自然与自由的结盟，只有当童话的魔力、自然的魔力与自由的想象多重结合时才有可能。不仅仅如此，本雅明还受到布洛赫神秘主义的影响，思考了半神话与半童话的区分与混合的形象（Gestalten）：

> "一个童话和传奇的糅合，"布洛赫说，"包含了象喻的神奇因素，这些因素的效果恒常不变，引人入胜，但并不超绝人寰。传奇中常有道士形象（taohaften Gestalten），尤其是老态龙钟的道士（in dem sehr viel geringeren Tao Gotthelfs），这就是所谓'神奇'。比如费勒蒙和包西斯这一对，自然的睡眠中却神魔地逃脱。在有道教气氛的哥特赫夫肯定也有类似的童话和传奇的联系，尽管层次更低。有某些时刻，这种联系把传奇从魔幻地点分离开来，营救了生命之火，特别是内在外在默默燃烧的人的生命之火。""神魔地逃脱"指

---

[1] ［德］本雅明：《启迪：本雅明文选》，张旭东、王斑译，北京：生活·读书·新知三联书店，2008年，第112—113页。Walter Benjamin, *Gesammelte Schriften II*, S. 458.

的是列斯科夫所创造的人物系列中的佼佼者,那些正直的人。巴甫林,费格拉,戴假发者,驯熊者,助人为乐的哨兵。所有这些都是智慧和仁慈的形象,世人的慰安,环绕于讲故事人的周围。他们确定无疑贯注着列斯科夫母亲的影像。[1]

——再一次,此三重形象的混合,最为完美地体现在道教的道士形象上,我们在这里读到了"道教"的重要性,正是在此"混杂"的中国道士形象上:某种孩童气质(蜕化的神话,比如八仙过海的那些神仙?)、神奇能力(如同天使一样),但又可以随意支配与使唤动物世界的魔力(《西游记》中的妖怪形象)。其中的魔力还是在自然的睡眠中实现出来,此自然的沉睡力量就是没有被败坏的救赎种子,由此,本雅明相信这是"道教"的气氛把童话与传奇连接起来,如此的叙事魔力也是对早期语言学论文"纯语言"魔力的回应,因为这是让"自然之声"重新发言,或者这也受布伯所翻译的蒲松龄《聊斋志异》的启发?也许我们中国叙事需要重新发现仙道的助手形象?或者,中国叙事文学既要从玄幻故事中走出来,又要发现新的仙道信使?

甚至在论卡尔·克劳斯的论文中,本雅明把克劳斯比作身穿古代盔甲的中国神像,双手挥舞着出鞘的刀剑,在德语的坟

---

[1] [德]本雅明:《启迪:本雅明文选》,2008年,第113—114页。Walter Benjamin, *Gesammelte Schriften II*, S. 459.

墓前跳着战争之舞并愤怒地狂笑，似乎扮演着一个语言掘墓人的角色。此外，除了讨论"引用"与中国书写的潜在关系、相似性与名字的秘密，本雅明还再次触及了克劳斯的犹太性与中国性的关系，文人美学与自然的关联，还有女性的自然性与资本主义卖淫的关系，这是另一种无用的文学，与散文化的弥赛亚救赎文体相关，尽管对此态度到底是批判还是认可，并没有表面上那么容易分辨。

但是，克劳斯"征用了自然的力量"。社会学领域对于他从来不是透明的——无论是对新闻的攻击还是对卖淫的辩护都不是透明的——这都关涉他与自然的这种联系。对他来说，人的健康状态不是通过革命变化而解放的自然的命运和成就，而是自然本身的元素，是没有历史的一种古代自然的元素，它在太古的原始状态，甚至向他的自由和博爱思想投以不确定的、令人不安的反思。他从一个极端走到另一个极端：从精神走到性欲，但仍未离开罪过的领域。[1]

不仅仅如此，本雅明在克劳斯的写作中再次看到了三重形象的重叠（新人—怪物—天使），与自然精灵的破坏性和本源性相关，似乎这才是处理犹太人问题的最好方法，但这也是中国智慧可直观性的再次体现——中国智慧的"形态学"想象也是助力之一：

---

[1] ［德］本雅明：《本雅明文选》，陈永国编译，北京：中国社会科学出版社，2011年，第229页。

但是，在本源和破坏汇合的地方，他的统治结束了。如同突然从孩子和食人魔身上跳出来的生物，他的征服者就站在他的面前：不是一个新人，而是一个怪物，一个新天使。据《塔木德经》，他也许是每一时刻都被重新创造的数不清的民众中的一员，而当他们在上帝面前提高嗓门时，便又停下来消逝于虚无之中。哀悼，责骂，还是欢庆？没有关系——克劳斯昙花一现的作品就是以这种转瞬即逝的声音为模式的。奉告祈祷——这就是那些旧版画中的信使。[1]

---

[1] ［德］本雅明：《本雅明文选》，第242页。

第五段

卡夫卡的"犹太式法西斯主义"？
无用之树与生命之树

　　庄子行于山中，见大木，枝叶盛茂，伐木者止其旁而不取也。问其故，曰："无所可用。"庄子曰："此木以不材得终其天年夫！"出于山，舍于故人之家。故人喜，命竖子杀雁而烹之。竖子请曰："其一能鸣，其一不能鸣，请奚杀？"主人曰："杀不能鸣者。"

　　明日，弟子问于庄子曰："昨日山中之木，以不材得终其天年；今主人之雁，以不材死；先生将何处？"

　　庄子笑曰："周将处乎材与不材之间。材与不材之间，似之而非也，故未免乎累。若夫乘道德而浮游则不然。无誉无訾，一龙一蛇，与时俱化，而无肯专为；一上一下，以和为量，浮游乎万物之祖；物物而不物于物，则胡可得而累邪！"

——庄子《山木》

　　老王："宋国有个地方名叫荆氏。那里长着楸树、柏树和桑树。

一、二柞粗的被人砍去做狗笼的柱子。三、四柞粗的被达官贵人砍去做棺材板。七、八柞粗的被人砍去做他们豪华别墅的大梁。因此这些树都没有长足年头！生命的中途就横遭锯斧之灾。这是有用带来的痛苦。"

神祇一：这么说最没用的人就是最好的人了。

老王：不，是最幸运的人。最坏的人就是最幸运的人。[1]

——布莱希特《四川好人》

如果你是一棵树，你将自身植根于何处？

如果你的生命枝已经被切断，你将嫁接于何处？

你是想成为有用之树，还是无用之树？是要成为生命树还是知识树？我们不得不再次回到一个古老又困难的选择上。[2]

---

[1] [德]布莱希特:《四川好人》，黄永凡译，北京：中国戏剧出版社，1985年(完成于1943年)。[德]布莱希特:《布莱希特戏剧》(第二卷)，张黎主编，合肥：安徽文艺出版社，2001年，第447页。

[2] 这是继续与本雅明的对话？也有学者指出:《四川好人》看似随意或者间离效果的名字，是布莱希特1939年准备离开丹麦，继续流亡瑞典时所起，是否就是来自与本雅明对话的自觉？名字的改变以及对于庄子"有用之材"之"树木"的寓意思考，显然是更为自觉的修改。这是对资本主义一切"有用化"的商品化的批判，而批判"有用之患"，则是转向"无用之用"？从存在的有用论或者用的末世论，如同海德格尔也是在这个时期开始反思此有用的灾变，向存在的有用论告别，走向了无用。这是偶然的共感吗？布莱希特对幕间戏或者"楔子"的使用也具有间离的效果，而庄子《人间世》的故事就是如此插入，构成一种最为内在的反思视角！当然，这样的"树"，不仅在《人间世》，也与《山木》相关。布莱希特1953年就认为这是一个"譬喻剧"，显然也是接续卡夫卡的写作，而戏剧中的神仙形象与结尾处对于仙乡的虚拟想象，也与庄子《逍遥游》中"无何有之乡"的"虚托邦"相关。

在古代中国，因为没有彻底地城市化或城邦化，人更为接近自然，因此经常可以在路边看到树木，这与柏拉图的对话不同，柏拉图式的苏格拉底对话主要发生在城邦内，尤其是人类聚集的广场或体育馆等公共空间，故主要是人类之间的对话，集中于语言本身对公共空间的打开上，如同悲剧表演的舞台空间，而中国智慧可能更多发生在人类世界的边缘，也是自然世界的边缘：比如突然遇到一棵树，一棵大树，一棵无法命名的树，人类也就遭遇到自身的另一种处境。

如何面对一棵树？如何面对一棵树而思考人类自身的处境？这一次，再一次，我们面对一棵树——这依然是庄子文本中指明的一棵树，这也依然是一棵无用之树，而且更为重要，这是庄子本人遇到的一棵树，更为具有思想的见证与现实感，乃至于严酷性，因为这关涉到生死。

这棵树，因为它不中绳墨，无所可用，而保全了天年。从无用出发，奇怪的是，另一个无用之物——那不会鸣叫的大雁，因为其无用，却被杀了，没有保全天年。同是无用之物，为何不一定就能保全自身？这就与《逍遥游》结尾讨论无用的无何有之乡以及《外物》讨论的无用之为用，甚至与庄子和惠子之间讨论的无用之思都有所不同，似乎还更为彻底：无用也是双重化的，并不是把自身无用化，就一定可以保全自身，这是无用本身的绝境。因此，即便卡夫卡受到中国文化影响，学习老庄道家的无用智慧（其实在布伯《我与你》一书中已经面对了一棵哲学树），还是无法免于大屠杀的命运。

因此，庄周并非处于"材与不材之间"，并没有一个"之间"，而只有"深渊"。这也是海德格尔所引用的《外物》对无用之黄泉的深入，是深渊的深渊。思想由此必须从深渊中开始。树，一直就位于黄泉或者深渊的边缘，或者，其实已经植根于深渊之中了！

这棵树，就处于深渊之中，它不得不接受自身虚无化的无根性，不是虚无的根性，彻底地被拔根，以免把虚无当作深渊而迷狂，而是还得思考：如何与自身的无根性或者虚无性一道，再次扎根，但那将植根于何处呢？

"引用"，引用已经是一种姿态，一种反思的姿态，一种救赎，如同本雅明所认为的，本雅明对于布莱希特的史诗剧思考，就是开始于"引用"的姿势。此姿势来自布莱希特？而布莱希特对于引用的强调，却来自庄子。或者说，有关写作中的引用与艺术中的挪用，比如杜尚的现成品艺术，似乎有着异曲同工之妙？[1]这也是为何在《四川好人》中布莱希特会引用庄子的"材之患"。后来在《高加索灰阑记》里，又以格鲁雪那双粗糙的手和大公那双细嫩的手为例，再一次精彩地演绎了"材之患"思想。再后来，本雅明试图以"引文"写一本书（比如《拱廊街》），可能就是受到布莱希特的启发，如果是这样，如此的书写方式也就来自庄子的"三言"了。

非常奇怪与有趣的是，在1930年代，几乎持续整个1930年代，或者说在本雅明与布莱希特相遇的开始（大约从1929年开始相遇），老子与庄子的道家文本，就出现在他们的交流中，而且可能也成为他们讨论的核心问题之一，或者是性命攸关的基本主题，这当然也是围绕"卡夫卡写作"而展开的疑难问题。毕竟布莱希特是一个作家，而本雅明是一个犹太文人。而且，二者再次的长期聚首，他们生存的生命枝已经切断——从自己

---

[1] 如同张黎在《布莱希特与庄子》一文中提及的相关事件，大概也是在1930年，布莱希特以中国古典哲学笔法写了一篇为《原创性》的短文，日后收入《寇一纳故事集》，短文中有这样几句话，寇一纳先生抱怨说："当今有许多人公开炫耀说，完全凭一己之力，便能撰写许多大部头著作。通常人们也同意这种说法。中国哲学家庄子壮年时期写过一部十万字的大书，其中十分之九是引言。这样的书我们这里再也写不出来了，因为缺乏这种智慧。人们只能在自家的作坊里炮制思想，结果这种思想，总也摆脱不了迂腐气息。这样一来，自然也就没有什么思想是能够令人接受的，这种思想的表达方式，也是无法被人引用的……"——因此布莱希特的音乐家朋友汉斯·艾斯勒后来说，中国古代哲学对他的影响主要是"思维启发"(Denkanregung)，这里的"十分之九"——就是来自庄子的"寓言"之书写。Bertolt Brecht, *Gesammelte Werke (Anm. 42)*, Vol. XII, S. 380.

的祖国被彻底放逐出来，都处于流放之中（丹麦）。[1]这是无根漂泊之中的对话，似乎都试图去寻找一块安息之地，但只能逃亡，他们的命运本身就是无根的象征，面对被屠杀的命运。

这是两棵"无根之树"的相遇，他们都已经是"无用之树"！无用者或无余者如何保持自身的无用性？如何还要有所大用？如同庄子所面对的树，也是面对自身的命运，面对自身被天敌砍伐的命运。当然，还有卡夫卡这棵树，卡夫卡的写作就在面对一棵树与一只大雁，面对着双重化的无用难题：一方面，作为现实生活中的布拉格人，一个小资产阶级，在资本主义的机器中，自身是无用的，也许可以存活，尽管并不幸福，而且从1917年知道自己的肺病后已经提前被判决生命的早逝，还只能反讽自己已经被判决的处境；同时，另一方面，作为说德语的犹太人，在一个纳粹帝国即将兴起或者已经兴起的时代，也是无用的，但不可能存活，面对着即将被屠杀的命运，必须等待弥赛亚的救赎？但这救赎似乎并未发生。这就如同庄子所面对的处境——材与不材之间，其实哪里有这个"之间"？这也是本雅明在卡夫卡去世十周年的纪念文本中所指出的：卡夫卡的写作，在资本主义官僚体制与弥赛亚神秘主义之间游弋，似乎并没有找到一个"之间"的位置，反而不断陷入两端

---

[1] ［德］布罗德森：《本雅明传》，国荣译，北京：金城出版社，2013年，第268—269页。本雅明在丹麦与布莱希特一起生活过几次，两个人就是下棋与听广播，其中重要的是听到了希特勒的声音，并且对这个元首的声音与姿态，在与卓别林的对比中，多有反讽，也甚至与严峻的问题——"犹太法西斯主义"相关，这无疑也是我们这里要面对的问题。

的撕裂，或者陷入虚无的深渊之中。

在哪里找到一个无何有之乡？一个可能的故乡？庄子的这段对话也许让这两个无用之人，发现了现代人的艰难处境：即便是双重的无用，可能也无法存活，而且并没有之间的中立之地，这个世界上并没有道路，这是一个无道的世界，而只有深渊。

如果你是一棵树，你将把自身植根于何处？如果是一棵无用之树，你将如何保全自身？这是无用的哲学要回答的基本问题。

5.1 捕鼠器，捕鼠器：卡夫卡的"犹太式法西斯主义"？

本雅明写作卡夫卡论文时，已经处于漂泊之中，纳粹帝国的暴力屠杀即将开始。两个无根漂泊的文人，相遇之际，他们一定面对了自身的处境。生命可以逃离捕鼠器的世界吗？一个无道的世界如何有着个体的生存之路？如何让此绝境成为普遍性的问题，成为现代性的文学性与人性的普遍处境？这是他们围绕卡夫卡写作展开的对话。

本雅明日记记录了两个人的系列对话，时间是1934年8月5日。

现在处理卡夫卡问题的正确途径是什么呢？这个正确途径会

问：他做什么？他是怎样表现的？然而，在开始时，是考虑总体一般性，而不是特殊性。然后才探询卡夫卡生活在布拉格，一个由记者们和自视甚高的文人们组成的不健康的环境里。在那世界，文学如果不是唯一的、也是首要的现实。卡夫卡的力量与羸弱和观看这世界的方式有密切关系——他的艺术价值，但也是他多方面的无用（aber auch seine vielfache Nichtsnutzigkeit）。他是一个犹太男孩——人们无妨也杜撰"雅利安男孩"这个词语——一个伤心的、凄凉的生命，一个布拉格文化生活闪光的泥潭里的小水泡，不会是其他东西。然而他身上，也有一些非常有趣的方面。人们可以把它们拎出来。[1]

——这是本雅明写完论卡夫卡的纪念论文之后，试图就这篇文章与布莱希特交流，但似乎布莱希特并不太满意这篇论文，一开始还不愿意进入对话。本雅明一直在寻找对话的切入口，那个普遍性的问题——寻求本质的问题：这个本质的问题，就是在布拉格的那个不健康的氛围中，也许是任一都市的不健康或者不健全的氛围中，一个个体文人或一个现代性的个体生命都能够感受到的无用，而且是"多方面的无用性"，尤其对于一个说德语的犹太男孩而言，这种无用之感，可能更为多样，这也是卡夫卡大约在1921年8月在致好友勃罗德的书信中写到的多重"不可能性"：

---

[1] Walter Benjamin, *Benjamin über Kafka: Texte, Briefzeugnisse, Aufzeichnungen*, S. 151. 这里的引用以及余下二人的讨论，相关中文译文均来自连晗生所译《和布莱希特的对话》（选自《上海文化》2013年4期），根据德文原文有所改动。

> 他们生活在三种不可能性中间：不写之不可能、用德语写之不可能、用其他语言写之不可能。几乎可以加上第四种不可能性，即写之不可能（因为这种绝望不是某种可以通过写作得到安慰的东西，它是生活和写作的敌人，写作只是一种应急措施，就像一个准备上吊自尽的人写下遗嘱以应急一样——这是一种可以持续一生的应急措施），所以说这是一种从所有方面看来都不可能的文学，一种吉卜赛文学，它把德国孩子从摇篮中偷出，匆匆忙忙地安置一下，因为总得有人去绳索上跳舞（但这甚至不是那德国孩子，这什么都不是，人们只不过说，有人在跳舞）……[1]

正是在此多重的不可能性上，也是多重的无用上，我们说卡夫卡的文学乃是一种无用的文学！当然，此无用的与不可能的文学，还要面对更为内在的困境，那就是因为自身的无用，会渴望一个绝对有用或者权威的领袖，这是"无用之用"——非真理颠倒的开始，但本真的无用文学必须扼制此冲动。

布莱希特不愿意进入讨论的原因很多，其中一个关键原因就是布莱希特似乎并不那么认同卡夫卡，相信卡夫卡式的"犹太男孩"就如同德意志的"雅利安男孩"，这个类比异常可怕，隐含着布莱希特所要反思批判的"犹太法西斯主义"，小国寡民的民众们也许一旦走出来就特别渴望大国领袖的号召！因为那个时候屠杀还并未大量发生，犹太人的虚假幻想也同样深陷

---

1 ［奥］卡夫卡：《卡夫卡全集》（第7卷），第421页。

现实的泥潭,如果我们把这些男孩都当作本雅明所思考的驼背小人就明确了,都处于被毁灭的命运之中,想想战争对德国青年的毁灭(如同海德格尔在《黑笔记》中的思考)。

也正是在无用的困境上,如何保持自身的无用,并不走向有用的目的性,但又不导致自我的毁灭,在寻求一种可能的无用的文学上,两个处于流放与逃亡中的文人,不是更为彻底地感受到了自身的无用?文学与思想的多重无用?

针对此无用,布莱希特找到了对话的切入口,但这是道家的角度。对于布莱希特,无论是犹太教的神秘主义救赎角度,还是资本主义现实主义批判的马克思主义角度,都不能面对卡夫卡写作的"多方面无用",必须寻找其他的视角,彻底面对生存之无用的视角,也是更为外在的视角,但也是更为清醒的角度,这就是欧洲思想在面对自身根本危机时的"道家化转向"?

由此布莱希特虚构了一场卡夫卡与老子的对话(当然海德格尔不可能读到此对话,但奇怪的是,几年之后,他也不得不虚构类似的对话):

> 人们可以想象老子和使徒卡夫卡的一场对话。
>
> 老子说:"因此,使徒卡夫卡,你持有对你生活在其中的组织、财产关系和经济形式的一种恐怖(unheimlich)吗?"——"是的。"
>
> ——"关于它们你不能再找到你的道路?"——"是的。"
>
> ——"一件股权证让你充满了恐怖?"——"是的。"

———"因此现在你在寻找你能紧紧抓住的一位领袖，卡夫卡。"

"当然，这种态度不会有效，"布莱希特说，"我不接受卡夫卡，你知道。"

——上面布莱希特所虚构的这段对话，模仿着庄子的文风，也好似塔木德神秘主义的故事，无疑是布莱希特给出的最为独特的回应，既非犹太教神秘主义的"救赎觉悟"，也非马克思主义的"革命批判"[1]，而是一种中国道家的"潜移默化"（在日常生活中但又要摆脱束缚），试图彻底根绝自身寻求新"领袖"或独裁者的欲望，只有如此，才可能改变犹太人的命运。

处于组织制度和财产经济形式的恐怖与不健康的环境之中，卡夫卡的写作似乎也没有找到出路？那出路在哪里？在布莱希特看来，单靠犹太教神秘主义，单靠对于组织制度与法律的反讽批判，即便二者合力，也是不足够的，这正是本雅明思考卡夫卡时的两个基本视角，而在布莱希特看来，还必须增加第三个更为陌生的视角，还必须寻找其他的道路——这就是道家化的道路。

但这里也有着布莱希特的矛盾态度：一方面，他并不接受

---

[1] 这就不是哈贝马斯所言的那两种，参看他的论文《瓦尔特·本雅明：提高觉悟抑或拯救性批判》（见《论瓦尔特·本雅明：现代性、寓言和语言的种子》，郭军、曹雷雨编译，长春：吉林人民出版社，2003年），也是试图深入思考犹太教的神秘主义与马克思的革命批判这两种话语的局限，我们试图在语言的模仿论以及现实感性幸福的寻求与肯定中，发现其他的可能性，当然哈贝马斯不可能走向道家的无用论，这也是他思考的盲点，而相反，在早期的法兰克福学派，无论是本雅明还是阿多诺，都内在地深入到了生命与思想的无用性。

卡夫卡，因为他认为卡夫卡并没有从资本主义经济关系中走出来，他还是需要一个领袖，而这如何可能摆脱希特勒或斯大林式独裁者的诱惑呢？但另一方面，他也欣赏卡夫卡，因为其失败，因为其无用，因为他并没有找到出路，但也还在试图寻找，当然这也需要另一个引导者，它不应该是希特勒式的独裁暴君，而是一个中国人，比如说老子，以其无为与无用的智慧，不是用自己的能力或者渴望全能者的力量，而是让自身的能力无为化与无用化，来转化犹太人与无用之人的命运。

既然从道家出发，那就更为深入道家文本吧。二人再次回到了庄子文本展开具体的讨论，生命就是要成为《山木》中的树木：

> 在一个树林有许多不同类型的树木。他们用最粗壮的树木，制造船的木料；用不那么粗壮的但相当结实的，他们制造盒子和棺材盖；最细的树条，被制作成鞭子；但没长好的树木，它们根本没有用——这些树木逃过了有用的灾祸。

——为什么说"有用的灾难"的中国哲学譬喻，来自《山木》，而不是《逍遥游》结尾的无用之大树呢？当然也可能与之相关，这是因为在之前7月6日的书信中，他们有着如下的讨论：

> 为了解释这个想法，他从儒家信徒可能一度写过悲剧，或者列

宁写过小说的假设开始。他认为，那会被感觉是不正当的、不值得的行为。假设你读一部非常好的历史小说，然后你发现它是列宁写的。你将会改变你对两者的看法，你会觉得这是对两者的损害。同样地，写了一部悲剧，就像欧里庇得斯的一部悲剧，对儒家来说是错误的；它将被感到是不值得的。然而他的寓言不是。总之，所有这些导致两种不同文学类型的差异：视觉性艺术家，是认真的，和头脑冷静的思想者，不是完全一本正经的。

——在这里，不能有错位，不能有强加，革命家列宁不可能写历史小说，尽管他开辟了历史的新时代；而儒家信徒不可能认可希腊的悲剧智慧，尽管悲剧智慧自有价值，却被认为不值得。但卡夫卡的"譬喻"写作不是这二者：它既非革命的，也非保守的；或者，既非历史小说，也非悲剧表演；两者都不是。卡夫卡不是视觉艺术家，因为并不愉悦，卡夫卡譬喻写作的形式性，异常枯燥乏味，没有任何视觉愉悦感，二者是冲突的；也非认真的思想者，因为有其玩笑与不正经，总是有着反讽与打断，如同卡夫卡对克尔凯郭尔式亚伯拉罕反复改写时的嘲笑。也即是说，卡夫卡处于二者"之间"，即庄子所言的材与不材之间，但又没有这个"之间"的余地位置，面对此"两个极端"之间的深渊（这是本雅明自觉接受的深度），卡夫卡没有什么可以选择的，这与庄子没有生存"余地"或"无余"的绝境相似。

因此，本雅明写道：

> 在这点上，我提起卡夫卡的问题。他属于这两个群体的哪一边？我知道这问题不能够回答。而它恰好是它的不可回答性，布莱希特把这个不可回答性看作下面这个事实的象征：他认为是一个伟大作家的卡夫卡，像克莱斯特、格拉贝或者毕希纳一样是一个失败者。

当然，也像庄子那样，没有如此的"之间"余地，因此卡夫卡是一个失败者，这个失败美学当然也是本雅明在论文中承认的。于是，前面那个与树木譬喻相关的"有用的灾难"，我们就认为与《山木》更为相关了。二人的讨论与辩难，就非常奇妙地把庄子也带入现代性的处境之中了，无用之树成为生命之树。这是布莱希特随后的解释：

> 当你在这样一个树林里，你在卡夫卡的写作中四处环顾。然后你会发现全部非常有用的东西。当然，这些描绘是好的。但其他的只是在兜售神秘，它是不着调的，你必须忽略它。深处根本不会让你抵达任何地方。深处是一个自身显示的维度，它只是深处——无论如何里面没物可见。

是的，我们现在是一棵树，是被折断的生命枝，或者处于这样一个世界荒芜、树木枯萎折断的场所，如同海德格尔1945年的虚拟对话中，年轻人与年老者面对俄罗斯的森林，似乎想到的是德意志的黑森林，那也是一个世界终结之际的废墟地带，在这里，显然可能是北欧丹麦的森林，也许将更为寒冷。面对这样的树林，有着两种可能性。一方面，既然作为一棵树，处于一个随时可能遭遇灾祸的森林，那么，那些不好看的树因为没有用，而得以存活。但还是要发现有用的东西，否则都是无用的也不行。这是布莱希特的彻底现实主义态度，这也是他要认同马克思主义对于现实进行不止息革命批判的彻底性。另一方面，其实没有什么深度，也没有什么神秘可言，不要成为"兜售神秘"（Geheimniskrämerei）之人，即不要去贩卖神秘，成为一个故弄玄虚之人，这也是马克思主义对于宗教的批判。因此，即便有着深度的神秘，布莱希特似乎反对本雅明及其犹太朋友肖勒姆等人的犹太教喀巴拉神秘主义观点，其弥赛亚主义也是没有用处的，因为这样的深度，只是深度自身，只是黑暗的深渊，其实里面并没有什么东西显现。

这样的观点，显然体现了布莱希特这个马克思主义文学家的现实清醒意识，体现出对于道家更为自我限制的反省态度：既要接纳道家，但也要认识到道家自身的困境。欧洲对于道家的吸收，似乎总是无法避免神秘主义的蛊惑，而一个清醒的马克思主义者要对此进行批评，不可使之成为反动领袖的保护伞或者"道符"，而应该指出其神秘主义的无用性，或者无用的思想中可能也有着神秘主义的糟粕！

本雅明不得不面对此挑战，他写道："为了结束这个讨论，我告诉布莱希特，穿透深处是我到达两极的旅行方式。"本雅明并不反对布莱希特的解读，但他还是要承认有着如此的"深度"：在两端之间，前面所言的两极之间，或者庄子的材与不材之间，那个被打开的深度之间的深渊，有着不可消除的神秘性，尽管也滋生出恐怖主义与集权主义的眩晕与拜物教，但这个深度还是存在着，不可能消除，必须去"穿透"这个深度，而不是如同布莱希特"否定"这个深度，认为其中空无一物，只是无尽的黑暗。这是两个人的根本差别！

但是本雅明也承认自己："在卡夫卡的案例上，我说，我还没完成对这个领域的探索。我意识到它包含许多垃圾和废物，许多兜售神秘的东西。但我禁不住想起，关于卡夫卡重要的事是其他事情，一些在我的文章中触及的东西。"——本雅明认为自己对于卡夫卡的思考，还是有着太多神秘化的东西，也有一些废物，这是另一种无用之物，并非任何无用之物都是可以带来救赎的，无用之物也可能会堵塞道路。

是哪些神秘化的要素呢？是卡夫卡论文所言的譬喻中内部的云雾状晦暗位置（Volkige Stelle）[1]，或那个混沌的"前世界"？是奥德拉德克这个怪物形象的模糊性与乌有性，还是生命重负压弯了的脊背或者驼背小人的姿势——只有弥赛亚的来临才可能纠正——其实是一个幻象而已？或者是骑士们最终被马所抛弃——只有道路上轻盈奔跑的马——才能够进入风景？如何照

---

[1] Walter Benjamin, *Gesammelte Schriften II*, S. 420, 427.

亮那个云雾状变化不定的位置？只有通过无用的文学写作？

一棵树，已经被时代的困苦彻底压弯了，或者其生命枝已经被折断了，应该重新植根于何处，而得以再生？

或者它被迫流浪，或者它自我折断，或者它渴望被保护，被扶持，被圈养，因此渴望专制？这也是布莱希特对本雅明论文的严厉指责：犹太法西斯主义。

本雅明继续与布莱希特对话，他承认，卡夫卡式的个体命运，无论作为居无定所的犹太人，还是作为资本主义社会的小市民，在布莱希特马克思主义式严峻目光的审视下，既没有反抗能力，还渴望纳粹式的领袖，尽管卡夫卡寻求保护的措施必然不可靠，并且卡夫卡自己也意识到了，对此有所反讽，但依然没有提供根本性的解救道路，使者们并没有走出层层的宫墙，并没有把弱者从天敌中解救出来。这是本雅明必须更为彻底面对的指责，既然资本主义的现实性或者集权主义的大屠杀，无法容忍一棵无用之树，那就必须再次寻找土壤来种植它。

如何为卡夫卡式的犹太人寻找新的逃逸之路？如何避免犹太式法西斯主义的指责？这是本雅明找到的"邻村"——如同《城堡》前面的小村，邻近天堂，也邻近地狱，双重邻近，但此已经抵达却又无法安息的村子，其实是一个深渊。本雅明必须指出这个深渊的深度，明确与布莱希特的差别，这是他自己的论文中已经触及并且有待于再次展开的，以下是关于卡夫卡《邻村》这部极短篇小说的讨论。

> 我说，针对特定作品的阐释布莱希特的方法应该受到检验。我提议《邻村》，而我立即能看到这提议令布莱希特陷入矛盾中。他坚决地拒绝艾斯勒关于这个非常短的故事是"无价值"的观点，但他也不能在其他方面说明它的价值。"人们应该更近地研究它。"他说。然后这谈话就中断了。

——本雅明认识到这部小说会让布莱希特的观点陷入困难。为何这样说呢？《邻村》(或《邻近的村子》)的故事值得再次引用：

> 我的祖父老爱说："生命惊惧的短促。现在，在回忆中，对于我，生活被压缩在一块了，以致我几乎无法把握住，比如，一个年轻人，怎么可能下定决心，骑马去往邻村，而不害怕——全然撇开众多的不幸事件——这寻常的、幸福流逝的生命时间，对这样一次骑行，已经是远远不够的呀。"[1]

两人在8月31日的继续讨论还是回到了卡夫卡这个异常短小的片段上，这是对老子《道德经》语句的犹太教式的现代性改写，接续自己在1914年《青春的形而上学》名为《日记》的片段中对于老子《道德经》第八十章"小国寡民"或"距离的

---

[1] ［奥］卡夫卡：《卡夫卡全集》(第1卷)，第182页。

激情"之发现。本雅明由此拓展了自己的思考:

> 在部分时间中,谈话集中在故事《邻村》上。布莱希特说它是阿基里斯和乌龟的故事的一个副本。某人从未到达邻村,如果他把旅程往下分割成最细的部分,不计算偶然事件,然后一个完全的生命对这个旅程来说太短。但谬误在于"一"这个词。因为如果这旅程被分割为部分,那旅行者也同样。而如果生命的整体被粉碎,那它的短暂也这样。让生命像它可能的一样短。那没有关系,因为到达邻村的人,不是在旅程中出发的人,而是另一个——就我来说,我给出下面的解释:生命真正的尺度是回忆。往回看,它像闪电经历了生命的全部。像一个人往回翻几页那么快,它已从邻村到达旅行者决定要出发的地点。那些生命已转化为写作的人——像故事里的祖父——能够只读返回的写作。那是他们遭遇自己的唯一途径,而只有这样——通过从现在飞奔——他们能理解生命。

回到《邻村》的书写,首先不得不肯定生命的短暂有限,现代性有太多不可计算的偶然事件,而且时间也永远不足够,如同旅行者的姿态,如同芝诺时空不连续与无限打断的悖论,这也导致对"一"之生命整体的分割,生命已经被粉碎了,现代性的生命已经支离破碎,不具有自身的同一性,已经处于无处不在的深渊之中,虚无的"黄泉"无处不在,我们根本不可能迈出任何一步(pas: step/stop),或者面对每一步都需要无限的计算,似乎也是对犹太人自身计算思维的反讽,或者当代电脑虚拟计算的预见？这是布莱希特现代性现实主义与虚无主义的解读，而且时间箭头的方向带有马克思主义的进步向前的意识，当然也带有强烈的反讽意味。本雅明并不否定这种解读，既然现代性离不开虚无主义的幽灵，但必须带入第二种解读——弥赛亚救赎的目光。因此本雅明提出了另一种尺度：回忆的目光！[1]不是向前的未来时间或发展观，而是回眸的过去时间，这也是论文中讨论过但并未完全展开的目光，这是反向的维度或回转的追忆（Umkehr），其生命已经转化为书写之人，如同故事里的说话者是"祖父"，其生命已经抵达了彼岸，即已经抵达了邻村，这已经是时间的倒转与回忆。因此，时间因为倒计时而加速了，时间乃是从未来而来，如同弥赛亚的来临方向，为了迎候这个弥赛亚，我们这些旅行者或者那去往邻村的骑士，必须飞奔。而且骑士要以幸福的速度，带着幸福的节奏，这就是弥赛亚的方向。

如此的理解，反过来也是把道家"弥赛亚化"了！这是隐含的第三种解读，或者说这个故事，如同本雅明指出的，卡夫卡本来就受到了《道德经》的影响，但更为弥赛亚化改写了，即道家的思想已经被弥赛亚的救赎所改写。按照弥赛亚的自然化——马的飞奔姿态——也是自然的弥赛亚化改写，即"道家"的间隔区分也需要一个"弥赛亚"的救赎维度来弥合分裂，这是从另一个已经抵达的方向来反观，以记忆为救赎的力量，

---

1 Walter Benjamin, *Gesammelte Schriften II*, S. 529–530.

才可能弥合分离的深渊与间隔。

现代性的虚无主义深渊,就如同邻村之间的距离,这不可消除的深渊,也是不干涉他者的"间距"——必须保持的间距,这不可超越与不可抵达的深渊距离,就需要找到跨越的方式,如同尼采所言的查拉图斯特拉在高山之间的宏大步伐,这也是面对庄子所言的"白驹过隙",只有飞奔,这是再次回到了论文结尾处的骑士形象,是幸福闪电的瞬间综合,但间距与间隙一直都在,这也是现代性的救赎之为记忆的综合,一直有着哀悼,一直有着碎散,如同本雅明思考普鲁斯特的无意记忆时所言,这是忧伤的幸福的辩证法。

这是三重解释学的结合:现代虚无主义的反讽-弥赛亚的回忆救赎-道家的无用化,三者处于相互的转化之中,只有如此融合的三重书写才可能驱赶现代世界的黑暗?

回到本雅明所写的卡夫卡论文的结尾,讴歌那空洞、快乐的骑行,快得令人窒息的疾驰,穿过隘口的史诗般的步伐。卡夫卡所寻找的步伐,似乎是法的步伐,似乎也是来自老子出关的步伐,那种轻盈与快乐。直到奔跑的马遗忘了骑手而继续飞奔,摆脱沉重而变得轻盈,才是生存的最后姿态,这一点,其实将影响布莱希特后来继续流放中的老子诗歌,二者之间的对话越来越内在,直到获得桑丘这个道家的姿态——"老练的傻子"与"笨拙的助手"之合体,如同老子与他的随从,如同桑丘与堂吉诃德的关系。

也许对于本雅明而言，卡夫卡对生命之树的书写，是从知识之树的枝条开始，我们已经被悬吊在此知识之树（各种法则不过是其文字命令形式）上，但生命之树的枝条也长在其间，生命之树与知识之树嫁接在一起，混杂在一起了。只是生命之树乃是轻盈的，如同那喜欢待在高处的杂技表演者，不就是在至高枝条上轻盈地弹起，在空中自由地飞翔，如同天使一般的飞翔（《最初的痛苦》等生前最后所写的小说不都是这样的主题？）？生命就摆脱了肉身的沉重，生命之树与知识之树只有轻重的差异，只有克服了重力与罪感的差异，这是自由的科学与音乐科学才可能发现的生命智慧。

也许，任何一棵树，一根根折断的生命枝，只有种在邻村，植根于邻村，迁移到邻村，才可能存活？也许！

5.2 布莱希特的教谕诗："弥赛亚之道家化"的欢乐

这棵树，不得不移动，不得不持久地迁移，甚至是逃逸。就如同1930年代，布莱希特这个德国人与本雅明这个犹太人，都必须流亡，不得不思考自己的这种流亡状态，但哪里有着无何有之乡？

德勒兹解构传统形而上学对于基础或根据的思维方式后，提出了块茎的"游牧"与"逃逸之线"的必然性，抛弃了对于

"根据"与"基地"的思维。也许这有助于我们思考本雅明这些犹太德国人的命运,但对于这些犹太人,其逃逸所借助的工具——那些马或者牛,却并非西方救世主所骑的"驴子",而是更为道家化的动物,更为欢快的动物。

本雅明继续与布莱希特对话,他深知,弥赛亚的道家化并非看上去那么容易,必须与马克思主义的批判性保持张力关系。他继续写道:

> 布莱希特让艺术面向理性而合法化的英雄般的努力,已再三地让他求助于譬喻,在譬喻中技艺的高超是被一部作品所有艺术元素最终彼此平衡的事实所证明的。而恰恰是这些与譬喻联系的努力,现在在教谕诗的想法中以一个更激进的形式出现。在谈话中我试图向布莱希特解释,这样一首诗不必从资产阶级抑或从无产阶级的公众中寻求认同;在教谕诗本身的条款和理论的内容中,它大概更能找到它的标准,而不是在布莱希特早期的、在一定程度上有资产阶级倾向的作品中。"如果这种教谕诗代表马克思主义,成功地赢得它的权威,"我告诉他,"那你的早期作品是不太可能削弱那种权威的。"

对话还在继续,本雅明与布莱希特的相遇,乃是他自己更为靠近马克思主义现实革命的时刻,如此的接近,也是接近一个乌托邦式的"邻村",无论是马克思主义的现实批判与乌托邦革命,还是另一个朋友肖勒姆的弥赛亚神秘主义的耶路撒冷的逃逸,都是另一个邻村。这两个"邻村",这两个朋友提供的逃逸路线，似乎本雅明都没有完全接受，或者说，即便抵达这两座邻村，也还不足够。对于本雅明，他还是要通过卡夫卡的方式，或者必须经过譬喻的三重综合式相互协助的书写，即，体现在《邻村》上的三重解释学的整合：弥赛亚神秘主义来临的改写—现代虚无主义的自身反讽—道家化的无用解释学的转化，只有三者相互转化，才可能相互"接近"（海德格尔在1945年的第二次转向中，不也是在思考赫拉克利特式的"接近"？！）。

如果弥赛亚从未来而来，这已经在改写道家，让道家弥赛亚化。那么，如果有着相反的转化，这是布莱希特的"教谕诗"或某种讽喻诗，其中可能也有着弥赛亚的道家化，布莱希特马克思主义的道家化，这是布莱希特很多时候不愿意指明，而本雅明却发挥得更为淋漓尽致的想象。

对于本雅明与布莱希特而言，在纳粹德国让一切都处于政治的灾难之后，如何打开另一个思想的领域？如何驱赶黑暗？这是逃亡途中的无用文人必须从事的写作，这是无用文学的开始，这是本雅明对布莱希特逃亡文学的评注，此评注也是无用文学的开始。

这是本雅明在黑暗年代，面对个体的放逐离家或拔根绝境，进入带有浓缩戏剧诗意的寻根式写作，进入城市或者离开城市，抹去痕迹或者留下遗物——如同老子出关之际留下箴言，布莱希特与本雅明似乎都从老子的"出关远游"与"留下箴言"的两种姿态上，找到了自己放逐中"被拔根"与"去寻根"的生存张力和生命形式。

在对布莱希特老子出关组诗的最后解读中，本雅明赋予了最为丰富的意蕴。这几乎是两人最后的对话了。1939年本雅明给布莱希特系列诗歌所写的评论，尤其是对最后一首关于老子的诗歌——在教谕诗系列中，这一首1938年布莱希特在流亡途中所写的十三节诗歌《关于老子在流亡途中著〈道德经〉的传奇》(*Die Legende von der Entstehung des Buches Taoteking auf dem Weg des Laotse*)，是生命保存的锁钥诗（Schlüsselgedichte）[1]——的评论似乎是二人对于自己流亡生活的某种自我总结，是最后一次对话，这个对话却是围绕老子的出关——另一种逃离的姿态而展开。

本雅明再次回到了道家与弥赛亚的关系。布莱希特着迷于老子出关的生存姿态，可以与之比较的是，鲁迅后期也写过《出关》，这是又一个革命乌托邦的弥赛亚主义与道家的关系，也是描述老子出关的过程，却反讽这个出走的虚假生存姿态，并不相信那些在关口处留下的神奇教义，并不认为中国道家在出走与游离之间形成了某种生存的张力（尽管鲁迅相信中国文化的根底在道教与道家）。但对于本雅明，也是在布莱希特看

---

[1] ［德］本雅明：《无法扼杀的愉悦》(*Gesammelte Schriften II, S. 539-572.*)，第234—238页，其中有对这首诗的完整翻译。

来，老子，就如同卡夫卡小说中的那个祖父？是一个即将抵达邻村的老者？终于有了休息的时刻，可以在回忆自己的一生中，写下智慧的箴言，也是人类所有智慧的浓缩。

那么，这个短暂停留的关口，就是一个出世与返回的"门槛"或边界？一个并不取消人与人的距离，但也是一个异常友善的位置？如同本雅明所指出的：

> 一位中国先哲曾说："大学者、大文豪们曾生活于最为腥风血雨、暗无天日的年代，但他们也是人们曾见过的最友善、最开朗的人。"这个传奇故事中的老子不论走到哪里，不论在何处停留，都始终在传播这种开朗与欢愉的氛围。他骑坐的公牛是欢快的，尽管它驮负着老者，这却并未妨碍它去愉快地享用新鲜草料。他的牧童是快活的，他坚持用干巴的言语来解释老子的贫穷："他是位教书师傅。"身处关卡横木前的税吏是快乐的，正是这种快乐才激励他去高兴地询问老子的研究成果。如此一来，这位智者本人又怎么可能不快乐，若他不快乐，他的智慧又有何用？[1]

在本雅明看来，老子的箴言以及布莱希特诗歌的转译，启发了一种世界欢乐（Freude）的日常生活的神秘，或者可能受到布莱希特早期一首关于"世界的友谊之诗"的影响，在一个危机年代，本雅明却试图在老子与牧童、老子与税吏、老子与公牛之间，发现"礼貌"与"友善"（Freundlichkeit）的生命

---

[1] ［德］本雅明：《无法扼杀的愉悦》，第239—240页。

伦理姿态，这是一种乌托邦式或者我们所言的"虚托邦式"的期待？这也即是在"友爱"（Freund）或友人之间，在德语本身所启发的游戏中，形成了内在的关联，其内在隐秘相通的乃是步伐的"轻盈"，这是欢快喜悦的姿势，无论是老子本人，还是那头公牛，无论是老子的牧童，还是守关者，都是欢快与友善的。而且，老子以此友善留下了自己一生的秘密，以满足税吏的求知欲，这种求知欲在该诗的结尾收获了答谢，智慧能够作为礼物而给予出来，这就是至高的友善。或者，此出关——并留下作品——似乎也是一种艺术家进入自己作品而消失——这另一种"穿墙"的方式？此友善与欢愉还体现为一句话："你懂的，被战胜的乃是坚硬之物（即'以柔克刚'）。"这也来自老子"水之运动"，这是道家的智慧，本雅明甚至认为："老子如此的教谕诗，如同预言一样振聋发聩，一点也不比弥赛亚的言说差！这句话，对于当今的读者而言，却不仅包含了一个预言，还包含了一种训诫。"[1]

——在这个意义上，弥赛亚也已经道家化了！这是本雅明把犹太教的道德训诫与道家自然化的友善，内在结合起来了，以此可以克服法西斯主义？无论是希特勒强硬的法西斯主义，还是犹太教羸弱的法西斯主义，是否因为道家而被改变？本雅明才有可能在绝对超越的弥赛亚性与马克思主义的革命之间，形成最后的《论历史概念》中的"微弱弥赛亚力量"？这个"微

---

[1] ［德］本雅明：《无法扼杀的愉悦》，第240页。

弱"并非来自阿甘本所还原的保罗神学,而极有可能来自道家?[1]尽管布莱希特把老子称为教师或者教义的传导者,也把列宁称为老师,但在本雅明与布莱希特隐秘的内心,也许老子的道之教义,如同布伯已经指明的方向,可以平衡时代的暴力,以柔克刚。

无论布莱希特是否接受这个解释,当然,布莱希特在其他文本里似乎也隐含了如此的动机(见其《中国圣贤启示录》[2]),让列宁与老子达到某种相互转化的可能性,本雅明的这个解读都再次进入了中国的道家—犹太人的弥赛亚主义—德国式的马克思主义这三者的核心。

当本雅明在论卡夫卡的论文中认为,驼背小人的形象,或者奥德拉德克的形象,"既是德意志民族性的根基,也是犹太民族性的根基"[3],那么,这个经过改写的老子出关的形象,也许与前面的两重根基一道,一旦这些形象开始重叠,也是中华民族的根基?这是我们要扎根而挺立起来的生存姿态?

老子或者庄子,也许就是另一个驼背小人,或者驼背人,因为年岁太大,身体弯了下来,但也许因为修炼,因为欢快,

---

1 Mi-Ae Yuns Dissertation, *Mächtigkeit und Härte des Faschismus, Bertolt Brecht und Laotse*, 1997, S. 65.
2 [德]布莱希特:《中国圣贤启示录》,殷瑜译,北京:北京师范大学出版社,2015年。
3 [德]本雅明:《无法扼杀的愉悦》,第34页。Walter Benjamin, *Gesammelte Schriften II*, S. 432.

而直起了腰。庄子也反复讲到人类的"疲"与"累"的基本生存情态，如同《山木》随后对话指出的："材与不材之间，似之而非也，故未免乎累。"因为人类劳动有着太多生存的重负！但中国道家的老人，鹤发童颜，也许并不衰老，而是给出了欢快与轻快。当然这只有："物物而不物于物，则胡可得而累邪！"如何做到如此？这是让物自身物化，而不让物成为累赘！

这种带有给予——给出自己一生的智慧，又放弃——出关离开，可以自我保全，如此柔软的智慧，才可能给自己与世界留下余地。那关口处的"横木"（Schlagbaum）[1]，那棵被本雅明更为明确指出的树，有着世界快乐的见证，让我们看到了弥赛亚道家式的纠正，而不再是严酷致死的语音分析测试（shibboleth）。这也是本雅明至为微妙的一次改写，就如同布莱希特改写中国诗所用的"计谋"一样，这是他所言的《描写真理的五重困难》中的计谋：认知真理的智慧以及在哪些人中传播真理的计谋。

无用文学的仙道想象，其实也是无用文学要发现的灵媒艺术，灵媒艺术的核心秘密是继续中国传统的"仙道想象"，这也是为何德国戏剧家布莱希特1930年代写作《四川好人》时，不可思议又无比敏感地让仙道形象出现在舞台上，以救助无助的人世，好似某种虚托邦的投射。这也是后来本雅明接续思考《讲故事的人》终结后，未来的故事只有包含童真、魔幻、救

---

[1] Walter Benjamin, *Gesammelte Schriften II*, S. 571.

世主与动物神兽多重混杂的生命形态,并且具有一种超现实主义的魔幻时,才可能吸引大众,才可能让故事重新焕发出魔力之故!

5.3 依然位于"关口":鲁迅与中国

非常奇妙的是,1930年代的中国,鲁迅开始重新写作小说《故事新编》,也集中于改写老庄道家的命运,这也是再次进入庄子的基本问题,或者中国人自身转化的困难,是"出关"——走出那个封闭的长城?还是"入关"——打开封闭已久的国门?

1935年与1936年的鲁迅,重新来到了个体生命与中国历史的关口,这是一道他自己几乎都过不去的难关,无论是现实历史——日本已经入侵上海,对于深爱日本文化的鲁迅,这几乎是不可能接受的苦果,文学如何接纳民族独立与革命文学?这是鲁迅与左翼文学或马克思主义文学的纠葛;还是自己的写作——如何重新回到文学性上来,而不仅仅是近身的肉搏战(那些应急的杂文写作)?这就是开始写作那中断了好久的《故事新编》,与之前两本小说集《呐喊》与《彷徨》集中当下现实人物有所不同,它指向的是古典历史人物或神话原型,即准神话人物与"准圣人们",尤其结束于老子的《出关》与庄子《起死》的道家化姿态上。这正好应验了他自己所言的:"中国文化的根底大抵在道教。"是的,这个"根"在道教与道家,从老子与庄子开始的道家,但现在,这个道家要出关,要自我拔根。

鲁迅自己也站在了关口上,这是他写完小说后,面对诸多责难,反省自己的辩护,充分意识到这个关口的尴尬位置(《出关》的"关")。

【所以我现在想站在关口,从老子的青牛屁股后面,挽留住"像鲁迅先生一样的作家们"以及许多读者们连邱韵铎先生在内。首先是请不要"坠入孤独和悲哀去",因为"本意是不在这里",邱先生是早知道的,但是没说出在那里,也许看不出在那里。】

这是鲁迅的出关:几乎不可能的姿态或没有出口的中国,无论老子出关是迫于孔子追问的压力,以及可能的政治迫害,哲人要学会保护自己,还是面对世界的无道,只有退隐与退出世界而保全自身。老子的出关行动,留下谜一样的教义,作为传说,却显示了入世与出世,有为与无为,出关与入关,二者之间在"关口转换"的困难。中国文化的问题,文化诗学的问题,乃是"关口转换"的问题,如同犹太诗人策兰所写的"呼吸转换"。

因此,鲁迅小说中老子的姿势就异常僵硬:"老子毫无动静的坐着,好像一段呆木头。"这也是一段木头,呆滞的木头,需要在移动中获得生机?中国人依然处于自我封闭的想象中,除非有超越的启示再次发生？那段发呆的木头——老子的基本生存姿态，有待于醒来？或者说，这个阶段，鲁迅对于道家的改写，无法进入元语言的写作？而之前的《野草》却形成了现代汉语的纯粹语言，进入1930年代的鲁迅无法找回那种元语言书写的绝对性了，而陷入了现实的"油滑"却无法自由"游离"？

1927年之前，鲁迅《野草》的写作也同样面对着拔根与植根的悖论，而且形成了自己的"元语言"——野草的草根性与生命书写的"草写性原理"：

> 野草，根本不深，花叶不美，然而吸取露，吸取水，吸取陈死人的血和肉，各各夺取它的生存。当生存时，还是将遭践踏，将遭删刈，直至于死亡而朽腐。
> 但我坦然，欣然。我将大笑，我将歌唱。
> 我自爱我的野草，但我憎恶这以野草作装饰的地面。
> 地火在地下运行，奔突；熔岩一旦喷出，将烧尽一切野草，以及乔木，于是并且无可朽腐。[1]

——但是，经过《铸剑》热锅中三个头颅撕咬形成混沌"元语言"之后，鲁迅似乎对此野草的"无根性"有所遗忘了，而决然"扎根于"某种明确的立场，开始革命的文学行动。

1　鲁迅：《鲁迅全集》(第二卷)，北京：人民文学出版社，2005年，第163页。

在小说《出关》中，鲁迅回到了中国人历史决断的那个不可决断的关口：是出关避世，出于绝望、孤独和悲哀，走向个人主义；还是积极入世，知其不可为而为之？走向群体儒家式的"以柔进取"，不同于道家的"以柔退走"，这是鲁迅接续乃师章太炎的洞见。无疑，本雅明与布莱希特也面对了同样的选择，在艰难岁月认识到柔和的绝对性，越是面对暴力，越是要柔和，且既要进取也要退走，保持在那个关口上，可进可退。

因此，在老子的出关与孔子的入关之间，那个守卫者"关尹子"，相传为守护函谷关的"关尹喜"，才是更为有趣的人物，如同桑丘这个家伙，就像本雅明注意到的，没有他的守关及其要求，老子不会留下他的箴言。而这个人的名字其实也是文学性的密码：他姓"关"——长久地守候在城门的关口下，他字为"尹喜"——这可是一个让人喜悦的君子啊！也许，也许这确实是一个具有喜感的人物，一个历史的见证者，乃至于讲述者，一个桑丘式的隐秘记录者与历史的驱动者。

1935—1936年的中国与鲁迅，处在一个过不去的关口上，而中国的现代历史也停留在了那个时刻，如同鲁迅自己的生命。

也许我们可以给出另一个想象，如果鲁迅流亡到了欧洲，与布莱希特或本雅明相遇，他们一道讨论道家的意义，"以柔克刚"的大道在那个年代有用吗？肯定是无用的！他们一定异口同声地说。但他们会在阅读老庄中开怀大笑吗？在马克思主义文学的现实性批判、在古典道家无用精神的现代转化、在犹太教神秘主义的祈祷中，他们之间会找到一种新的语言，来面对我们这个越来越复杂的全球化无序了的时代吗？

有意思的事情还有，布莱希特是知道毛泽东的，而且还改写过后者的相关诗歌[1]，不知道当布莱希特阅读鲁迅的《故事新编》，其中也有着墨子，而布莱希特又如此崇拜墨子（《中国圣贤启示录》也是一部无用文学的代表作），面对如此不同的改写方式，他会如何想？而本雅明则是绝对不可能读到鲁迅的文字了，这个不可能性留给我们来继续书写，为了一种可能的"无用的文学"而重新开始写作，接续鲁迅尚未完成的工作！

卡夫卡与中国，也许，中国的世界比卡夫卡的世界还更为彻底陷入"无助"与"无希望"的境地，毕竟犹太教还保留了摩西五经及其解读，但中国古典的经典乃至于汉语本身都被彻底打断了。也许，鲁迅先生最为彻底思考了此处境："绝望之为虚妄，正与希望相同。"

我们中国的历史，现代性当下的中国历史，帝国形态的历史，其实依然处在一个关口上，如何驱赶现实的黑暗？也许，我们处于更为困难与尴尬的关口上！

---

1 ［德］布莱希特:《布莱希特诗选》，阳天译，长沙：湖南人民出版社，1987年。

第六段

《中国长城建造时》：
成为一个无用的民族

> 歌德的房间有许多中国式的东西。
>
> ——卡夫卡，1912年日记

为什么卡夫卡在1918年要去面对与书写"那个中国"？比如这篇以"我们这个民族"（unser Volk）的口吻所写的《中国长城建造时》的虚构小说？

卡夫卡与中国，为什么，现在，一百年之后，我们还要通过阅读卡夫卡来了解我们中国，我们这个民族自己？

卡夫卡与中国，卡夫卡的世界与中国的世界到底是什么关系？可能这也是一个无用的问题，既然如此的关联并不存在，也从未发生。

我们依然生活在卡夫卡写作所虚构的那个世界里，这世界如此真实，比我们当下的现实还真实，但并没有任何的真理可言！或者仅仅只有关于真理颠倒的寓意，只有真理不可能的譬喻。

我们可能从未走出卡夫卡小说中的那个世界，我们可能还深陷其中，我们还不可能以自己的方式走出来："树不能以树的方式走出自身！"（诗人蓬热如是说）

那么，就有必要在这个时刻再次阅读卡夫卡。卡夫卡的写作指明了我们中国人可以走出自身绝境的出路吗？如果阅读乃是去发现从未写出之物，那么，在卡夫卡的这篇小说中，这个从未写出又已经在那里的寓意是什么呢？需要什么样的阅读方法，才可能再次发现某种新的教义？

卡夫卡关于中国的小说《中国长城建造时》其实也是一个日记片段，也许并未完成，标题是编辑勃罗德所加，以两个 B 的字母来作为标题，似乎让人想到犹太教《妥拉》的书写，也是以 B 开始的"起初"(bereshith)，也有创造与创建的意思。"起初"乃是开始，中国的万里长城是中华帝国"先验式－现代性"的经验建构，其中有着中华民族最为基本的精神结构原型，也许这只有通过异质的目光才可能发现，这也是去发现从未写出之物：看似在我们的文化血脉中，却从来没有被思考过。

思想，乃是去思想从未思想之物。阅读，乃是去阅读从未写出之物。

长城是一个什么样的物？如果"巴别塔"具有如此之多的

神秘：人类语言的统一，上帝名字之变乱，人类伟大的建筑术，人类成为神的欲望，上帝对于人类的"害怕"，等等，"长城"难道不也是如此？由秦始皇统一中国所激发的伟大想象力不也是一种神圣的迷狂？中国的皇帝对不死的渴望不也是成为上帝的疯狂？秦始皇不也是统一了六国的文字？汉字不也是进入了统一之中？而且汉字又如此不同于西方的拼音字母文字。

这是无限的中国，长城是这无限中国的可见性形式，因此，观看长城，阅读长城，其实是不可能的，因为这是神一般的图像？这是秦始皇这个帝王试图让自己成为长城，成为这个他所要建造的奇迹之物，他要与之融为一体，或者通过长城，他要进入另一个世界，这是中国故事中"自身消失方式"的典型体现？不过不是"变小"，而是"变大"，无限的中国，需要无限大，如此的方式，恰好相反，也就恰好需要被彻底地解构！

你要有一双什么样的眼睛才可能看透长城？长城并非一个物，而是一个"非物"，在"无限的历史"（unendlichen Geschichte）中的一个神秘之物，一个如同神魔一般的幻象之物，只有一双"即刻幻化"的眼睛才可能看穿它的秘密存在？甚至，你需要修炼什么样的"穿墙术"，才可能如同那个孔武有力的使者冲出一道道城墙？

或者，如此的"长城"从未存在过？"通过无限的中国"（durch das unendliche China），一个统一的中国梦还在重新回返与建造地梦想着，但它也许其实只是一个梦中的幻觉？

一个一直梦见缝隙的梦——不可能不梦见长城尚未合缝，如果长城一直不可能合缝，是按照"分段修建的体系"所建成，那就形成了一种新的解释学：发现缝隙的解释学，如同庄子"庖丁解牛"的解释学，这另一种解构手法。

卡夫卡与中国，这是一系列的思考与转化：

1. 首先是卡夫卡自己的问题。其一，小说写作的不可能性。尽管卡夫卡很早就形成了自己独特的观察方式，但如何接着传统的现实主义小说继续讲一个关于小说的小说故事？这是现代性真正的叙事危机。其二，写作与犹太教传统继承的不可能性。犹太文化的塔木德叙事如何被继承？如何在一个世俗社会得以贯穿？这是从来没有的叙事方式。其三，现代犹太人欧洲认同的深刻危机，既不能完全融入民族国家，又不能彻底拥抱犹太复国主义，救赎与历史的关系更为断裂。其四，个人写作与生活的永远不可和解，个人写作与日常生活，与家庭、女性和社会制度之间的根本冲突无法解决。

2. 其次，这些根本问题在"中国情结"中会出现什么样的新形态呢？来自中国这个他者的形象、这个并没有关系的关系，可以提供什么样的想象模式与道路模式，卡夫卡写作的"中国化"有着什么样的转化力量？其一，中国化可以改变小说写作方式吗？老庄的格言语式可以改变小说叙事？中国的鬼怪故事呢？卡夫卡如此喜欢中国鬼魂们的歌唱，还有中国文人夜晚的诗意生活，但这只是一种个体化的遐想而已。其二，中国化可以化解犹太人的信仰危机？弥赛亚已经无用了，正好此无用的弥赛亚可以构成救赎？对亚伯拉罕始祖形象的中国族长式改写，并不走向献祭牺牲，就不可能走向唯一神论的信仰之路，这是命运的彻底改写？其三，中国化可以改变犹太人的身份乃至于成为所谓的中国人？让被拣选的特殊性变得更为自然化，变得没有性格，如同罗森茨维格的规定，或者就是无为，把自己变小并且消失于自己创作的图像作品之中，就可以避免被排斥与被屠杀的命运？其四，中国化可以改变犹太人的生活方式？召唤犹太人进入自然的风景，深入世界的洞穴，即便进入混乱的前世界，避开上帝法庭与道德的绝对审判，进入关系的多变性与模糊性，就可以保持多重样子的可调节性？

3. 再次，接续卡夫卡尚未完成的工作，继续思考卡夫卡与中国的"非关系"，这是本雅明1930年代更为自觉的思考。其一，本雅明深入揭示卡夫卡写作中多重混杂的叙事，此多重叙事，包含弥赛亚的自然化，在《邻村》中所隐含的弥赛亚回忆目光，构成叙事与记忆的新关系。其二，本雅明更为明确思考了"前世界"的混沌及其非神圣性，但又试图摆脱神话的魔灵诱惑，此魔灵可能与中国文化的鬼神崇拜相似。其三，本雅明直接指出卡夫卡写作中所有形象的秘密是桑丘，而堂吉诃德不过是桑丘的傀儡，如同一出中国的双簧戏或皮影戏，这也是本雅明与保罗·克利都喜欢的中国游戏，桑丘已经成了一个道家主义者，这是异常独特与隐秘的发现，以此消解犹太式的法西斯主义倾向，揭示了一直被西方忽视的卡夫卡写作密码。其四，则是老庄式的漫游，即便面对被放逐的命运，如同布莱希特对老庄生命的认同，进入道家式的漫游，无论是大都市拱廊街式街道的闲逛，还是博物馆和画廊大街上的漫游，最终都要进入让技术与艺术自然化的诗意生活，这是灵晕重新来临的时刻。

4. 最后，则是卡夫卡的写作如何揭示了我们当下所处的困境。其一，为什么中国当下的文学写作几乎丧失了意义？无论是先锋的元叙事还是历史现实主义小说，似乎都抵不过现实制度的"天敌"，或者中华帝国的现实已经被各种天敌的合作所控制，尤其是权力与欲望结合而成的生产机器，以至于现实的荒诞远远超过任何小说的虚构，没有真实的生活，反倒只有糟糕的文学，就如同中国的刑侦电视剧情节都如此愚蠢可笑，还没有现实生活生动复杂，这也导致写作的无效与无意义，不是不可能性，而是彻底的无意义！这是比卡夫卡所面对的不可能似乎还要彻底的不可能性：文学写作的无用。此无用就是无用，而根本没有什么大用的转化，它太庸用了，彻底庸俗化了。其二，没有宗教信仰的中华帝国，却有着对于帝王的千年崇拜，"帝王或帝国梦"还在延续，与"大圣梦"混淆着，而且获得了新的力量，变异出新的样子，却并没有找到走出此帝王行动逻辑的转化方式，时代进入了僵局与死局，更显得无比诡谲；此死局还不同于贝克特的《终局》，因为它根本就无法终结。其三，则是现代性转化的重重困难，越是进入现代性，却越是退回到传统，"进半步却退两步"的奇特步伐，文化生命并没有获得新的呼吸转换节奏。其四，中国社会的非真理状态，似乎并没有任何走出的可能性，如同阿多诺对于卡夫卡的思考，最底线道德几乎都不再可能，希望在哪里？弥赛亚如何进入中国文化？中华帝国需要弥赛亚救赎吗？既然一切都已经无用化了。

没有终局，一切才刚刚开始：只有更为彻底走向一种无用的文学，才可能以文学超越现实？文学是无用的，但吊诡的是，正是承认文学的无用，正是因为文学的无用，无用的文学才会开始。

6.1 没有教训：中国人所处的两难绝境

开始阅读是不可能的，开始之际，我们已经处于绝境："我们这个民族"——卡夫卡在小说中如是写道（这或者是指中国人，或者也是暗示自己的犹太民族性，又或者暗指德意志人，等等），一开始，我们这个民族，我们的这个文化，为何总是走不出自身，怎么也"走不过去"？

在写作这篇小说的同时，卡夫卡也在写一些片段，那个断片《一道圣旨》就是其中一节，他描述了一个皇帝临终的盛大场景：那个传递皇帝遗诏的孔武有力的使者，总是无法走出层层叠叠的宫殿，无数的宫墙与城墙在等着他，信使密令传递的"时间"永远无法克服帝国辽阔的"空间"，而这正是帝国最为根本的悖论。卡夫卡写《诉讼》时也有一个片段，就是神秘的《法的门前》，或者更为难堪的是，我们中国人可能就是那个来到《法的门前》的乡下人，似乎他就是我们中国人的化身，这个乡下人试图进入现代性"法治"的大门，进入国际公平的竞争秩序与现代法治社会，但似乎怎么也进不去，怎么也"走不过去"。

借助于卡夫卡，我们可以更为形象地来厘清中国各派知识分子的处境："保守主义者"在传递一个临终皇帝的遗言，尽管其中可能有着某种秘密的指令与文化的秘密，但怎么也走不出层层宫殿的紫禁城，没有什么解经法可以释放那些古典文化的密意，更何况这还是一个从未抵达的遗言，任何继承意志其实是无效也无用的；"新左派"则看到长城是分段修建的，其中有着无数的裂缝，即资本主义经济发展导致了贫富差距越来越大，因此怎么也无法围拢帝国的边疆，危险时时会来临，却也并没有什么办法去弥补，也深感自己的无能与无用；"自由主义者"，如同一个执着的乡下人，总是试图进入现代性的"法"之门，去文明地商讨法律的事情，却总是被守门人拒绝，根本无法进入法的里面，二人就僵持在门口，更显无奈与无用。

如此的处境，已经暗示出中国人生存的无用之绝境（aporia）：怎么奋力挣脱，却依然走不出传统；即便偶尔有所走出，怎么也进入不了现代。并没有什么不得其门而入的"门"，也没有可以徘徊转身的"门槛"，我们一直处于身不由己的"绝境"之中，连门槛都摸不到，我们的处境比阿甘本所言的"例外状态"或"余外状态"还要被动：我们既是如此多余，又是已然无余，如此"非真理"的世界并没有我们美好生活的余地。

那么，到底如何可能走出传统而进入现代呢？诡异的是，这个问题不可能"先在地"回答，否则我们就可以走出自身了；进入现代后，尽管我们一直在思考出路，看似我们走出来了，其实又再次回到传统之中。"进半步而退两步"的诡异步伐（le pas au-delà），让中国人处于一个奇怪的"位置"：一个到处充满了裂隙，却无法从此裂隙中走上一条新世界的通道。捕鼠器无处不在，它在"寻找"着每一个人。缝隙可能也无处不在，却需要弥赛亚救赎的目光才可能发现。

中国历史进入2020年，此吊诡状态越来越明确：我们其实根本从未现代过，我们一直在一个滥用自然的生产模式中不断制造着赝品；似乎我们已经很现代很发达了，却从未进入国际秩序与高端的技术领域。我们既然走不出传统，于是有些人干脆就不走出了；我们渴望进入现代全球化时代，但似乎怎么也挣脱不出自己的身体，巨大的虚拟网络空间"补充"了现实秩序，虚拟与现实之间的裂隙在哪里？虚拟走向现实的通道在哪里？

尽管我们有着反思，比如：或者认为，中华帝国一直处于"一治一乱"之循环，此循环导致帝国的"帝王式向心思维"一直影响我们的开放与发展，但如何解释我们的文化还是继续幸存了这么久？或者认为，我们这个文化有着多重功能主义的实用信仰与修正机制，可以不断地自我修正与"调节"，所以只要还有着修改的"余地"，我们的帝国就还会继续存活下去。或者认为，我们这个文化的"民众"们信奉着一种彻底的"世俗主义"与"幸福主义"，就如同到处泛滥的野草，你不能说这是虚无主义的，我们并不需要伟大的理想与愿景，我们只要生活得"自自然然"就好，但对于何谓自然的正当性，我们似乎又并不了然。

这三重的生命情状：帝国式帝王的向心性—社会调节的余地—民众的幸福想当然，让我们这个文化在精神品质上一直延续着，却又看不到拯救的希望，而是彼此消耗着，如果不说彼此折磨着的话。

这似乎与犹太人这个种族的幸存有些相似：弥赛亚式救赎的热望（尽管从未实现而又一直在到来着）—犹太人的习俗面对各个民族不断地进行着自我调节（不可能融入世俗社会而只

能生活在边缘）—民众的自我保全的生存能力（有着极强的经济商业能力并招致怨恨）。这似乎与中国形成了某种强烈的对比与反差——就如同一面镜子？因而本雅明说卡夫卡写作《中国长城建造时》，乃是为自身寻找一面可能的镜子。

中国是犹太民族所设想的一面反思的镜子？如果中国缺少镜子的反思，将中国作为镜子，又将如何走向对反思的反思呢？其实其中隐含着吊诡！我们现在的阅读只是要擦亮这面镜子——却是一面反向的镜子？通过继续明确卡夫卡的中国动机，我们看清自身，卡夫卡的中国，也是中国的卡夫卡。

但显然，又必须超越上面的三重思考，基本的主题动机（motif）还在那里，勤勤恳恳又自以为是的帝王、秩序井然又浑然杂处的社会、苟延残喘又乐不可支的民众，如何从各自的陷阱与牢笼中解脱出来？现代性进入中国，不是解救，反而加重了此自我的捆绑与相互的捆绑。

奈保尔在反思自己的印度记忆时，写过三部曲：《幽暗国度》《受伤的文明》《百万叛变的今天》。这三部曲可能恰好对应印度的过去、现在与未来，或者这是针对：一个已经处于死亡般的神秘多样的宗教国家、社会的贫困分化状态以及大众的分化与对立。中国进入现代性，还缺乏如此的三个词来思考自身的命运，只能尝试着来提问自己：心灵失序的国度或自我受困的国度？生死疲惫的文明或耗尽的习性？不断背叛的众生或无用的民族?也许,每个人都可以给出自己的判断。

通过阅读卡夫卡的写作,我们可以给上面的三个要素"补充"一些不同区分的要素,由此从自我束缚中解脱出来。比如在向心的帝王思维中,那个试图走出宫殿传递圣旨的使者;在社会秩序的条条框框中,出现了裂隙,裂隙其实无处不在,只是我们看不见而已;在享乐主义又疲惫不堪的民众生活中,加入某种回溯的幸福目光,以此超脱世俗生活的痉挛阵痛。也许只有进入此毫无真理内容的处境,成为一个无用的民族,这个民族才可能觉醒?

卡夫卡与中国,卡夫卡的阅读中形成了某种解读的教义或者书写的解释学方法吗?以卡夫卡的方法为道路,可以开始一种新的书写策略或者一种新的解释学?经过卡夫卡这个犹太人的德语书写,可以发现某种中国式道路?走出中国现实绝境的道路,除非让中国人成为一个无用的民族?

卡夫卡与中国,我们当下生活的这个世界,可能与卡夫卡写作之中的那个世界有着某种极端的"相似性":那就是其中的"非真理",无处不在的天敌,各种传统的与现代的天敌,为了获得权力与权利,更多的天敌又被虚构出来。如同阿多诺在1945年从美国流放回到德国期间所写的《关于卡夫卡的笔记》中所言:

> 对于卡夫卡，比任何其他的作家都容易得多的是，不是把真理，而是把非真理（falsum）作为索引。卡夫卡他自己对此非真理的传播独有承担。[1]

这个世界的非真理性让卡夫卡的写作与语言都显得毫无价值，他要求好友勃罗德烧掉自己的手稿，不是矫情与羞愧，而是因为阅读这些故事可能还会让人中毒，卡夫卡自己也写到了中毒（《一条狗的研究》中写到养育生命的"骨髓"已经是"毒药"），因为其中并没有任何真理性内容。

为何当下的现实没有任何真理性的内容？这是现实的资本主义官僚机器与欲望的拜物教，以及与之结盟的天敌们，已经渗透到了生活的每一处，或者用马克思的话来说，渗透到了每一个人的毛细血管里，而拯救的力量也自身消失了，或者那些宗教曾经有过的力量，在进入现代性时，都彼此消解了，或者因为它们之间的斗争，或者是世俗秩序已经获得了存在的绝对性，也就是虚无的绝对性，甚至现代性成为灾变的灾变性，出现了大屠杀与恐怖主义。甚至，对于受到官僚机器压榨的日常生活，无处不在的日常灾难，让每一步都如同去往邻村的年轻骑士，或者如同在高速公路上爬行的刺猬，每一步都是致命的一跳，但此牺牲并没有什么价值，牺牲者的痛苦也并没有获

---

1 Theodor W. Adorno, *Prismen: Kulturkritik und Gesellschaft*, München: Deutscher Taschenbuch Verlag, 1963, S. 250.

得真理的权柄，这也是阿多诺与本雅明同样指出的"颠倒的神学"状态。

这也是为何本雅明认为卡夫卡的世界中并没有真理可言，只有谣言与愚蠢，除非这愚蠢还可以构成某种救助，但愚蠢如何在一个非真理的世界上构成救助？

我们还身处卡夫卡的"真实"世界，但这是一个"非真理"的世界。

那么，此"非真理"就全然不同于1936年海德格尔讨论《艺术作品的本源》时所言的："真理的本质是非真理。"——因为此隐藏的"非真理"可以启示更为巨大的未来真理，即那隐而不见的大地性，甚至是种族的神秘性或阴森惊人的伟大力量，海德格尔着迷于此民族精神的伟大复兴力量，以至于立刻认同了希特勒的纳粹第三帝国。与之同时，那即将来临的"非真理"（奥斯维辛集中营），也并没有启示什么真理性内涵，犹太人的受难乃是无用的受难（如同列维纳斯与阿多诺艰难指出的），牺牲并没有启示伟大的真理，犹太人并非悲剧英雄，奥斯维辛乃是神与人的双重死亡，犹太人无意于从中获得什么神圣的启示，这根本不是什么上帝的拣选与受难的启示，此灾难是本不该发生的事情，此事件不是事件，不是真理，因为它不应该发生，并不是神学受难的真实事件，也非大革命的历史事件所隐含的可能真理。卡夫卡的写作也许是对巴迪欧与齐泽克等人对于革命与神学事件渴望的巨大反讽：一个毫不启示真理的事件，一个非事件，如何得以思考？但如此的思考与写作，是否再次加重了黑暗，而并没有驱赶它？

这是不可能性的思考，这是思考的不可能性，如同中国的"文革"，为何中国文化随后的反思中，并没有出现深入与深刻的文本，来思考这灾难的事件——无论是小说还是哲学文本？也许是因为"文革"并无任何真理性的内容，无论哪一方，被迫的与主动的迫害者，都非常不幸，都成了同谋，最终都是受害者。但是，悖谬就在于：此非真理的非真理性，还是迫使我们去思考，我们是否还处于此境况？或者我们根本就没有走出来？我们是否依然处于此虚假的非真理状态——这是"文化大革命"以及后来所隐含的双重化的非真理状态：我们身处非真理之中，却对此非真理毫无感知，无论从迫害者还是受害者的角度，我们都抵达不了真理性。要么我们其实都是身不由己又心甘情愿的同谋者，这样，我们就害怕反思；要么我们都根本没有彻底反思的能力；要么我们的健忘症与非真理形成了一道厚厚的保护膜，我们的无意识被日后的制度或者意识形态保护起来。但捕鼠器无处不在，此非真理状态又不时不由自主地泄漏出来，让我们体会到的人，无比惊恐。

这就是卡夫卡的世界，如同本雅明所言，这已无真理可言的世界，仅仅剩下谣言与愚蠢。如同阿多诺在《否定辩证法》

的结尾所言，在这个彻底受损的世界，启蒙"几乎没有"留下什么形而上学的真理内涵。

卡夫卡与中国：我们依然生活在卡夫卡的世界中。

那何谓卡夫卡式的中国世界？这是《中国长城建造时》或《地洞》之建造所展现的世界：

一方面，不可能建造成功。

另一方面，也不可能从中逃逸。

即，没有建构之法，也没有逃逸之线。

——这是一个僵局（defunctgame / impasse）与死局（deadgame / paspasse）并存的世界，但这也是一个"僵而不死"的残局或终局状态（Endgame / unpassierbar），并没有贝克特那个反戏剧世界枯燥[1]，而是非常生动，异常闹腾，却又奇特地无意义与无真理。

这是一个"卡住"了的世界！这个世界似乎"卡壳"了，走不动，无法向前了。是的，这是一个以卡夫卡的名字命名的世界，或一个"K."的世界，甚至是"集中营式的"（K.'s：德语简写的 KZ）世界，或者是一个中国式帝王（Kakanian）的世界。

而任何解释方式，任何文本阅读，其本身的书写也是

---

[1] 有必要指出，卡夫卡与贝克特的差别在于两个方面，一个是弥赛亚的犹太性维度，一个是中国道家的维度。而与布朗肖的差别则在于，布朗肖因为与列维纳斯与德里达的对话关系，强化了弥赛亚性的无功效或者无作性，但道家的自然化维度却是缺乏的。此外，就与策兰的差异而言，策兰诗歌中有着对于弥赛亚的反讽与解构式召唤，但自然在策兰那里，是反对荷尔德林与晚期海德格尔的，是死寂与反自然的。

如此：语言本身或者已经中毒，或者任何理论反思必然已经失败。

一切看似有活力，但不过是绞肉机的碎屑；一切可以有活力，但不过是捕鼠器的猎物。

卡夫卡与中国，我们依然生活在卡夫卡小说中的世界里！

这是我们所处的世界与时代：在卡夫卡的这个世界中，并没有真理性的内容，此"非真理"并不走向真理，而是停留在其间，而如此的煎熬，以恐惧为粮食，也无法喂养我们苦涩的灵魂。

如同阿多诺对受损害生活的彻底思考，没有美好生活可以向往，也不可能过正义的生活，前者是哲学化的，后者是宗教性的，但正确的生活，则是知道自己处于错误与不幸之中，却无法改变，也无力改变，不是不知道正义与美好生活的重要性，而是不可能过上"正确的生活"（richtiges Leben）：这就是这个世界的非真理性。[1]

---

[1] 以阿多诺"非真理"的严峻与苛刻判决，来反观中国"文革"以后的文学与思想，几乎毫无价值，无论是1980年代的先锋小说，在余华与残雪那里的卡夫卡式写作（也许后来残雪与邓晓芒对于自欺的深度反思是例外），还是在中国思想界对存在主义的介绍，以及对海德格尔思想的研究，几乎都没有触及这个文化世界，乃至于整个世界本身的"非真理性"。卡夫卡与中国的关系，在过去四十年经历了三个阶段：1980年代在先锋文学的文字想象认同（如同拉康的"想象界"）；进入1990年代直到2012年，是中国现实进入了卡夫卡小说描写的迷宫状态（"象征界"）；2012年之后，则是进入了卡夫卡小说所描绘的幻象阶段（所谓的"实在界"）。如果有着新的文学写作，尤其在中国，乃是从文学的无用与无用的文学，重新开始。

我们不可能建造好这个世界，但我们也不可能逃离出去。

卡夫卡发现了中国社会的奇特之处："总是认认真真做某物，却又总是空无所成。"即，对于任一物，我们不得不去建造它，无论是煞有介事还是勤勤恳恳，我们知道，其实无法建好它，但我们还是要去建造，如同卡夫卡小说《地洞》中的那只耗子，总是在建造（construction），又同时在拆构（destruction），面对着来临的危险，非常敏感，非常警觉，不断修改，不断完善，不断自我纠错，还形成了所谓"防微杜渐"的纠错机制，耗费大量的人力物力来自我纠错。但是，最终不可能建造成功，因为任何一个微小的危险就会导致巨大的惊恐，最终竟然是自我的惊恐在推动着建造，这只能导致自我破坏，导致之前的所有工作与努力都失效（inutile），被彻底解构（deconstruction），最后把一切推倒，再重建，这就耗费巨大的心力去再次重建，也就最终耗尽了我们创造的热情，陷入反反复复的琐细争论之中，最终留不下什么积极的成果可以传世，或者最多就是《城徽》最后的那个象征暴力的拳头。我们这个民族就是如此，我们的帝王也是如此，他们很勤恳，愿意承担责任，对一切危险都很敏感，对于已发与未发之间的端倪最为敏感；但另一方面，我们这个民族其实总是大大咧咧，轻率随意，一下子就可以把之前所建造的所有步骤全部推翻。

我们又不得不修建如此看似坚固但其实无用的掩体，我们总是在精心打造自己的家园与制度,但其实我们根本上又并不相信它,因为既然人类无法摆脱自己轻率的天性,或者说人类本来就有着追求自由的天性,现代性的西方又带给我们自由的礼物,让我们分不清是轻率还是自由,是任性还是自由。我们即便认真建造,但其实我们骨子里不相信任何制度建设,因为它们都是人为的东西,不会长久,我们骨子里对于变化无常的信仰,与自然总体是消逝的生命本能相应,导致任何法则的不可能性。

但是,我们又不得不建筑,我们既认真地建筑什么,我们又认真地不信它,准备随时摧毁它,这是我们这个民族最为奇特与奇妙的地方:我们认认真真做某物,却又尽量使之空无所成。卡夫卡当然知道这个秘密,本雅明也同样发现了这个秘密,但是,这个秘密是毒药!是卡夫卡的"毒眼"发现了这个秘密,但并没有提供解药,也无法给我们出路,这也是为何布莱希特认为卡夫卡作品中有着黑暗,这是需要驱赶的黑暗。

1980年代以来的中国文学与中国思想,可能隐秘地感受到了此不可消除的黑暗,也进入了此黑暗,但可能并没有走出来,那些研究卡夫卡与中国文化的大量文本,可能根本上都没有触及此黑暗与自欺的怪圈。因为我们无法从中逃离出来,既然我们如此认真建造自己的家园与体制,我们却又根本上并不相信与使用它,它们其实就是无用的。而且我们并不从中走出来，我们喜欢待在其中，如同长城的伟大梦想——帝王在床榻上的巨大想象——其实是不可能以"分段修建"的方式建构起一个封闭"体系"的，但是我们依然认同这个指令，我们的民众还是兴致勃勃地去建造这个不可能完成的体系。

当然这个民族骨子里轻率与随意，其实早就知道这个伟大的体系根本就不可能建成。即便可能建成，也没有什么意义，因为我们其实更想出去走走。但我们又走不出去，因为这不可能完成的体系或制度，其实已经牢牢地"圈住"了我们。如同卡夫卡《城堡》中写到的，我们本想从那个泥潭里爬出来，实际上反而在烂泥中愈陷愈深。

而且，再高的招数也没有用，我们不可能走出去，我们其实也不想走出去。而不可能与不想，其实是一样的，这是非真理的征候。尽管这其实根本不一样，但在我们这个民族深度的自欺性格与思维方式里，二者重叠了。[1]

卡夫卡与中国，这就是卡夫卡书写《一道圣旨》与《法的门前》的寓意：不可能走出去，但也不可能走进去，不可能建造一个法的完备体系，也不可能走出此从不完整的制度。这并

---

[1] 当然，无用的文学已经在接续卡夫卡譬喻写作的博尔赫斯那里有所体现，他也接续书写了《皇宫的寓言》："他们的眼睛都漠不关心地看着前方；现实与梦幻合而为一，或者说，现实是梦幻的一个外形。"中国帝王的皇宫，也许就是一个无用的虚托邦？

非阿甘本所分析的"门槛"状态,那个乡下人来到法的门前,似乎处于一个例外状态的门槛上,如同施米特分析主权者或者帝王的决断权力时所言的灰色地带。不!我们并不处于这样的门槛上,相反,我们一直处于"尴尬"(embarrassment)的位置上:不可能作出决断,又不可能不作出决断,但任何决断都并没有主权性。这是一种所谓"无限的等级制"与"无限的推迟"之奇怪的结合所产生的世界,因为地域空间的巨大与时间彻底的迟缓,空间与时间的错开,以及无法弥补,导致了帝国无处不在的缝隙。

因此,这不是阿甘本与施米特所言的例外状态下的决断:无论主动——希特勒,还是被动——犹太人。它也不是德里达所言的"双重约束":既要作出决断,但此决断又是不可能的。不,我们的处境是:我们不可能作出决断,我们处于被绞杀与不相信的状态,不愿意作出任何决断,但逃逸是不可能的;尽管体制与帝王似乎一直在作出决断,主权者与民众似乎都在作着决断,但其实主权者所作的任何决断,已经作出的很多决断,都只是自欺,最终都不可能有效,因为不可能实现体制的完整与指令的严格。但整个体制还是继续在运作,因为大家都在装样子!身处此非真理状态,任何判断力都不具有真理性,作恶与做坏事都差不多,世界越来越坏,却并不形成"坏世界",并没有什么所谓"坏世界"的知识学,如同本雅明在

1916年的语言学论文中所言,任何语言堕落的判断都是无意义的,世界如此糟糕,就是卡夫卡所言的,我们所生活的世界只是上帝的坏脾气或者一个笑料,这就是此世界之非真理的极端情形。但似乎中国人都相信,"烂泥才有营养"与"水至清则无鱼",在如此的非真理状态,哪里有着"余地"?

这是人类历史上罕见的时刻。在中国的战国时代,如同庄子曾经观察到的:一个全然已无真理与正义的世代,任何生命,已经不是赤裸生命,而是被打回到纯粹生命,那是自然的生命,才可能观察到此非真理的处境,只要还有人的生命,哪怕还原到动物状态的人性,也还是有着欲望,但进入自然生命,更多的是"遗忘",非真理——如同海德格尔对希腊语中这个词的思考,来自 lethe(就是遗忘的意思),我们这个民族健忘、善忘,连自然的本能都会被遗忘,而陷入作恶与使坏的状态,却遗忘了正义的绝对性,哪里还有不可摧毁的信念?到处都是捕鼠器,一个笼子寻找一只猫,直到猫自己也成为笼子中的宠物。

6.2《中国长城建造时》:"墙文化"的形式语言

卡夫卡与中国,卡夫卡为何要写一篇关于中国的小说,还是围绕长城这个帝国的奠基之物?这与犹太人自己的命运休戚相关，他一下子就发现了中国文化乃是"墙文化"[1]。

万里长城，开始了中国帝王的思维模式与统治秩序，建构了中国民众与宫廷帝王的想象关系，有中华民族与外族夷狄的关系，有中华民族对于政治的基本想象力，尤其是长城与巴别塔在"建筑术"的对比，还有对于不明来由的神圣与神秘"指令"的思考。

面对如此繁多的主题，我们只需思考三个方面：其一，帝王的位置与指令，帝王的位置已经虚空，其指令也已经失效，但余威还在，此余威令人恐惧，剩下的仅仅是恐惧，恐惧的失效还有恐惧余留的阴影；其二，社会的结构与秩序，无论是社会分层的机器化还是身体姿势的规范，都已经被层层规范，尽管仔细追问，其实一切都模棱两可；其三，民众的想象力，现代性取决于大众的想象力，但我们的民众只是在歌谣的欢乐里自我忘却，忘却帝王的存在也忘却自我的烦恼。总体上，中华民族与国家机构，看似统治特征极其明确，但其实又特别含混，因为并没有什么从绝对正义出发的理念建构，没有弥赛亚绝对正义的尺度，只有城墙"平远"建构的人间等级秩序，并

---

[1] 法国旅行家波伏瓦侯爵路德维克·赫伯尔在1872年的《环球旅行记》中写道："多么壮观的景象啊！且想想那翻山越岭连绵不断的长城，只有天上的银河才能与之媲美。那是一道竖在高山之脊上的墙，是一条躺在墙上的宽阔大道。这竟是人的工程，恍如出现在梦境中……如果有人在惊叹其壮观之余停下来想想，很容易得出这样的结论，这是一项由长不大的孩子在专制君主的驱使下完成的工程。"这个长不大的孩子，进入现代性不得不长大，但它长大了吗？（参见于荣健《有意拖延的告别：卡夫卡的文学人生》，上海：东方出版中心，2017年，第199页。）

没有巴别塔式"垂直"秩序,一切看起来如此舒服自然,一切尽收眼底,轻松又轻浮,尽管如此硕大的秩序其实又要费尽心机。

但它可能针对的就是犹太民族的命运:进入现代性,弥赛亚会来临吗?弥赛亚也许已经无用了,神秘的教义已经没有了意义,可能还有着效力,这是肖勒姆的解读。犹太民族的命运:没有位置,也找不到位置,彻底失却了位置,被屠杀,成为无余者的生命,无论是融入欧洲还是逃离欧洲,都没有了余地。民众的想象力呢?如同女歌手约瑟芬的形象所暗示的"耗子式"存在,已经在历史上消散。

卡夫卡与中国,卡夫卡竟然"认真地"思考了万里长城建构"方式"或"内容"的秘密——万里长城到底如何被建构起来的?帝国的自我想象方式如何?卡夫卡以一个专家学者的口吻——一个蹩脚的"助手",因为卡夫卡并不懂中文,对于希伯来语的学习可能也是半吊子的——独特命名的"分段修建的体系"。小说围绕这个分段的体系建构方式展开叙事,"分段修建的体系"好像就是卡夫卡自己了不起的洞察,一个异域研究者的独特视角,发现了帝国的裂隙。如同皇帝的位置是床榻,尽管很大,但也是一个点。对于民众,我们这些迟到者,指令消息的递达总是太晚,二者之间没有桥梁,总是太晚,一切已经失效。似乎是出于皇帝的恐惧,修建了长城,但皇帝的目光无法让长城合拢,"裂隙"或"空子"总是在那里。

统治的方式就是让"分段修建的体系"围拢起来,但自然或者当然的,一直有着很多无法合缝的裂缝,万里长城其实永远无法合拢。长城向着中心合拢,就不同于向着高处的巴别塔。我们的文化不向着高处,但西方文明,比如在纽约曼哈顿地区,那么多的高楼大厦,都向着高处,超过了人类的目光,这是所谓人类历史的终结。

合围的万里长城,将是一个捕鼠器,如同帝国的宫殿,没有人可以从中走出去,无论你多么孔武有力,无论你多么勤奋用功,你都是捕鼠器中的老鼠而已;但分段修建的方式,却又让空隙无处不在,尽管此空隙就在那里,谁都知道,如同笼子中的饥饿艺术家,其实是可以在饥饿的缩骨功中,从栅栏中走出去的,但他并没有。捕鼠器其实也是无用的,既然所有人都在笼子里;空隙也是无用的,既然并不构成逃逸之路。这就是非真理状态的另一种描述。

为何是"城墙"?中国文化为何是"墙文化"?因为帝国如此巨大,为了保护自身;或者似乎是为了不侵犯外族,但也抵御了外族,导致自身封闭。但其实并没有彻底抵御外在,反而每一次都要被迫开放,因为裂隙或漏洞无处不在,如同中国历史已经证明的。

漏洞无处不在,这就导致对于民众的胁迫与裹挟,民众必须更为团结。我们的民众也希望团结。欢呼，咏唱，这些语词，这些发自内心的欢呼，让中国民众更为团结。因此，越来越具有向心性。这是来自民众的方向，向心力方向。当然，最终是靠什么建构起向心性呢？是来自帝王的指令。指令向着外在发散，其中有着秘密，但领导者集团的秘密指令，其实无法被解读，既然是秘密，当然无法传递，被分享也是有着限制的。对于指令，因为太过于敬畏与神秘化，甚至带有巫术的禁忌，所以不好理解，处于模糊之中。怎么理解都没有明确界限。那么，这就有赖于民众的想象力了，既然皇帝如此之远，指令又如此模糊，且不断被曲解。民众如何呢？我们的民众处于童年状态，我们中国人并未长大。

就实质内容而言，中国文化造就的是什么样的民族呢？

1. 我们更为彻底保留了自身的动物性——也因为现代性对于剩余生命的征用或者自然化生命的还原而加强——自然如何弥赛亚化？ 2. 社会制度的秩序化——现在被社会分层更为分化——如何可能共通？只是不断失序，不断分解着。3. 也有着无所事事的消耗——现在被资本主义的消耗所加强，弥赛亚如何消解此消耗，如何给出新的礼物？

更为重要的写作方式，则是从分段修建的内容出发所展开的"形式语言"建构，长城是一种统治的总体主义形式（借用恩斯特·云格尔的分析），是一种统治类型（Typus），领导集团是一种政治名分（Name），而生产建造的大众则是一种劳动形象。这也形成了我们这个时代的基本状态：统治类型倾向于权力集中；政治名分还是权贵们的或者集团利益的；劳动形象还是广大的民众或沉默的大多数。

卡夫卡也许最为彻底回应了德国早期浪漫派的要求，成为一种绝对的文学：小说写作必须成为一种文学批评，此文学批评的生产必须超过故事的书写，文学写作在自我生产的同时还必须生产出写作理论，文学的绝对就是文学运作不断绝对反思的这种绝对性，此自觉的绝对化诗学写作，其形式语言或自身的理论生产是什么呢？

如果小说的实质历史内容是思考：长城是如何修建的？其修建的方法是什么？为什么要修建长城？这是"分段修建"的方法与总体化组织模式，但此建构方式并不成功，最终导致民众与帝王关系的不相干，导致"乡村"与"北京"的脱节（确确实实，小说写到的就是北京这座京城）。尽管指出了此修建的方法与后果，但这些常识不是中国人一直就知道的吗？因此关键是如何在建构中解构，没有"解构"如何可能走出长城的"围困"？或者不自我反省如何可能确保长城的牢固？中国人不是一直在反思帝国总体化组织的循环逻辑吗，难道没有走出的机会？也许，中国人是在思考，但并没有找到"自我解构"的手法，如果解构也可以完善自身与发现他者的话，庄子"庖丁解牛"的手法似乎并没有转化为政治手段！

这就需要从建筑方法与建构手法出发，展开更为彻底的

"解构",在小说叙事中,这是以纯粹形式的手法所展开的逻辑!为何要通过纯粹形式的反思呢?因为此反思乃是对于反思的反思,如同德国早期浪漫派所要求的,是对于自身反思限度与有限性的反思,必然面对自我打断与反讽的要求,必然只是碎片或断片!而帝国总体式建构统治的逻辑就缺乏此反思——缺乏反思的镜子——可能绝对化的犹太人也缺乏反思的镜子。这是小说本身建构的形式性,一种视觉的纯形式,一种纯粹的形式语言,小说以这种纯粹的形式语言建构起来,这就是再次集中于思考"分段修建的体系"方法所导致的无法弥合的"裂隙"(die Fuge:既是裂隙也是接缝,德语启发了又一个悖论,如同海德格尔已经如此思考过的),此裂隙之为形式,建构起写作与叙事本身。这是小说写作的原则。如同卡夫卡自己的写作方式,1918年左右,以日记与随感,如同断片,在笔记本上不断粘贴,重新组合;如同研究者发现的这个阶段卡夫卡的写作方式,就是充满了裂隙,不断重组,但不可能完成。这是对写作方式本身与建构手法的反省,也是现代生活的写照,也是让小说成为文学批评,成为一种论文,一种带有论说与论证的叙事。

叙事者如何展开此裂隙的形式结构呢?限于篇幅,我们只是指出其中几种形式。第一种形式,来自我们中国人儿时游戏的玩具:最初的玩具就是鹅卵石来造墙,但总是失败,这是孩童游戏的政治化与总体化。第二种形式则是:团结、团结的祭坛，轮舞与循环的合欢，在某一段修建成功后，民众们会成为一体，似乎看不到裂隙了，但其实不然，这只是片段的合缝方式。第三种形式，是长城的平远与巴别塔的垂直二者的对比，是中国文化与犹太教文化的想象力对比。为何有着两种不同的空间想象？走向空中的外在超越，走向平远的内在超越，此两种想象力的差异意味着什么？这时叙述者成了研究者，比较人种学的研究者。对于卡夫卡，建造巴别塔却不去用，这是无用的改造。对于中国文化，建造一座万里长城，如果不是疯狂，同样的疯狂，接近于神的疯狂，那又是什么？而平视的安逸则更为接近于人的舒适。

第四种形式，则是人类的天性如尘埃，尤其轻浮，不受束缚！也许在世界民族中，没有比追求世俗享乐与让诸神福佑自己幸福的种族特性更为轻浮的了，更为随意的了，如同鲁迅发现的阿Q这个形象，因此必然会摆脱锁链与长城，长城如果围成一体，就成了锁链，成了死皮，但人类轻浮，此轻浮乃是无功效，去除作品的作品性，这也是浪漫派所言的不可完成与非功效。因此，其实帝国的总体化统治根本上不可能实现，万里长城不过是一个轻浮的随意想法而已，如同粉尘一样。后来的历史已经证明了，万里长城基本上在战乱与风化中成了齑粉。

第五种形式，这是图纸的先在计划，要建造长城当然需要事先画图，此图纸才是最初的形式，但此形式的被照亮，来自领导集团的筹划之手,此手还来自窗子,此窗也是墙上的空间形式,通过墙上的窗子窥探形式的生成。而第六种形式则是巨浪与形式的波动,但是否可以重建中国文化生命在个体与宇宙之间的节律共感?第七种形式:北京不过只是一个"点"而已,或者只有"床"那么大。这是"点"到"面"的空间还原,而且走不出去,一个传达指令的使者,无法走出这个面,带着指令,也是带着床,背负着床,覆盖整个帝国,但还是不可能走出帝国,这座床,这道指令,其实成了这个使者的一道"死皮"。

第八种形式:骨灰坛中的幽灵化祖先形象,祖先牌位,也是死亡之墙。第九种形式:传单,传单也是贴在墙上,这是最为有效也是最为无意义的法律条文,说到底我们这个民族并不相信这些告示。第十种形式:龙与云,盘曲与节奏,一切都是虚幻的想象。第十一种形式:北京的遥远,拉到胸前,让自己的血肉筑成长城,如同我们现在的国歌所唱到的。

这个纯粹形式的建构,关键是要让我们看到裂隙与合缝二者的张力关系,以及合缝的不可能性,这就更为彻底地打开了异域的目光,这是中国长城帝国式总体化组织体系与犹太教巴别塔帝国记忆的现代性关联,不可思议也从未发生的关联。但显然,无处不在的裂隙,不可能合缝。于是,中国历史要么继续在幻觉中造墙,继续加强此不可能的总体化统治;要么裂隙其实一直在扩大,只是因宫廷与乡村的距离,时间的错位,无法被民众自己与帝王本人所发觉而已；而中国的知识分子或者领导阶层，对于指令的含糊思考——如同汉语本身的缺乏逻辑性——又无法自我反思，即无法反思此形式性结构本身。

越是进入现代性，中华民族越是发现自身的无用，越是进入无用的绝境经验，越是恐惧此无用，于是拼命"拿来"，拼命去占有，而遗忘了无用的教义。悖论的是：越是要成为有用，中国人越是无用，但此无用只是消耗，只是自我浪费，也是为何中国文化的现代性看似如此革命激进，但看起来还是如此中国，帝王的想象与形象还是如此巨大，而且从根本上还遗忘了自身的智慧，如何可能从无用中转化出大用？

6.3 形式本身的重构：自然的弥赛亚化

即便发现了此裂隙的形式书写，但我们并没有走出困境，卡夫卡把长城与巴别塔对比，后者无法建造，会倒塌，或者因为语言变乱，或者因为上帝的明确指令（不能崇拜偶像），但对于长城建造的根本寓意呢——中国文化则缺乏绝对反思。

因此我们还得进入第三重书写，即进入可以不断被改写的那个不可能的到来文本，长城并没有建构起来，长城的裂隙，如同那些荒野上的废墟，或者如同卡夫卡后来继续书写的小说《地洞》（"Der Bau"，德语中这个词也有建造的意思），是接续《中国长城建造时》的书写，是更为中国化的自我建构与自我解构式双重书写，也是更为绝境化的书写，一个聪明而自我觉醒的"老鼠"，如同帝王本人，或者就是中国这个民族，却永远面临来自自身内部与外在他者的闯入，只有恐怖在繁殖。

卡夫卡与中华帝国，卡夫卡为什么要写这个故事？我们不可能知道答案，这是文学的秘密，文学想象的秘密，而到来的"我们"，那个在窗前等待使者来临的"你"，只能通过再次的改写与重写来回应。

那么，接下来的第三重书写，不再是第一层的"内容"，也非内容的"纯粹形式"，而是"形式的内容"——无法明确的内容，而是有待于重写的内容——可能的真理性内涵。此纯粹形式的展开是"分段修建"，而形式的内容呢？这是从这种看似于裂隙上再次反思——如此的形式所指向的可能寓意——并非仅仅是解构的能指游戏！这是从形式出发形成新的敞开空间——可以不断被复写的文本，一个有待于重写的文本，如同可以不断被翻译的文本，可以在另一种语境下，在另一种语言或另一种想象力中的余存。

裂隙是打开了，但此无处不在的裂隙如何可能打开新的空间？中国人可能有人看到了裂隙，看到了漏洞，但更多在"钻空子"而已，如何从此裂隙打开新的生存空间？这是中国文化很少触及的问题，这也是为何中国文化走不出自己的虚幻与封闭，任凭漏洞无处不在却又如鱼得水。这也是卡夫卡作为犹太人，在反思犹太人与德意志人的命运，德意志人可能走不出自身的帝国化暴力逻辑（第三纳粹帝国即将出现），而犹太人也走不出自己的异类与外在边缘位置（如同后来被屠杀），生命的余存在哪里？帝国的未来在哪里？

进入写作，就是思考这个叙事文本的"余存"位于何处。中国这个民族存活的"余地"在哪里，这是形式本身的空缺！形式的内容并不指向具体的内容，而是面对空无与空缺的感受。还是分段修建，还是裂隙，只是这裂隙，现在成了一道裂缝，一道向着无限敞开的裂缝。

所有的思考再次集中在形式本身的虚拟"内容"上：形式上的张力在于，从内部向着外部，从外部向着内部，从水平到垂直，从时间到空间，如此四个维度的思考，如何可能被重写？不是形式上，而是形式的变形上，是形成一道"新形式"——墙面的硬度或者强度——被压缩或者击穿？还是让此空隙还是空隙，不仅仅是外面，而且也是墙面本身的被击穿？并没有什么内容，就是敞开本身，不断敞开的通道本身。

问题在于：面对无处不在的缺口，是以威权的强力意志或民族意志，继续填补或补全，还是不补全，并承认根本上无法堵上？那么，随后的阅读与书写，是堵上裂隙呢，还是继续扩大裂隙？所有的阅读在这里都遭遇了困难，继续保持缺口的扩大、继续地开放与敞开？如果继续去填补则是缝合；如果不去填补，就是扩大裂隙，发现新的通道，而非建筑墙文化，这是中国文化的变异。如此选择是可能的吗？有着决断的可能性吗？这是眼睛本身——任何观看的尺度都是不可能验证的，哪怕是帝王式的目光也不可能，除非是那老者弥赛亚回忆的目光？

文本的叙事上当然也在寻求两种方式："连成一气"或者本质上关联整合起来，这是防御北方敌人；但承认不连贯，危险一直都在，长城孤独地位于荒野时，更为明显，容易被摧毁；裂隙与碎片，才更为真实；而且不是内部的民众，而是外在的游牧民族对此更为清楚，即外来者或者他者，比内部的我们，更为清楚裂隙的无处不在，因为外来者并没有掩体，就是破碎的，他们在荒野中，对于旷野的空旷更为敏感。这是犹太人对于旷野更为彻底的经验？这里的游牧民族其实就是犹太人自己？他们只能看到裂隙，只能在裂隙中生存，他们其实并没有自己的语言？

再说万里长城的建造需要更多的时日，因此任何训练功效都不大，就是从儿时开始训练也是不足够的，因为我们总是建得太单薄，我们只能哭泣自己的无能，发现并肯定关于"无能"的经验可不容易了，但显然帝王不会承认此"无能"的绝对性，进入现代性的犹太教思想似乎承认弥赛亚的无用与无能！即便我们有着蓝图，但是也因无法施展而荒废了。进入细节与建筑的工人们，越是渴望完成与合为一体，与伟大之物合为一体，迫切看到完美无缺的面貌，越是容易看到裂隙。比如那些领导集团其实已经看到了裂隙，认识到了巨大的困难，却又发现不可能克服，他们要面对的是无处不在而且还在扩大的裂隙。越是建造长城，裂隙或者空隙就越大，这是人类建造冲动中，自我毁灭的辩证法。看似抵御他者，却越是陷入裂隙的扩大之中！具体建造的民众可能感受不到裂隙，他们或者听从于具体的指令，或者在形式上陷入幻觉——与长城合为一体，但是领班的人或者明眼者却早已看到了荒无人烟处做工的困难。在旷野上如何保持民众的信心，如何不陷入绝望？一旦绝望笼罩在人群中，如同犹太人在旷野流浪，怀疑耶和华的救赎，又不得不等待弥赛亚的到来，一日又一日，其实已经丧失了希望。

整个文本其实是在绝望与希望之间展开，永远怀着希望的孩童，或许一直隐含绝望。

随后的展开也是如此，长城与巴别塔的对照体现了中国人的"盲点"，因为这是中国文化自身并没有的参照。因此，叙事者引入巴别塔对照不是随意的，一方面是维度不同，另一方面则是犹太教自身的危机，出现了一个所谓的研究者或"学者"，从计算出发，而且从天意出发，这是与中国不同的视点，长城是人意的计划，而且并不严格计算，严格算计乃是犹太人的性格（如同肖勒姆与海德格尔都指出的，尽管意味全然不同），中国人在随后的研究中乃是轻浮的化身，而不可计算——也是长城的特性，如此庞大，巴别塔却要计算——因为这是指向高空，如同去往纽约曼哈顿地区，那些几十层的楼如此之高，当然需要精密算计！因此，当代中国的管理阶层尤其相信"云计算"——相信科学技术的力量，这是在整合长城与巴别塔的技术，这是中华帝国统治术的秘密——确实善于学习，也不断寻求纠错机制，不断修复着高科技与大数据技术中的漏洞，综合利用了长城与巴别塔的双重力量，但显然卡夫卡的书写与本雅明的反思指出了这两种方式的无效与无用！

如此的研究者或学者的比较研究尤为关键，这就是为何叙事者成了一个比较研究者，因为发现不同，叙事的方式当然也不同，这个文本的未来与视角取决于比较研究的角度。巴别塔的倒塌不是因为犹太教所言的语言变乱，而是基础不牢。这是全然不同的卡夫卡式篡改！如同巴别塔在这里，卡夫卡其实在修改西方自身的叙事，修改西方的语言！既然巴别塔是语言的问题，是天父语言的变乱，如同德里达的解构书写，但这里的书写已经不仅仅是解构式，而且是交错的，巴别塔需要长城创造一个坚实的基础，而且先后顺序很重要。但这也是不可能的，因为长城并没有围成一个圆圈，即并没有形成合缝，只是半个圆圈，如何可能成为基础？即便从精神去理解，也是不可能的。

那么，万里长城之建筑到底是为了什么呢？这其实并不是"石头"在建造墙，而是人类的生命，是千千万万人的"生命"和"劳动"，但如何形成此强大的伟大新工程？从城墙的修建到人类生命的连接，从语言的交谈到生命的关联，这是这个文本改写的秘密？这不是解构的语词游戏了，而是指向生命的共通体——"血肉的长城"——这是一首不可能的歌。但从生命的"劳动"到政治的"工作"，哪里有着阿伦特所言的自由的"行动"？

但人类的生命却是轻率的！这就是建造的悖论，对于伟大整体的感受是不可能理解的，因为对于此伟大的整体或总体化——中国人如此相信的长城的围拢其实并不存在，这就需要公正的旁观者，只有此旁观者才发现了：建造此伟大的计划其实只是权宜之计，并没有实际意义与目的！这是奇妙之处，这才是中国文化或者现代性重写的奇妙之处！即"认真做某物，却空无所成"。这是真正的自我解构，此轻率的自然性，总体的实用主义，二者不可能并存，帝国统治的总体化不可能实现，在于永远无法克服此矛盾。

这是秘密建构的原则：其实建造长城没有目的，只是权宜之计，并没有目的性意愿，那么，为何要建造呢？如何理解这个奇怪的指令呢？这是对于限度的经验？一切取决于这个学者——我们这些未来者——的重写，需要学术报告的考量，而且是历史性的，但是如何可能从历史迷误中寻找建筑城墙的说明书？这是不可能的，没有图纸，没有明确的指令，没有明确的目的。

因此，再一次面对这个疑问：万里长城是防御谁的呢？北方民族？"我"——这里出现了"我"这个单一的第一人称口吻，伴随着研究者角色的出现，"我"的地理位置是东南方，没有北方民族的威胁，如同中国文化帝国王朝的变革总是从北方向着南方迁移。但是，谁见过那些北方民族呢？更多是想象？是想象的恐惧？因此，"我"似乎成了研究者，成了学者，"我"又如何理解领导阶层的决议呢？反复思考的结论是，既不是因为北方民族，也非无辜的皇帝，到底是谁做的决定呢？决断权来自哪里？一切都是谣言，以及因为愚蠢激发的更多谣言。这需要进一步展开比较民族史的研究，叙事者带着反讽的语调，这第三重的叙事不是形式语言的叙事，而是研究者的角色——如同后来者，如同死后的考证者与考古学研究者，这是一个余存者的角色，如同那个等待临死皇帝遗诏使者的"你"，在窗前沉思与做梦的"你"，与"我"对应的"你"——是一个到来的弥赛亚？一个做梦的弥赛亚？一个无用文学的最后阅读者？

现在，重要的就不是长城的建造了，而是帝国本身之为机构的可疑性。有着一个帝国吗？帝国在哪里？帝王在哪里？如果长城并非帝王的决定，那是谁的命令或者指令呢？我们所提到的皇帝的指令，已经不是当前的，帝国过于巨大，指令要传达到帝国的每一处几乎是不可能的！这也是为何所有来自帝国的消息其实都是晚到的，都已经太晚了。时间无法征服空间——这才是帝国统治的本体论危机。修建长城，不过是以空间来消解时间，一旦封闭为圆圈，就不再有时间的危机了，一切都在自身内部循环与消化。这也是帝国为何陷入"一治一乱"的循环，就是因为帝国统治的秘密在于：不断用空间的宽度或广度来消泯时间的紧迫与危机！最终让时间无法穿越空间，王朝的更替不过是空间吸纳了时间的活力，空间自身内部不再能够消化时间的不确定变化，或者自然的潜能冲击了帝国秩序的空间人为组织化。

这就是《一道圣旨》的最后寓意：走向时间终点的帝王所传达的指令，即便传递给了最为孔武有力的使者，也不可能传递出去，因为空间如此巨大，不同于垂直的指令——犹太教的信仰空间——那是天上的吗哪，不是地上的食物，如同卡夫卡《一条狗的研究》所指出的，中国人并不从天上获得粮食！因为上帝的指令直接从天上降临，超越了空间维度。那么，中国文化如何可能克服此空间的巨大呢？帝王与上帝的差异在这里出现了。

中国文化的自然空间需要超越时间，需要指令的直接性？自然需要弥赛亚化？分段修建——也是老子的不相往来的间隔，但如何又可能被老人回忆的目光所穿越呢？需要一个"你"——一个在窗边遐想的"你"。这个"你"是谁呢？一个不明身份的研究者？一个外来者？一个犹太人？一个到来的弥赛亚？

这也是为何我们这个民族对于皇帝既抱有希望又毫无希望——但如何形成没有希望的希望的神学逻辑？当卡夫卡把巴

别塔与万里长城联系,这已经是弥赛亚的自然化,死去的皇帝只是在歌谣里——这是时间的彻底性,但是统治者如果只是与死者为伍,如同儒家的祖先崇拜,那些迟到的消息如何具有现实性力量,从骨灰坛中升起的祖先形象如何可能具有现实的力量?如果是已经失去的命令,如何可能具有现实的力量,那只是抹杀现实而已。

6.4 无用的民族:时间的加速度与折叠的拓扑学

中国当代艺术家林一林,做过系列作品《安全渡过林和路》,艺术家让代表中国文化的墙,以砖块的方式一块块垒起来,又一块块卸下,一步步走过马路,走到对面去,这移动的墙,堵塞了交通,但又"走过去"了,当然这既是墙的现实化与行动化,也是墙的肉身化与自我终结,让我们看到了墙并不是固定的,而是可以拆下,可以移动的媒介,这也是一种无用的艺术,不成为作品的艺术。这是一种中国式的拆构方式。

回到开始,回到自然化的帝国秩序之最为基本的困境:万里长城无法建造,巴比伦的通天塔也面临崩塌,但对虚拟技术与自然秩序的奇特综合,却可以让帝国秩序僵而不死。此进入僵局中的历史,如何可能有着未来?

对于写作而言,仅仅剩下的问题是:时间如何可能克服空间，既然帝国的空间如此巨大？中国文化找到了时间显现的具体形式吗？卡夫卡是否提供了如此的时间维度呢？这是自然的弥赛亚化。

这就是抹杀皇帝的存在。既然空间如此大，远方的臣民也许根本上不需要皇帝了，如此一来，我们的生活才可能自由，不受法律管束。那么"我"这个比较文化与民族志的研究者，如何给出断言呢？中华民族的信仰和想象力遇到了极限，根本无法使帝国起死回生。卡夫卡写作这个文本的1917年，中华的古老帝国其实已经消亡了，也许他是在感怀这个古老帝国的彻底消亡？但是，到底什么是各个民族赖以生存的根据呢？并没有什么充分的理由，一切还有待于重新发现与重新书写，书写历史的权力在于未来，而非过去与现在，无论是帝王还是统治阶层。

时间如何克服巨大的空间？需要速度？这是当下的网络微信空间——又一个巴别塔，如同图像空间的可读性——变乱了上帝的话语——但又是不可避免的后果，尽管也是佛教所言的梦幻泡影的翻滚。中国文化自身有着克服空间的一些方式，比如通过神秘的力量，某种天象的预言与仙道的即刻幻化，或者是文人山水画的隐逸式建构，即在山水画中，时间——春夏秋冬与暗示的无限性都在尺幅之内显现，但这只是一个图像书写与历史文本空间，如何让此图像书写进入现实政治空间？中国文化并没有找到此出路。或者以庭院来代替宫廷？这几乎不可能实现，《红楼梦》就是此不可能实现的标志性失败，从此梦中醒来，哪里还有出路？如同当下的虚拟空间如何可能穿越出来？缺乏一个出口与连接的通道，未来的希望取决于此出口与通道的敞开，当然这也并非当前的共享经济的方式，这依然是资本主义的圈钱模式，资本的捕鼠器。也许我们要同时阅读《城堡》与《中国长城建造时》，寻找到彼此的解码？

后现代的网络虚拟空间打开了无数的裂隙，被压抑与抱怨折磨着的中国民众发现了网络的虚拟空间——瞬间的时间——一个个爆炸的当下——瞬间就穿越了空间，即时间的瞬间通道全球化地被打开了，这是中华帝国的广大"空间"第一次"彻底"被时间的"瞬时"通道打开，这是庄子所言的道枢的通道？但是，如何此爆炸的当下，时间可以穿越已经秩序化与严控中的空间，并可以解决无限的等级制与无限的延迟之间的纠缠？帝国的体量如此巨大，如同亚历山大大帝因为大地的重负，他几乎不可能迈出一步，因为体量巨大，内部的空间及其等级差异巨大，可以内部消化冲突，但也因为体量巨大，面对外来压力，需要彻底转身，乃至于飞升时，几乎不可能迈出一步。也如同亚伯拉罕，他也不可能走出家门去献祭，因为家族的事务工作太多，他迈不出信仰的步伐，不可能如同信仰骑士大胆去冒险。

犹太教一直在寻找弥赛亚的救赎时间进入现实历史空间的通道，但苦于总是无法找到，这才有卡夫卡的断片写作与本雅明对于拱廊街的反思，面对拱廊街发达资本主义纸醉金迷的迷梦，如何可能借用超现实主义的自动书写的梦想，回到更为安息的技术自然化的古老梦想？在如此的梦想中，时间穿越空间，弥赛亚随时可能来临，实际上他们更为敏感地感受到了这个问题：中国文化没有时间的通道，去克服巨大的帝国空间，没有穿越的通道，天上的通道不可能打开——需要巴别塔，因此才把长城之万里与巴别塔连接起来，但巴别塔与万里长城连接起来是不可能的，二者之间的关联在哪里？击穿了空间的时间，如此才可能走出即将到来的"第四帝国"与"总体实用主义化"的新帝国与新集权？

而现在，中国传统的想象力并不足够，需要接纳另一种想象力，这是"自然的弥赛亚化"，在当代，这是自然帝国的网络虚拟化，弥赛亚如果来临，这是在网络虚拟的时间瞬间连接，自然地理辽阔的巨大足以消化一切的愤怒和不公正。又被新帝国统治的大数据技术所管控，哪里有着一个缺口？空隙在哪里？这是打开"第五维度"的想象空间：发现无处不在的裂隙，充分利用虚拟空间的瞬间穿越性，这新的"穿墙术"，打开可能世界，此可能世界还是公共的与无用的，但一旦付诸可能世界的现实行动，将打开一个新的世界。

只有成为一个无用的民族。对于卡夫卡,万里长城如此庞大的计划,只是体现了中华民族的无用教义,认认真真做某物又空无所成,因为无用,所以可以看到常人看不到的东西——那裂隙,因为卡夫卡以弥赛亚救赎的目光观照资本主义世界,所以发现了"小村子"这个地方。中国文化呢?需要此"无用"的目光,才可能发现"裂隙"——那可能的两个缺口:一个是网络接入现实的缺口,这是所谓网络防火墙的被打破;一个是我们人心的缺口,我们不再相信帝国统治秩序的合法性,人心需要另一个出口的方向,看到裂隙,并且打开新世界的出路与通道。这是需要想象力冒险的折叠,这需要打开虚托邦的想象行动空间。

如同卡夫卡的很多日记与小说,尤其是那篇《一道圣旨》的结尾,所写到的"窗子":这个临窗的位置,似乎是那个已经从围墙内逃逸出来的某个"你"的主权者的位置。或者是《往事一页》中那个从深宫中来到窗前的皇帝,他似乎预感到危机的来临。或者也许就是封闭世界的一个"出口",如同贝克特《终局》中的窗子。或者,如同本雅明的弥赛亚进入世界的"小门",无论是垂直的维度还是平视的维度,都将在这个神学政治建筑术锁钥处获得解决(Schlüsselposition)。"我们这个民族"所有单纯的清晰与不清晰的制度命运,都在这里得到了解决。

这是卡夫卡小说写作中的吊诡中国：一个真相无处不在的世界，却毫无真理性可言。中华民族就只有成为一个无用的民族，动员自身关于无用的想象力，为了一种无用的文学，去发现从未写出之物，才可能如同法国超现实主义与情境国际，打开社会可能的自由空间，或一个虚托邦。

第七段
总是来得太晚：
皇帝的圣旨

皇帝，
——就是这么称呼的，
——已经向你，
这个唯一的，
卑微恭顺的，
在皇天阳光下逃避到
最远阴影下的卑微极小之辈，
在他弥留之际，
恰恰向你，
下了一道谕令。

他让使者跪在床前，
悄声向他交代了谕旨；

皇帝如此重视他的谕令,
以致还让使者
在他耳根重述一遍。
他点了点头,
以示所述无误。

他当着
向他送终的满朝文武大臣们
——所有碍事的墙壁均已拆除,
帝国的巨头们伫立
在那摇摇晃晃的、
又高又宽的玉墀之上,
围成一圈(Ring)
——皇帝
当着所有这些人派出了使者。

使者立即出发:
他是一个孔武有力、不知疲倦的人,
一会儿伸出这只胳膊,一会儿又伸出那只胳膊,
左右开弓地在人群中开路;
如果遇到抗拒,他便指一指胸前,
那标志着皇天的太阳;

他就如入无人之境,快步向前。

但是人口是这样众多,
他们的家屋无止无休(kein Ende)。
如果是空旷的原野(freies Feld),
他便会迅步如飞,
那么不久你便会听到他响亮的敲门声。
但事实却不是这样,
他的努力都徒劳无用(nutzlos);
而且他仍一直奋力地穿越内宫的殿堂,
他永远也通不过去;

即便(und)他通过去了,那也无济于事;
下台阶他还得经过奋斗,
而且(und)如果成功,仍无济于事;
还有(und)许多庭院必须走遍;
过了这些庭院还有(und nach)第二圈宫阙;
又是(und wieder)石阶和庭院;
然后(und wieder)又是一层宫殿;
如此(und so weiter)重重复重重,几千年也走不完;

就是(und)最后冲出了最外边的大门

——但这是绝无,绝不会发生的事——,
他面临的首先是帝都,
这世界的中心(die Mitte der Welt),
其中的垃圾已堆积如山。

没有人在这里拼命挤了,
即使有,
而(und)他所携带的也是一个死人的谕旨。

——当夜幕降临时,
但就是你,
正坐在你的窗边,
遐想着它呢。[1]

"再说,纵使有消息到来,抵达我们这里,但已经,太晚了,早已失去了时效。"

卡夫卡生前仅仅发表了上面这个名为《一道圣旨》(Eine Kaiserliche Botschaft)的片段,但其实这个片段来自生前并未发表的《中国长城建造时》(1917年),在这一片段之前,卡夫卡还写了上面这一段有关"太晚了"的语句,这就先在地确立了解读《一道圣旨》的一般法则。

---

[1] [奥]卡夫卡:《卡夫卡全集》(第1卷),第185—186页。

我们把《一道圣旨》这个片段以诗句的形式分行排列开来，以突出其语句展开的步伐，以减速且缓慢的节奏，展开其间的语意皱褶。

《一道圣旨》这个片段就是中国长城的寓意所凝缩而成的心脏，几乎是外在地嫁接进文本之中的"桥梁"，它强烈地起搏跳动着，却很少有人去倾听它的呼吸节奏与连接作用。对于西方学者，这似乎只是寓意中国文化的某种命运而已，反倒是另一个从《诉讼》中抽取出来的片段《法的门前》得到了足够的思考（二者同时出现在卡夫卡生前小说集《乡村医生》之中）。因此，这个片段其实并没有得到充分思考，它的心脏早已停顿，这几乎是某种荷尔德林式跨文化历史的悲剧停顿时刻。

而这一段被抽取出来在生前发表，对于卡夫卡，因为它体现了1917年开始形成的譬喻式文体，如同大约同时所写的《普罗米修斯》与《塞壬的歌唱》，都是充满着吊诡的谜一样的文本，也都并没有解谜的钥匙，其内在的悖论无法解决，就还悬置在那里，成为"吊诡"状态。

如何进入《一道圣旨》这个片段？下面的这个句子也许提供了某种切入口：

> 再说，纵使有消息到来，抵达我们这里，但已经，太晚了，

早已失去了时效。[1]

"再说","纵使",如此的说法,意味着行动者已经后退一步,但是,即便退一步,也已经是太晚了。一旦晚到,就是太晚了;任何的晚到,都已经太晚了。

这是"晚到"的时间性悖论:尽管已经晚到,也毕竟还是到了,还可以有所弥补,还有时间,也许还有大把大把的剩余时间;但是,一旦晚到,就总是太晚了,就意味着没有了时间,不再有剩余,一切已经无法弥补,似乎所有的时机都错过了。

晚到,总是已经太晚。任何的消息,无论是好消息还是坏消息,一旦晚到,就已经太晚,就失去了时效,就不再有意义。即便有着退一步的缓冲,但如此的开始,已经晚了,已经太晚了,开始已经不再可能。

如此的晚到,就不再有事件,所有的事件都已经发生过了,任何制造事件的冲动必然是灾难。不必再次梦想事件,但对于事件的模仿却又无处不在,这再次的重复是悲剧还是喜剧?抑或都不是。这只是一切事件终结之余波,仅仅只有事件的剩余。

任何的晚到,都已经太晚了,总是太晚了,总是晚到得太多。一旦晚了,就是太晚了,不是晚,而是太晚,太晚的

---

[1] [奥]卡夫卡:《卡夫卡全集》(第1卷),第383页。

到来，让"到来"本身变得无用了。

晚到者，就是一个错过者，就是一个无用者。

即便你是救赎的弥赛亚，也是如此，如果你来晚了，也是太晚了，也就无用了。

卡夫卡如是说："到弥赛亚成为无必要/无用时，他会到来的，他将在到达此地一天后才来，他将不是在最后一天到来，而是全然最后/末日那天。"[1]

7.1 看似不必要的文本还原

"再说，纵使有消息到来，抵达我们这里，但已经，太晚了，早已失去了时效。"

《一道圣旨》一旦被还原到《中国长城建造时》的本来文本中，读者就进入了一个晚到的时间状态，就不再有时间了——这是卡夫卡死后才发表的文本。当读者们看到这个完整的文本时，已经延迟了十四年，也已经太晚了。

为何卡夫卡生前不发表《中国长城建造时》？甚至其标题本来可以就是《一道圣旨》，就如同生前卡夫卡仅仅抽出了其中的这个片段发表在1919年的《乡村医生》等十三篇故事之中，是否表明这个长城的故事其实也并没有完成，就停止在那里

---

1 [奥]卡夫卡:《卡夫卡全集》(第5卷)，第47页。

了,故事结尾其实表明叙述者已经不想继续讲下去了,但为何生前卡夫卡又不发表整个故事呢?这是一个谜。

也许,围绕《中国长城建造时》的很多中国故事,比如《乡村医生》中的《往事一页》,这是同时所写的最为相关的故事,还有《新律师》与《邻村》也是同时发表的,差不多稍后的《叩击庄园大门》与《城徽》也与之相关。也许,在卡夫卡的写作计划中,围绕中国与中国长城,有着一个如同《美国》(或《城堡》)一样的庞大计划,只是没有完成,而《中国长城建造时》还算完整。如果可能,我们似乎可以把这些相关文本都重新编辑进《中国长城建造时》,那将是一个新的中国"大"故事?

《中国长城建造时》这个标题是编者勃罗德1931年出版卡夫卡小说与遗著时所加,而且异常奇怪的是,为何死后编辑的第一本卡夫卡著作以《中国长城建造时》为书名?似乎是为了弥补晚到的遗憾!而卡夫卡为何生前不发表"完整的"《中国长城建造时》?这真的让人着迷。这也着实迷倒了一大批犹太人:本雅明,之前的克劳斯已经写过同名小说,还有肖勒姆与布洛赫。为何是这些犹太人呢?以至于本雅明最早讨论卡夫卡的文本也不得不从这个书名开始。

为何勃罗德以一个中国故事作为卡夫卡第一本遗著的书名?这是一种什么样的遗言与遗嘱的宣告?此迟来的宣告出现在总体危机即将来临的1931年这个时刻有何寓意?这仅仅是

一种现代小说特有的异国情调偏好？抑或具有某种超现实的意味？这是勃罗德在《卡夫卡传》中写到的：

> 人们会感到，各种各样的联系从成千上万条畅通无阻的道路上涌向他的观察，这些联系完全是出人意料的，然而却并不含有武断的、"超现实主义的"、牵强附会的因素，而是真实的内在联系，是微不足道，然而正确的、忠于事实的认识，以这些认识建立一整套认识体系会引起人们极大的兴趣——同时，人们也清楚，这种想要这般细微地认识世界和人的心灵的大胆行为尽管是合情合理的，甚至是非常重要的，但是也很容易具有卡夫卡在《中国长城》或《诉讼》中所描写的那种性质，其本质决定这种大胆行为是永远不能够圆满结束的。[1]

勃罗德把卡夫卡的写作与观察方式与当时的超现实主义联系起来，但指出了根本性的不同。在卡夫卡那里有着一整套的认知体系吗？这体现在对于世界细微之处的大胆表达？或者是那个特殊年代，纳粹已经上台，以这个中国故事为书名，具有某种异质性的暗示？在传记中勃罗德继续说道："在卡夫卡身上除了人格尊严的因素，亦即民主外，权威的原则也起着巨大的作用，这种作用在《诉讼》中，在《城堡》中，在所有小说中和属于《中国长城建造时》的断片中无所不在。"[2] 这就异

---

1 ［奥］马克斯·勃罗德:《卡夫卡传》，第63页。
2 ［奥］马克斯·勃罗德:《卡夫卡传》，第19页。

常可怕了，布莱希特后来与本雅明争论时也接续了这个观点，即认为卡夫卡的写作并没有驱赶黑暗，反而有着对于权威的隐秘渴望。

或者这也是因为勃罗德很好地理解了卡夫卡1917年开始的写作转向，在卡夫卡生前发表的小说集《乡村医生》中，如同我们前面指出的，有几个故事都是暗指中国的，因此有着呼应。或者，对于勃罗德与本雅明而言，"中国人的样子"或"中国长城"就是犹太性现代化的别名或者参照物？因此，本雅明后来认为卡夫卡需要一面镜子，而这面镜子就来自中国？尤其是当我们回到历史现实：这是第一次世界大战期间，既是清朝帝国彻底崩溃不久，也是奥匈帝国的皇帝弗朗茨·约瑟夫（我们的小说家弗朗茨·卡夫卡与之同名）1916年刚刚去世之际，而犹太人可能就此失去了护佑者，必须开始独立重建犹太国家。如同布伯开始创办《犹太人》杂志，卡夫卡的一些小说就在这个杂志上发表。犹太人应该彻底归化到欧洲各个民族国家吗？这一切都还没有定论。

这个标题可能有着双重的暗示：一方面，是指向中国这个老大帝国，一直无法统一的中国，分裂与裂痕无处不在，尤其是清帝国灭亡之后，处于分裂之中的中国如何再次统一？另一方面，也指向东欧的各个民族，随着长期统治的皇帝约瑟夫的去世，也面临着奥匈帝国的瓦解，犹太人何去何从？有着解决方式吗？是再次回到帝国的统一，还是如同犹太民族一般保持自身的独立？也许这两者都不可能。对于卡夫卡，他写作中国长城的故事，必然也关涉到犹太人的命运，如同叙事中指向巴别塔的建造，因此我们必须同时保持双重的目光：一方面，是犹太教塔木德的解读方式，尤其是哈西德的教义故事；另一方面，则是中国道家化的方式，而为何是道家而非儒家？因为卡夫卡面对的是帝国解体的时代。

其实，对于当下的我们，更有必要把卡夫卡式的文本作为参照的镜子，这其实是卡夫卡早就为中国人造好了，却从来没有被中国人自己认真照过的一面镜子！就连《中国长城建造时》也并没有得到中国学者的深入解读。这是异常诡异的时机。一方面，卡夫卡早就为犹太人或者欧洲人造就了一面镜子，让犹太人与西方人认识自身，但西方的主流知识界却一直没有擦亮这面镜子，依然模糊不清：没有去追问为何卡夫卡如此着迷于中国，其意义究竟何在？另一方面，卡夫卡也早就为我们中国人造好了这面镜子，我们依然活在卡夫卡的世界之中，但我们中国人也同样没有看清这面镜子中的自己，我们中国人到底为何物？我们是人还是动物？诱惑只是童话故事或寓言中的妖魔鬼怪而已？何谓中国文化的生命形态学？这种形态学又具有什么样的歌德所言的世界文学的普遍性价值？

为何中国至今依然无法走出这个荒诞的世界，甚至现实世界就如同卡夫卡小说中书写的荒诞，我们却依然无法破解这迷障。似乎一切都太晚了，我们至今对此都没有认知，因此，把《一道圣旨》还原到《中国长城建造时》的总体写作计划中，似乎也没有什么必要了。

"再说，纵使有消息到来，抵达我们这里，但已经，太晚了，早已失去了时效。"

我们也有必要把这个句子还原到整篇小说中，它刚好在《一道圣旨》的段落之前：

> 我们的国家是如此之大，任何童话也想象不出她的广大，苍穹几乎遮盖不了她——而京城不过是一个点，皇宫则仅是点中之点。作为这样国度的皇帝却自然又是很大，大得凌驾于世界一切之上的。可是，那活着的皇帝跟我们一样是一个人，他跟我们一样躺在一张卧榻上，诚然，卧榻是很宽大的，但也可能是很窄很短。同我们一样，他有时也伸展四肢，如果他很累的时候，也张开他那线条柔和的嘴巴打呵欠。但我们在千里迢迢的南方，都快到达西藏高原了，如何知道这一切呢。<u>再说，纵使有消息抵达我们这里，但已经，太晚了，早已失去了时效</u>。皇帝周围总是云集着一批能干而来历不明的廷臣，他们以侍仆和友人的身份掩盖着奸险的用心，他们抵制君权，总是设法用毒箭把皇帝从轿舆上射下来。君权是不灭的，但皇帝个人是会倒毙的，甚至整个王朝最终也要垮台，处于奄奄一息之中的。关于这些争斗和痛苦老百姓是永远不会知道的，<u>如同迟到者</u>，他们像初到城市的人站在拥挤的小巷的尽头，安闲自

得地嚼着所带的食物，而在前面，在市中心的广场上他们的主子正在受刑。[1]

一旦来得太晚，就几乎没有了时间。我们中国人，或者"我们犹太人"，或者我们这些现代人，可能都是迟到者。在《一道圣旨》的片段之前出现了这个思考"晚到"的句子，就特别地定位了中国人的时间性身份。那个传递圣旨的片段可能就只是对这个"太晚"时间性的某种注脚与补充说明了。在小说中，在《一道圣旨》的叙事前面，其实还有一个句子："有一个传说对这一状况作了很好的描述。"

阅读卡夫卡，阅读卡夫卡对于中国的阅读，就在于进入这个"太晚"的时间经验之中，"你"，或者某个"中国人"，或者任一读者，都只能是一个晚到者。

或者说，如果一个西方观察家，我们暂且把卡夫卡当作如此眼光细腻且犀利的观察家，借用一些之前欧洲旅行者的图片叙事，如何来想象与描绘那个刚刚崩溃的遥远的中华帝国呢？当然这个卡夫卡式的观察，有着几重历史视野的重叠：

第一，约瑟夫皇帝刚刚死亡，与自己名字相同的皇帝与奥匈帝国对于犹太人的某种保护可能丧失了，各个民族如何再次团结为一体？当时的匈牙利报纸上也有渴望团结统一的字样。

第二，是清朝帝国的灭亡，以及袁世凯等人短暂复辟的

---

[1] ［奥］卡夫卡:《卡夫卡全集》(第1卷)，第383页。

灭亡。

第三,则是正在发生的世界大战,"德国对俄国宣战,下午游泳"。个体经验与世界大战的奇怪并置,二者如何相关?

带着如此的三重视野,卡夫卡的目光变得异常宽阔与诡异,他是如何发现了中国长城"分段修建"的体系或方法的?漏洞,总是有着漏洞!庞大的帝国,也可能是奥匈帝国,也可能是现在的美国,或者现在的欧盟,反正,任何帝国体制,都有着不可修补的漏洞,如同电脑的 Bugs,总是有着无法补救的漏洞。但是,为何卡夫卡的目光如此敏锐,发现皇帝的圣旨总是迟到的呢?

谁是迟到者?阅读长城这个伟大的历史工程,阅读皇帝的临终圣旨,这不一定是末代皇帝,这个皇帝也可能是始皇帝,或者说,发布临终谕旨的皇帝其实一直都在,既然他一直都处于最后时刻,临终时刻,这个时刻就并未过去。

或者说,因为有一个"你",这个无名与匿名的"你",遥远的"你"——远到天边,直到卡夫卡这个犹太人,既然一直没有收到这个遗嘱或者遗言,那么这个事件就还有待于发生,一直有待于发生。

但尽管如此,也并没有什么事情发生,即便发生了,也来得太晚了,也过时了,失效了,无用了。这是"事件的非事件",如同德里达思考《法的门前》,就是在"前面",并没有进入法的门里面,只能在"前面"——进不去或"走不过去"——也就永远那么远,也在"面前"——尽管其实并不太远,那就什么都没有发生,只是两个对话者无用的游戏,法庭是无用的,法之门也是无用的。

这是我们与德里达或阿甘本等人的西方式现代解读最为根本的不同:尽管德里达发现了"事件的非事件"——什么都没有发生,尽管阿甘本认识到"不去用"的重要性;但是,对于中国人,对于晚到的中国人,根本大法,律法与法律,都已经无用了。不是没有法律,而是有着无数的法律,无数的法规,但都已经无用了;即便在那里,但不是悬置了(如同施米特的决断),不是无意义(如同肖勒姆的有效),而是无用了;所有的法规都彻底丧失了时效,因为我们没有了时间,作为迟到者,我们不再带来新的事件。这不是例外状态的法律失效,这是法则本身一直处于无用的例外状态。

即,任何法则,对于迟到了、过于迟到的中国人,都已经失效了,已经无效了。这就是说,中国人只能复制或"山寨",因为不可能有着任何原创性;再说,也没有必要去原创,复制与模仿就行;换句话说,这就如同后现代的所谓"仿真"技术,复制的东西比原作反而更为逼真;进一步说,但你也不要认为这种复制与"山寨"有什么违法,因为在这个如此晚到的时空与残局状态,任何法则都是无用与无效的了,一切都说过了,一切都还意犹未尽。

一切因为晚到而变得无用了。这不是犹太教与基督教的律法与恩典的冲突，也非例外状态时刻的法律悬置，而是法则之无用，但也不是丛林法则，丛林法则也还有着适者生存的铁律。处于这个晚到的时刻，这个残局状态：一切都被允许；但同时，一切都不被允许。在这个吊诡的张力之中，这个一切晚到的残局之中，皇帝的至高法权与民众的彻底无法，二者之间处于断裂之中，并没有什么张力。

因为没有关联，苦心的皇帝就尤为想使之关联起来，因此派出了一个"使者"，那至高无上的皇帝与卑微极小的"你"——你们二者之间并没有建立起什么关联，需要使者来关联，但因为"使者"一直晚到——那就从来没有什么消息抵达了，也就没有什么事件真正地发生过。而"你"——早就在窗前等待着，却来得太早了。

一个来得太晚，一个来得太早！时空就彻底错开了，卡夫卡式的写作就不得不处于如此悖论的时间模态之中，而且还要试图去关联二者，只有关联起来才可能有着张力，但此张力又并不存在，此连接方式并不存在，任何补救措施也是为时已晚或者早已过时。

如此不可能关联的写作，只能是写作本身的不可能性。

7.2 寄喻：不可能的写作

"再说，纵使有消息到来，抵达我们这里，但已经，太晚了，早已失去了时效。"

如此的晚到，让一切的工作都变得无用了，因为根本没有关联起来。进入这个片段的阅读，也是不可能的。因为这是一道圣旨，是一个断片，一个抽出来的片段而已，自身并不自足。它只是寄生的，这是写作的寄寓（Parable / Allegory / Gleichniss：寄寓 / 寓比 / 譬喻）。

作为寄寓：它寄托在边缘上，开端与结尾被悬置，不可能连接，而中间的使者，穿越一个个空间，但也是断裂的，不可能把发送者与接受者关联起来。

作为寓比：一个类比为另一个，有着差异，中国人与犹太人，暗示弥赛亚的信使无法抵达，弥赛亚的天使被悬置在了中途，无法抵达我们。

作为譬喻：这是吊诡，不能说"你"没有接收到信息，如同"你"可能就是《往事一页》中的皇帝——在窗口看着这一切。但"你"肯定不能说"你"接收到了信息，"你"只能梦想与遐想着使者的到来，"你"好像被关联起来了。

但真正的关联从未发生。

"你"是被临终的皇帝挑选的接受者。但"你"从未收到过那封信或者遗嘱。那个使者"他"也从未抵达。而皇帝可能也从未死亡，或者皇帝一直在死着，历史一直处于残局状态。

就如同卡夫卡写作的时刻：出生之前的踌躇——死亡之后的徘徊。

这样的三个人：皇帝——临死的发送者；信使——传递者；你——接受者。这样的三个人，他们三者之间的关系从未建立起来。看似"使者"接受了皇帝的信息，但是如果他无法传递出去，其工作是无价值、无用的，事实也是如此。看似"皇帝"已经发出了指令，他最后的遗言或者遗嘱，既然收信人并没有收到，那也是无效的与无用的。看似"你"在等待，一直在遐想着这个指令或者使者的抵达，但并没有收到，就只是徒劳的等待，依然无用。

中国文化，其实一直在等待一个临死者的遗嘱，但此遗嘱从未抵达，中国文化不同于犹太教与基督教的"旧约"与"新约"——之为旧与新的遗嘱，我们的文化一直没有获得过清晰的遗嘱。这是如此的悖谬：一个延续了几千年的文化，竟然没有遗嘱或遗言，来确保其自身延续的合法性，这怎么可能？

这是一个不可能的事件，是事件的不可能性，是事件的非事件。但是，不同于德里达，这个事件却一直在发生：中华帝国的古老皇帝发出了指令，这个指令一直都在，在传递着，却从未抵达。它到底在还是不在？既然从未抵达，就可能还在路上；既然没有抵达，就永远不可知，一直是秘密。世界只是一个残局，但此残局的剩余力量都僵持着，陷入无法收拾的僵局，因此，它就不是后来贝克特的《终局》，而是更为彻底地走进了"僵局"。如果有着无用的文学，与贝克特式的荒诞剧区分开来，那是再次回到卡夫卡那里，发现卡夫卡写作中隐含的僵局境况。无用的文学乃是面对残局中的僵局而发生的吊诡写作。

这正是僵局的吊诡之处：你不能说"圣旨"不存在了，但你也不能说它一直还在，中国王朝的命运就是如此，只是从一个僵局走向另一个僵局，只能重复僵局，却走不出僵局最终成为死局的厄运。"使者"呢？也是如此，他已经被委任了，已经被选中了。帝王的想象力量就是如此，很多"皇帝"都试图承担此责任，而且非常勤奋，认认真真执行，但最终还是徒劳无用，因为不可能传递出去，它一直在路上，从未走出古老帝国的宫殿，从未超出自身的边界。"接受者"呢？也是如此，他不得不等待，只有在遗嘱中才可能获得继承的合法性，但此合法性并未获得，还必须等待与梦想，也许正是这等待的梦想，这伟大的梦想，耽搁了他自己的事情，延误了整个民族的根本转变，一直错过历史的转机。

三个要素都僵持着，都在发生：发出指令的帝王还在苟延残喘地发出神秘的指令，传递指令的使者还在有力又艰难地穿越着无数的门墙，接受指令的后代还在执着又无聊地等待，但这一切并没有关联，也并没有什么事情发生，如同电影放映时的卡壳状态，时间停滞了。

这个片段到底要讲述关于中国的什么故事呢？这只是一个中国使者吗？作为遗嘱执行人或接受者，他其实是一个已经犹太化的中国使者了。他传达着双重指令：希伯来旧约或圣经的指令，中国帝王或者末代皇帝的指令。但这是一个不可能或者无力实现使命的使者，这是一个无法传递遗嘱权力的执行人。对于此延异与无能力的经验，成为现代性最为彻底的经验，也许卡夫卡是其最早的发现者。

对于卡夫卡，这是三重的不可能性。第一，不可能写出一篇合格的故事，一篇如狄更斯那样的古典现实主义上帝全知视角的叙事作品。第二，不可能接续写出一部犹太传统哈西德式的神秘故事，而这是必须要传递下去的犹太记忆。第三，不可能写出一部关于中国的小说，而这是必须参照的他者式现代性书写。关于中国长城的写作就是如此开始的，尽管这是一个片段而已。卡夫卡不可能开始，也无能力开始。这个叙事或者故事，是关于叙事之不可能的叙事，是三重的不可能性：不可能讲述一个虚构的故事，不可能讲述一个塔木德式的故事，不可能讲述一个异国情调的中国故事。但又必须讲述，一定要讲述，那就只能讲述自己不可能讲述成功的讲述，吊诡也由此开始。

对于卡夫卡，成为一个作家，成为一个写作者，这几乎也是不可能的事情。一个写作者，乃是把写作本身当作生命：

这是出生之前的踌躇——写作乃是一种新的不可能的出生；这是死亡之后的徘徊——写作乃是一种不可能的死亡，没有什么比我们会死很久更为可怕的了。或者说一个文本很久之后才可能被阅读，也没有什么比一种新的出生更为具有奇迹的梦幻——不断开始新的出生式书写。

写作，乃是在外面存在，乃是相信自己的作品比自己活得长久，这也就意味着与这个时代拉开距离，这是一种出死入生的写作：与自己活着的时代告别——尽管这是如此漫长的告别，进入另一种生命的余存——这是一种不可能的寄托与希望。

写作，是不可能完成的。写作，不可能在场。写作乃是自身的缺席。必须保持自身的缺席，进入与这个缺席的关系之中。如同布朗肖对于卡夫卡的思考，作家没有写作的能力，写作乃是关于这种无能力的经验，不是去写得多么好，多么完美，而是去体验写作本身的不可能性。不可能有人完成写作，写作只是关于自身写作不可能的经验。

进入写作，乃是进入叙事的不可能，就只能是 Parabel 与 Gleichniss 的方式。何谓 Parabel？ para 乃是沿着，只能是在边缘，如同德里达思考的边饰（parergon）逻辑，只能沿着边缘而标记，既不在里面也不在外面，也不停止在边缘某个位置，而是保持在表面的轻微滑动，偶尔做出轻微的改动，小小的改动，甚至与空无发生关联，沿着空无而生成新的开放性关联。

比如，在开头，这个临死的皇帝，在开头所言，以及在最后，那个在窗前想着这些的"你"，都处于边缘的位置。还有在文本中间那些反复出现的连接词 und——之为连接与断开的同时性，都形式地指向一个不可能完成任务的使者。其实故事中的三个主角：皇帝，你，使者，这三个角色是可以重叠的，因为都处于"无关之联"之中。

这是卡夫卡式不可能性的写作：一方面，出生之前的踌躇；另一方面，是死亡之后的徘徊。活着的现实则已经缩小到了极小的虚无。在这个故事中，死亡之后的流放——是使者携带着死者的信息而不断奔跑，出生之前的踌躇——那个等待的"你"，只能梦想，几乎什么都不可能做。当下的时间几乎被压缩为零了，几乎没有了意义，几乎没有用了。

叙事围绕空间展开，也是"分段修建"的空间：宫阙；又是（und）石阶和庭院；然后（und）又是一层宫殿。有着分割，不断地分割。门，旷野。但又有着连接，文本中的und这个词，既是连接，但也是打断。这是 Fuge。临终皇帝的使者所传递的圣旨，其实仅仅属于他一个人，或者仅仅属于那个死去的皇帝，因为并没有彻底走出去。重复又重复，如同迷宫，使者不可能走出去。

无尽的空间延异着，几乎没有时间。如何有着时间呢？几乎不可能有着时间的经验。中国的叙事丧失了时间，如同西方学者，从赫尔德到黑格尔，都认为中华帝国没有时间，时间停滞了，没有历史感，如同僵尸，或者僵而不死，如同百足虫，中国文化是一只百足虫。如此的东方主义历史观当然是错误的，但为何卡夫卡依然认为中国故事只有空间而没有时间呢？他也陷入了同样的错觉？

为何这个片段成了中国故事的核心？中国人就是不可能走出迷宫，看似在用力行走，但其实是停止的，并没有动。如同皇帝本人，也是不动的，躺在床榻上。这是运动中的静止状态（Stillstand in Bewegung）。皇帝的世界，不过是一个不断扩大的床榻？从点到线到面！但是，这个使者也是无用的，被废弃了。他如此有力，但又如此徒劳，其实就是无用。皇帝是无用的，因为他几乎是一个死人。使者是无用的，他根本没有走出去。等待的"你"是无用的，只是在做无谓的遐想而已，或者就做一个"样子"罢了。这三种存在样式，其实都只是历史残局状态下的"样子"罢了？

或者，其实我们一直都在皇宫中，我们从未走出来。或者，我们一直还在等待这道圣旨。尽管它已经过时，已经无意义。但是我们还得等待，还得想着这个场景。我们并没有走出如此残局中的僵局场景。我们一直处于对此无能力的感知之中，因为彼此僵持着，我们都僵住了。

只能通过"断裂"来建构？这是本雅明从德国浪漫派自我打断的碎片写作中获得的灵感，我们也可以把浪漫派的断片，卡夫卡的分段修建，布朗肖的"无作式"建构方式，形成一个贯通的思考，这是某种反讽的弥赛亚主义（如同哈马歇所言）。但无用的弥赛亚到来，就可以化解此僵局状态？

中国文化，就是缺乏此片段的打断，缺乏此反讽的维度，卡夫卡式的写作，带入了此反讽与打断，而打断正是机会。如同中国小说家阎连科的作品《受活》中的"缺页"式历史叙事。

面对一个有空间却无时间，有真相却无真理的世界，只能通过寓意或者寄寓来言说表达。此不可能的真理叙事，是关于寄寓（parable）的元写作。首先，这是一个故事（story）的叙事（narrative）。这是一个故事，一个不是故事的故事，不是历史的历史，这是抵御与防御的故事，这是一道圣旨的叙事。其次，这是一个关于叙事的叙事，一个parable，作为元叙事只能寄托在边缘，一个关于叙事的叙事只能是一种边饰的逻辑。这是防御封闭与裂隙扩大的关系，裂隙反而大于封闭，这是寄寓的重要性——寄寓乃是去发现悖论：一个铁了心要防御的工事体系，却有着无数的裂隙，而且裂隙反而大于封闭，这是《往事一页》的寄寓性叙事。最后，这是不可能的叙事或者"元寄寓"（meta-parable），是寄寓的不可能性，不可能性的寄寓与寄寓的不可能性，是本雅明所言的没有教义的卡夫卡式寓意。这是裂隙的无限扩大，但此扩大的裂隙，并没有形成一个新的空间，或者并没有一直保持敞开，看似有着裂隙的敞开，但最终还是没有发生，此裂隙在不断地扩大，又什么都没有发生。

指向中国长城的叙事，所以不可能有着解锁或者钥匙，《城堡》乃是这个困境或者处境更为吊诡的另一种展示：小村子与城堡有着关系，但不可能接近，总是有着接近的可能性，但城堡依然在虚无之处。面对此封闭（Geschlossenheit），在城堡与钥匙之间（Schloss und Schlüssel），在墙与门的形式上，如何可能有着钥匙去开门？

1. 这是一个奇妙而充满悖谬的"故事"，这是一个帝国的防御故事与防守的建筑工事。一个悖谬出现了：越是防御，越是会有裂隙或者漏洞。这就是"分段修建的体系"所带来的后果。

2. 一个关于防御或者悖论的"寄寓"出现了：因为越是防御侵犯越是有着漏洞，越是抵御他者，他者越是闯入，而反倒是他者不断到来，他者更为看到此裂隙，看到裂隙的无处不在。分段修建的体系——只能是片段书写，此断片式书写，无法整合。

3. 这是不可能的寄寓或者寄寓的不可能性——是寄寓本身的"吊诡"：越是看到裂隙，越是要以裂隙来建构一个可能的空间；越是封锁空间，越是需要时间；越是需要时间，越是看到空间的裂隙。但这是寄寓本身的不可能性，即裂隙本身之为时间到来的不可能性。这就是中华帝国的吊诡：看似无比坚固，却又漏洞百出；看似漏洞百出，却又无比坚固。

因此，这是裂隙的叙事——越是修建反而裂隙越多（被他者看到的越多），作为断片的元叙事——但由他者或者历史民族志的比较者带来，越是封闭空间越是需要时间却并没有时间发生，即并没有新的事件发生，这又与"晚发的现代性"或者"晚到的时间性"重叠，看似革命其实根本没有新的时间发生。这是我们中华民族的弱点，但此弱点依然处于迷雾之中，长城叙事的文本中就反复出现迷雾一般的（nebenhalfte）词汇。

7.3 无限的中国却没有时间

"再说，纵使有消息到来，抵达我们这里，但已经，太晚了，早已失去了时效。"

一旦迟到，就太迟了，迟得没有了时间。

中国文化是一个迟到者，也许一直就是一个迟到者，这是进入现代性中的中国文化最大的苦楚。

一切都已经太迟，一切都来得太迟了。或者，一切似乎从未发生，来得太早太早了，所谓中国文化的早熟。

发送信息的人，皇帝，已经在死亡之前，这个指令太迟了，已经无限接近于死亡。

接收信息的人，"你"，一个无名与莫名的"你"，根本没有接收到这个指令，即便接收到，也太迟了，何况"你"根本就没有接收到。

而那个使者，也是太迟，从未抵达，即便抵达帝国中心，垃圾已经堆积如山，他要处理残局中的垃圾，再走出来时，也太迟了。

进入现代性，中国文化更为苦楚。中国本来就是一个生产复制大国，庞大帝国的运作，催生出复制的生产模式，出现了大规模的模具制作与程式化的操作（如同雷德侯《万物》一书的研究）。从青铜器开始，大规模礼器的制作，需要带有程式化的操作与复制技术，尽管饕餮器具每一个都不相同，但在工艺上有着相似之处，这是自身的可复制性。

饕餮礼器已经聚集了三重功能：首先是"物器"，作为器物有着具体的功能之用；其次，它也是"礼器"，有着礼仪秩序与等级制，有着秩序等级的象征价值；其三，它上面铸刻饕餮纹理后而成为"神器"，这是神秘的感通，是神圣的器具，有着宗教的神秘性。因此，这是三个层面上的重复操作：物器，其功能与制作有着程式化；礼器，是程式化行为动作的人类规范；神器，也是程式化的图像纹理。

进入现代性技术复制时代，悖谬的是：既迎合了中国文化自身复制或程式化运作的模式，但又带入了西方现代技术复制的迅速，中国经济就是如此飞速发展起来。但如此的复制，并非中国文化的主动创制，而是被动复制，只能学习模仿西方，因为来得太迟了，一切都已经发生了，西方文化已经绝对领先。

这导致中国文化的复制一定要进入饕餮无比贪婪与神秘的层面，否则将无法满足这个文化的生命冲动，如此一来，中国文化就不得不进入其悲壮的时刻。

中国文化不同于希腊悲剧，英雄的痛苦可以表达出来，因此推崇语言的表达，肯定激奋之词的宣泄。中国人则是苦楚，无法表达，只能自己咀嚼，独自面对命运的无可奈何。而犹太人呢，则是创痛，是无法愈合的伤口，还要不断解开这创口。这就是为何卡夫卡这个犹太人可以发现分段修建的裂隙？因为世界总是有着裂隙，对于犹太人尤为如此，就如同永远无法愈合的伤口？卡夫卡这个犹太人，以什么样的目光发现了中国万里长城修建的秘密？它肯定不是帝王的那种幻视：统一帝国，以万里长城把帝国自我围困起来。它也肯定不是中国民众的眼睛：就只是看顾眼前的利益或者建造，无法想象帝国的绝对庞大；也肯定不是一般旁观者的好奇：这可是"无限的中国"，怎么可能看透其玄机。除非卡夫卡有着弥赛亚式目光的观察者给出的洞见：因为看到裂隙，才看到时间，整个帝国，既然仅仅是空间，时间已经被空间化了。

不同于荷尔德林对于希腊悲剧与停顿的思考，中华帝国并没有神与人的双重不忠，也就没有神与人的相互背离。我们民族的命运因此并没有走向悲剧的崇高，不同于希腊人的表演及其对于痛苦的歌颂，我们中国人陷入深深的苦楚，连帝王也有其苦楚，无法言喻的苦楚，但只能自我咀嚼，越是贪婪而不得，越是痛楚。但奇怪的是，我们的文化却又没有关于苦涩的哲学反思，我们各自咀嚼，也就各自消化，或者更多时候，则陷入巨大的集体式遗忘，我们是一个善忘的民族，如同动物一般渴求世俗的福乐。我们的历史不同于犹太人的创伤记忆，总是在罪责与被迫害的创伤记忆中，不断被叙述，虽然到了卡夫卡这里，对此创伤叙事也开始了反讽，因为其中也有着犹太人的自身怨恨与阉割恐惧的强制重复。

这是毫不奇怪的事实，一方面，中国的民众生活与自然紧密共在，依照自然的循环节律塑造自己的生活，但因为与自然季节循环同步，所以也丧失了时间的变调，除非自然灾变发生，开始底层的骚动与革命。当然，我们有着鬼神的祖先崇拜，以至于被认为有着性格的质朴单纯，但其实我们只是相信从骨灰上升起的虚幻烟火。另一方面，中国的帝王只是在王朝盛衰的循环中，并没有获得永恒的神圣天命，因此总是有着一定的历史治乱之周期。即便龙的威严与形象一直在流传，但最终也烟云流散，毕竟龙还是要回到天上的云层中，那同样会烟云消散。

无论是皇帝还是民众，都陷入各自的循环，但二者之间并没有使者，本来那些文官应该是中介、连接者，但是作为管理集团的官员们，完全没有自己的时间节奏，尽管他们相信文字，但他们又从来没有从文字书写中获得过神圣的命运。中国有着书法艺术，但更多是个人情感与日常交际的表达，其中并没有对于世界的神圣书写与超越政治历史的救赎书写。

皇帝与民众是脱节的。皇帝也是迟到者，因为任何一个皇帝一旦出生，就开始给自己修建陵墓，就知道王朝有其兴衰，要么追求长生不老而中毒致死，要么沉湎于极端奢华的享乐虚无。民众当然也是迟到者，他们甚至不知道在朝的皇帝是哪一位，他死亡的消息抵达时，可能整个王朝已经被颠覆很久了。

时间的建构来自自然循环的拟似性，无论是中国民众还是中国帝王，都进入一种拟似性的整体之中：民众拟似于自然，与自然的整体拟似性，如同十二生肖的算命术；而帝王则拟似于那不可见的天意——云中龙，进入一种虚幻的自我想象。二者都是拟似性，都试图去获得宇宙的能量。而对于犹太人，弥赛亚也许也只是一种宇宙整体的感应能量。

中华帝国的历史没有时间，无限的中国服从于空间的生产。时间在每一个环节上都停了下来，有着太多的环节了，如同帝国的政治制度，从皇宫到各省，再到县城，再到村庄，一级级下去，就如同使者要走出的宫殿台阶，永远不可能传达下去。无限中国硕大的空间消解了时间，时间停止在每一次的分级上了。

没有时间，时间无法显现，时间无法来临，这是中华帝国的困境。

但更为悖论的则是，进入现代性，中国拼命地要实现现代化，赶超西方，但依然没有时间，如果现代性意味着革命、前卫、创造，发展与超越，那么，晚到的中国，无论做什么，都已经被别人做过了，只能模仿与"山寨"。并不是中国文化不想创造，而是因为一切已经被造过了，似乎不必去再造。而且中国文化本来有着程式化的制作传统，现在则陷入了现存复制的魔咒，只是这一次是更为被动的复制，而且认为此复制理所当然。

因此，中国的现代性之为晚到的现代性，乃是一种奇特的混杂状态：它根本上就不现代，依然是古老帝国的停止，并没有时间，古代的所有残余力量，如同广场上的垃圾，其实都在；它看似进入了现代性的时间节奏，甚至还有着后现代性的技术，尤其是虚拟技术，甚至，管理集团通过虚拟技术，可以瞬间抵达帝国的所有空间，通过无处不在的监控，任何时候都可以立刻看到每一个人；在这个时刻，后现代的技术充分利用了时间，让时间与空间绝对合一了；如此的城墙式控制手段，或所谓的防火墙，或者虚拟技术的统治，让前现代的传统帝国升级为了后现代的技术帝国！这是一个奇怪的折叠。如同卡尔维诺所想象的《看不见的城市》，在虚拟监控中出现的中国与中国人，尽管无限大，但又似乎可以想象与控制。但是，时间与空间的瞬间重叠，依然没有时间。这是中国现代性的吊诡之处：我们从未现代，但我们又如此后现代；我们从未发展，我们却又如此发达。

而万里长城的修建，不过是这个悖谬状态之为最终僵局的实现。

7.4 吊诡的工作：认真做某物，又空无所成

中国人为何要去修建长城这样一个庞然大物？面对无限的中国，就需要一个无限巨大之物？但中国人对长城建造采取的分段修建方式，却陷入了一个"悖论"："认真做某物，同时又空无所成。"

一切看似认认真真在做，比如建造长城，但同时又根本空无所用，起不了什么作用，最终成了废弃之物。这是卡夫卡的发现，一个现代的布拉格小市民却发现了古老帝国从未显明的巨大悖论。这个悖论一直在那里，却没有任何中国思想者指出来。为何会如此？这正是其吊诡之处。"吊诡"不同于悖论在于：悖论是显明的，是要去解决的，而吊诡则看似如同悖论，看起来可以消解，但其实不可能最终解决，也就成了一直悬置

着的悖论，也就有着某种残局的征候。一旦悬置太久，就被遗忘，只是成了一种带着压力的虚幻状态。

卡夫卡对于吊诡的发现，打开了一种新的逻辑形态：此吊诡不是悖论，不是二律背反，不是逻辑矛盾，而是一个中国道家式的新逻辑（又不只是传统道家的中国历史处境，而是更为复杂的世界化境况），或者也许就是卡夫卡从老庄那里获得的思想灵感。此吊诡是一种不可解读的譬喻：如同《普罗米修斯》第四重改写的结局，如同那个关于譬喻的《论譬喻》，到底是在譬喻中获胜还是在现实中获胜了？一直悬而未决。

卡夫卡写作《法的门前》的处境在于：乡下人执意要进入法之门，而警卫则不允许其进入，二者在法的门前——也僵持着，但这并没有否定法的存在，只是对于法的意图并不明确。但中国人面对"法律"的态度，则是《一道圣旨》的处境：法律是需要的，皇帝的圣旨是需要传到的，却没有抵达臣民；这也是因为除了皇帝，法律其实根本没有用，皇帝在法律之外；既然法律是用来处罚人的，一个相信人性本善的民族，一个隐恶扬善的文化，罪恶与罪感不必发扬，法律并不如同希腊罗马的理性文化与希伯来的律法那般重要，可协调的伦理关系反而更为灵活；而且，如果我们都想做皇帝，都是天之子（如果天乃是自然的给予），也同样就可以在法律之外或者之上。因此，中国人喜欢"钻空子"（如同"分段修建"有着裂隙），尤其是钻法律的空子，都想"搞特殊"，西方文化一直试图维护法律的完整性与坚实性，但中国人一直在找法律的漏洞，并不是为了完善法制，而是为了更好地满足自己的需要，如果不是私欲的话。因此，法律就处于一种漏洞百出的地步，而并不被修缮，就如同长城被建好之后也是如此。这样，法律不是悬置了，不是无效了，而是完完全全地存在着，但又完完全全地无用。

中国进入现代性之后也是如此，认认真真地搞法制建设，但这无数的法律条文其实都是"虚设"的，只是"虚"的，并不是假的，不是悬置的，而是"虚设"着，要用时就可以用，但基本上又无用，因为我们还有另外一个空间，在那里，我们每个人都是皇帝，不需要法律，只需要进入关系与好处的交换，或者说微妙不定的礼物交换。面对法律，我们所有人都只是装样子——表面上尊重法律，其实私底下都在嘲笑规则的僵死与守法者的愚钝。但礼物不好衡量，需要每一次的精心算计，礼物又不是可以算计的，是一种人情练达的"文章把戏"，总之，不可能形成规则与法则。

这就是为什么中国文化陷入了如此的困境：总是认认真真做着什么，又总是空无所成。但进入现代性，似乎这个方式变得复杂了：确实出现了大量的法则，需要加强法制建设，从宪法到民法，西方现代性也是在法制的公共建设中不断独立与强化，在中国本来也应该如此，奇怪的是，中国社会出现了大量的例外，越是加强法则，余外越是增多。因此，这个认真做又空无所成的吊诡,反而被扩散了,现实生活如此,经济交换如此,艺术也是如此,甚至,信仰也是如此。

犹太民族:越是尊重上帝的律法,却越是违反律法,这并非人类的天性或者不顺服,这是上帝自身的问题,上帝会后悔,上帝试图再造世界,或者说,永远有着另一个世界、另一个民族的可能性,因为犹太民族乃是一个到来的民族,得救的只是"余数",犹太人乃是一个拣选的例子。

中华民族:承认法则与规则,肯定"讲道理"的重要性,并不否定道理,但同时又肯定一切都会变化,总是会有余外或者意外,变化大于规则,因此,要顺应的是变化,在规则之外游戏,越是肯定规则,反而越是要发现变化或者余外的可能性,不是规则,"余外"才最重要。

西方民族或者德意志民族:肯定法律与逻辑,做任何事情都不应该违反逻辑与规则,即便是变化,也要按照规则来变化,一切都处于规则之下,一切只能通过规则来改变,革命只是偶然情况,例外状态就导致法则的悬置。

在中国长城的书写中,卡夫卡思考了法则的三重情况:1. 看似中国人的生存方式,修建长城是一种修建规则,是法则的建造,把各个民族统一起来,如同秦始皇最初统一了度量衡,但其实不可能,到处都有着裂隙,而且最终,裂隙或者缝隙反而无处不在了。2. 这也指向犹太人的法则,犹太人要遵守法则,那道圣旨看似中国皇帝的遗嘱,但其实也是犹太人的遗言,上帝的救赎计划根本无法抵达我们,已经无限延迟了。3. 也可能指向希腊人或者德意志人的法则,有着法则,有着官僚集团,一切都有着秩序,但此秩序可能被自由的天性随时粉碎。

卡夫卡似乎在寻找着破解这个吊诡的方法,但连环可解吗?不解之解?如同卡夫卡说:"不可理解的就是不可理解的。"但秘密的秘密就在于:必须分享,只有分享才是秘密,但一旦分享就不是秘密,进入秘密之中而不分享秘密,又何来秘密?既然吊诡之处已经明朗:有着法则与规则,但有着无数的余外状态,一旦余外状态大于法律状态,一旦法律有着裂隙或者漏洞,法则不是被悬置与无效,而是变得无用了,而个体的私欲却变得无限有用,最终导致彻底的无序与混乱,导致最终的狡计冲突,直至整体的崩溃,但此崩溃并不发生,而是一直处于僵局状态,又并没有走出僵局的道路。

卡夫卡如何面对此吊诡呢?如何既要有着法则,而且绝对尊重法则,但又要肯定余外与无用的大用,如何同时加强这二者?这就要回到卡夫卡发现的吊诡原则:认认真真做某物,同时却又空无所成。但有着不同的模态,这表现在相关的中国故事之中。

1. 只是认真做但并没有做出空无——《一道圣旨》:那个

使者认真去传递圣旨，往外冲着，但不可能走出无数的宫殿，看似打开一个个空间，但并没有自由，空间是现存的，一直在那里，并没有真正走出无限的中国。

2. 或者，只是做出了空无但并不认真——《往事一页》：外来的野蛮民族，没有名字与语言，一切都是无所谓的，无意义的，他们并没有认真做什么，只是抢劫。——皇帝也看到了这一点。

3. 既有认真做也有空无所成但二者又是分裂的——《新律师》《中国长城建造时》即是如此，这就是根本问题之所在。

4. 既没有认真做也没有做出空无——《叩击庄园大门》：根本就没有敲门，即便敲了也没有什么意义。同时，这家农舍看上去更像一间牢房，除了监狱里的空气，还有别的吗？

5. 既有认真做也同时做出了空无——《地洞》或《饥饿艺术家》，甚至《中国长城建造时》也可能做出了如此的形态。

6. 认真做也做出了空无但无法区分——《约瑟芬，女歌手或耗子的民族》中的歌唱，无法分清是耗子叫还是吹口哨。尤其是《城徽》中关于"巴别塔"修建的不可能性，人类建造世界的梦想其实只是虚假的梦想，一个自我摧毁的拳头。

7. 让空无来为，让空无认真地实现出来——《邻村》的三重解释学，或者《一条狗的研究》中的空中之狗，学习歌唱以接纳空中的粮食，才是自由的科学。

卡夫卡与中国,"中国智慧的可直观性"会再次体现在具体的制作之物上,比如"长城"与"巴别塔"的对比上。这就是卡夫卡所写的相关小说《城徽》的寓意:"整个计划的核心,只是建造一座通天塔这一念头(Gedanken)。除了这一念头以外,其他一切都是次要的。这个想法,一旦人们领会了它的重要意义,便再也不会打消掉;只要还有人类存在,也就会有将这座塔建造成功的强烈愿望。"[1]但是人类并没有建成这座通天塔,尽管知识在增加,考虑到这个建造工作,在未来随着技术进步会很快做好,因此现在我们不必认真地竭尽全力去做了,因此就留给了下一代,如此这般的指望,就什么都没有做,这也是那个锤打的悖论逻辑的一种体现方式,即不去为。不仅仅如此,因为下一代人想法不同,技术不同,会觉得上一代人的工作没做好,就会认认真真去拆除已有的建筑,以便重新开始。但是这样的想法会导致人心涣散,其后果是人们就去关心建造一座人工城市,而不再关心建造通天塔了。大家开始围绕各自的区域去争吵,乃至于斗争流血,这样造塔所需的专注就更为减弱了,造塔的事就越来越缓慢。一旦人们把时间花在了美化自己居住的城市,又导致新的嫉妒与冲突,尽管伎俩不断提高,但战斗的狂热也在与日俱增。而且更为麻烦的是,后来的几代人似乎认识到了建造通天塔的荒谬,但是又因为大

---

[1] [奥]卡夫卡:《卡夫卡全集》(第1卷),第401页。

家彼此紧密依赖，以至于谁也不愿意离开这座城市，最后呢，如此的行动必然成为这座城市的传说和歌谣："充满了对一个预言之日的渴望，如同世界进入末日，这座城市将被一只巨大的拳头连续击打五下而粉碎。所以，这座城市的市徽是一只拳头。"[1] 也就是说，建造通天塔的念头消失了，被人类建造自己城市的愿望取代，人类在各自的建造与争吵中，彼此消耗，通天塔成了空无，并没有建成，但认认真真建造出来的城市，现代大都市，最终还是会被人类自身所摧毁与击碎，如此的锤打，最后仅仅留下人类自我毁灭的一个姿势，就是拳头，锤打自身世界的自我否定的象征。这也是认认真真做又空无所成的另一个例子。

也即是说，在卡夫卡的思考中，此无用的锤打技艺与直观智慧，有着几种不同的情形：

第一种是中国道家式的"有无相成"，中国人的生命性格中，建造某物，但又并不做成，只是"装样子"而已，万里长城的"分段修建的体系"不可能完成就是如此之故，它只是帝王瞬间无常的念头与民众不可能领会实践的矛盾，中国历史一直处于帝王不朽的幻念与民众速朽的无知之极端反差又不可分离的关联之中。

第二种是现代虚无主义的方法，面对无处不在的天敌或者

---

[1] ［奥］卡夫卡：《卡夫卡全集》（第1卷），第402页。

制度囚笼,不可能摆脱此体系,只能认认真真建构,但又要消解之,使之空无所成,这是尼采所言的现代性虚无之根。卡夫卡的小说最好地揭示了此现代性困境,而现代性的概念艺术则最为彻底实现了此自欺的游戏。以此空无的游戏获得自我的遗忘,与死亡本能一道游戏。

第三种则是建筑的现代转变,通天塔的建构有着神性的旨意,至高的念想,但此念头被更为世俗化的生活与争吵所取代,以至于通天塔的神意被遗忘或者否定了,而现代都市的认认真真建构,导致的也是自身被摧毁,如同"9·11"的恐怖袭击,这是另一种的自身锤打,是更为虚无主义的自我毁灭。

此外,还有更为具有建设性或者更为积极的虚无主义方法与救赎之道吗?这是中国道家已经启发,有待于被卡夫卡与本雅明再次书写出来的手法,即是让空无来为,以此空无性与自然的生命性结合,或者是如同饥饿艺术家的斋戒,或者是一条小狗的自我改变,学习新的自由的科学,建造新的虚托邦。

7.5 不可摧毁之物与弥赛亚性

"再说,纵使有消息到来,抵达我们这里,但已经,太晚了,早已失去了时效。"

这是晚到的悖论:一方面,来得晚,但还是来了,还是可以补救的;但另一方面,来得晚了,就是来得太晚了,一切为时已晚,无法补救。中国文化,总是在此悖论中煎熬:一切看似可以亡羊补牢,但其实一切为时已晚!这也是中国文化之哀悼的诗学:在累累硕果与瑟瑟秋风之间,如同某种黄昏时刻的诗学。或者进入现代性,成为某种夜晚的诗学:夜晚已经是深夜了,但黎明并未到来,也许永远都不会到来。或者是在"得到的尚未得到"与"失去的早已失去"之间——不可取舍之取舍,但是,时间性的经验在哪里?

在一切尚未发生与一切已经终止之间,会有哪一种时间经验生发出来?这是一个不可能的空隙?因为时间还尚未发生,但又已经所剩无几了,几乎没有了,这是一个虚薄(inframince)的地带,薄得几乎看不见的地带。

在卡夫卡的小说中,如同说绳索不是在高处,而是接近地面,几乎看不见!如同地洞中的薄墙城郭,墙造得总是太薄。当然不是太薄,反而是需要一堵薄墙,可以呼吸的薄墙,只是到了最后,其实却还有着剩余的呼吸。

这是一种"余化"的悖论:一方面,是剩余的时间,太晚了,但有着剩余的时间;另一方面,则是无所剩余了,不再有时间,几乎只是残剩了。在剩余与无余,在剩余与残余之间,一种什么样的"虚余"的时间会出现?一种"余隙"——一种几乎不可见的空隙与余地(Spiel-Raum)——会被打开,但这是时空游戏的余隙,看似没有了,在此残余中,或者剩余中,还可以出现盈余。只有如此余化的时间,才可能走出残局的僵局状态?

但这是时间,而非空间,在帝国,无限的中国之辽阔的空间中,其实没有时间,时间都已经被空间化了。民众的与帝王的时间,都已经被格式化或者程式化了,而且因为持久的僵持,都不自知。

对于卡夫卡,这是时间的希望,现在时间显现了,却并没有救赎发生。

巴别塔的建构需要一个基座,但此基座也有着漏洞。这是双重的还原:一方面,需要弥赛亚自身变得无用,但又要来临,这是去召唤那从空中而来的粮食;另一方面,需要进入地下,不是地基,当然地下的建构,向着两端更为彻底还原,才有时间的显现。

会有时间发生吗?"分段修建的体系"必须反复被重新思考,这是一个核心问题——但卡夫卡又说对此不可能追究到足够深度。这就是悖论:为何不可能追究呢?中华帝国最大的悖论是:问题都在,但不可能反思。如同真相都在,却无真理可言。有真相却无真理,这是最大的悖论。吊诡的是,这两者几乎无法区分,任何认为可以区分开来的人,几乎是虚伪的。区分的标志是什么?中国文化几乎没有找到此区分标记,这是时间与空间的切分。

只有足够的时间发生,这足够的时间切开空间,才可能既要有着封闭又要有着敞开。因为时间不发生，自由的空间就不可能。

此无限的中国，处于世界的中心，却无时间！时间如何发生呢？如何有着门打开墙？墙如何被门打开？如同巴别塔（bab-ilu / Tor Gottes）之为上帝之门。门的敞开——是第五维度的时间？

分段带来的缝隙与时间的可能性——只能被北方民族发现，北方民族也许可以带来时间，带来历史的分期，但如何有着新的时间性与永恒的时间性？大众生活的时间——自然季节的循环，与帝王的历史时间——朝代政治的盛衰转换，二者形成了某种对应，因此有了自然历史的时间——"一治一乱"之循环。

既是因为迟到，也是因为本来就缺乏时间，或者时间被空间化了。

对于中国文化，为何时间从未抵达中国？为何卡夫卡就看到了时间，要把时间的维度带入长城的叙事之中？这是弥赛亚的目光。因为卡夫卡带入了弥赛亚的目光，只有弥赛亚回眸穿透的目光才可能穿透无限的中国。或者说，需要给帝国打入一种什么样的时间——一种第五维度的时间才有可能？因为第四维度的虚拟时间已经被技术利用，被防火墙所控制了。

为何没有时间？这是没有了时间的真理，时间的真理乃是希望，当然可能是充满绝望的希望，如同我们对于皇帝的看法："我们的民族对皇帝，既抱有希望，又毫无希望。"

这是卡夫卡发现的世界或者小说中的世界：一个真相不断被发现的世界，或者说，一个真相其实无处不在的世界，却毫无真理可言。这是卡夫卡所发现的中华帝国，这是我们所处的中国世界。

这是如何形成的呢？神秘的乃是世界就是这个样子，它一直以来就是这个样子，却无法改变，从残酷的真相却无法抵达真理？为何会如此？真相并不等于真理，真相乃是事实与实际，但真理是有着教谕，有着未来的发现与希望的前景，发现真相却被真相的残酷所吞噬，如同奥斯维辛集中营的真相一旦被发现，人性却死了，再一次死去了，真理再一次死去了，真相只是揭示了真理的死亡。

这也是叙事的不可能性，无论是一个现实的历史事实的发现，还是对此的元叙事反思——不可能讲述奥斯维辛，这不是悲剧，不是故事，而是不应该发生的绝对邪恶，因此这是寄寓的不可能性——并没有任何隐喻、象征与教义可言，不应该试图从中发现什么教义与教训，连教训都没有，这是如此的残酷，没有代价，没有交换，死亡并没有换来什么。因此，卡夫卡的写作如此彻底与绝望，乃至于发现了：故事叙事的不可能性——寄寓的不可能性——寄寓的寄寓之空无。

这是卡夫卡写作长城时的吊诡：这是为中国人发现的吗？这是发现给欧洲人看的？这是以便犹太人作为借鉴吗？这是写给谁看的呢？既然没有发布，而且差点被烧掉了。既然分段修建的体系是一个并不成功的历史事件，因此并没有带来什么寄寓或者象征，中国文化也就并没有给出什么了不起的教义与寓意。陈胜吴广的革命与起义甚至也导致寄寓的不可能性，因为任何起义革命只能导致再次的循环，时间并没有发生，空间也从未封闭。

如同阿多诺在《否定辩证法》最后一章所言的"幸福的片断"：

> 就像在卡夫卡那里一样，紊乱的、被伤害的世界过程与其纯粹无意义性和盲目性的意义是不可通约的。因而，不能根据这些原则严格地构建世界过程。它抵抗绝望意识，试图将绝望设定为绝对。世界过程不是绝对封闭的，也不是绝对的绝望；毋宁说，绝望是它的封闭性。在世界过程中，他者的所有踪迹都是如此之微弱；所有幸福都由于其可废黜性而被严重歪曲。但在使同一性惩罚谎言的断裂中，存在者贯穿着总是被打断的他者的承诺。每个幸福都是放弃人又使人自我放弃之整体幸福的片断。[1]

---

1 ［德］阿多诺:《否定辩证法》，王凤才译，北京：商务印书馆，2019年，第459页。

我们根本就没有前进，我们依然停留在原地。这是长城叙事的展开悖论：

1. 迟到与早到的同时性。2. 分段修建中的断片与整合。3. 弥赛亚救赎的时间性与帝王统治的空间性。4. 计算的法则：绝对的计算却完全无视法则，无处不在的随意性。5. 自然化的解决：自然的拟似客观性，自然的共感与共振；尽管不是主体的任意性，因为帝王垄断了烟云变化，最后仅仅只有帝王的任意性。6. 有无数的真实，但没有真理，如果没有真理，是应该放弃对真理的渴望，还是应该保持对真理的渴望？尽管知道这是不可能的，但也不可能脱离无真理的泥潭或者泥沼。

这就是卡夫卡的小说世界：在泥沼这个现实尘世的村子中，一直抬起头来看着天国一般的城堡，却又无法接近城堡。

修建长城这个伟大的动机，激发了一种整体的总动员，是的，全民的总体动员，一种全民运动，而且来自帝王的想象，由此一个民族的想象被一个帝王的想象所主宰。修建长城，非常有用，但又如此无用。历史到底发生了什么样的转折？这是虚化的不再可能，因为皇帝成了唯一的想象，尽管异常模糊，但又如此强有力，这不是卡里斯玛，也非萨满教，而是一种奇怪的神话，甚至不是神话，而是某种仙道想象？某种烟雾中升起的老爷形象。为何这个神话一直没有被发现？因为这是一个吊诡：我们只能认真做某物，但又空无所成。这个吊诡也可能是：我们可能真的什么都没有做，就是空无所成而已。也许我们什么都做了，但并没有空无所成，如同巴别塔。其实长城也是巴别塔——拒绝他者，还是接近他者，这是犹太寓意与中国想象的不同。

这是一个没有真理的世界。有着如此多的真实，甚至是无数严酷的真实，却没有真理。

对于卡夫卡而言，他所生活的世界，他的小说中所叙述的世界，是一个没有真理的世界。如果弥赛亚没有来临，这个资本主义化的现代世界，这个虚无主义的世界，就没有任何真理性可言。因此，即便弥赛亚来临，也来迟了，悖论的也是：只要他来了，哪怕是迟到了，非常迟，甚至不再必要，或者不再有用，也有着正义的可能性，有着纠正的机会，就可以带来真理。但如果弥赛亚不来，那就全然没有了正义与真理。如此的弥赛亚是一个什么样的弥赛亚呢？

中国社会，因为弥赛亚没有来临，在卡夫卡的书写中，就是一个没有真理性可言的政治世界，这并不意味着中国人的生活中没有生活，而是中国人的"政治"生活，在民众与帝王的关系中，因为并没有"使者"来关联，是全然不相干，也就没有什么真理性的政治内涵。

如果有着希望与时间，有着弥赛亚的来临，对于卡夫卡，与弥赛亚的无用相关，集中于日记的书写，则是1917年11月至12月的相关日记片段，都是围绕"弥赛亚"与"不可摧毁之物"的信念二者之间的关系展开。

一方面，

> 信仰就意味着：解放自己心中的不可摧毁之物；或说得更正确些：解放自己；或说得更正确些：存在即不可摧毁；或说得更正确些：存在。

或者：

> 人不能没有对自身某种不可摧毁之物的持续不断的信赖而活着，而无论这种不可摧毁之物还是这种信赖都可能长期潜伏在他身上。这种潜伏的表达方式之一就是对一个自身上帝的信仰。

——这是弥赛亚性之为不可摧毁的信念，这是无用之物——仅仅是一个信念的弥赛亚化。另一方面，

> 理论上存在一种完美的幸福可能性：相信心中的不可摧毁性，但不去追求它。

——这已经是弥赛亚的无用化，如此的弥赛亚已经不再成为被等待的对象，因为我们等待的仅仅是我们自己，它潜伏在我们身上。同时也是因为：

> 不可摧毁性是一体的；每一个人都是它，同时它又为全体所共

有，因此人际存在着无与伦比的、密不可分的联系。[1]

由不可摧毁之信念组成的共通体，就是弥赛亚性的共通体，就是一个到来的与无用的"新民族"[2]。

这就形成了卡夫卡写作的悖论或者吊诡。一方面，我们都处于泥沼之中，没有任何人可以走出泥沼，那些试图把我们带出泥沼，或者认为可以拯救我们走出泥沼的人，只是把我们带入更大的泥沼。但是，还是有着希望，如果没有希望，我们就只能在泥沼里，甚至对于泥沼都会麻木，但又没有被拯救的可能性，有着希望，但此希望并没有来临。另一方面，有着弥赛亚救赎的希望，但这个弥赛亚不再是传统宗教的全能式救世主，而是如同我们一样，甚至是已经变得无用的弥赛亚，他甚至比我们还要虚弱还要无力，这是一个比我们还要虚弱还要无助的弥赛亚，但这个弥赛亚与我们有一点点的不同，仅仅是一点点的不同，这个不同就在于他对于痛苦更为敏感，更能感受到自身的无能，但同时又有着不可摧毁的信念，这个信念比我们人类更为坚定与不可摧毁，就是这个不可被摧毁的信念，乃是弥赛亚性，乃是无用的弥赛亚之大用。

这样，我们就进入了卡夫卡在1917年冬天连接弥赛亚与

---

[1] [奥]卡夫卡：《卡夫卡文集》（第5卷），第46—53页。
[2] 对此"不可摧毁之物"，布朗肖无疑已经有着深入思考，(参看其研究卡夫卡的相关著作《从卡夫卡到卡夫卡》以及《灾异的书写》)，甚至思考了摧毁那不可摧毁的灾异，以及对弥赛亚神性的解构，使之成为一个安慰者。

不可摧毁信念的关系，这是一种新的宗教感，因为每个人都有着对自身不可摧毁之物的信念，只要有此信念，就是弥赛亚，而无用的弥赛亚之来临，乃是因为他只是来见证我们最后的余存，这最后之后的最后，乃是我们是否还保有此不可摧毁的信念。

弥赛亚只是最后的见证者，最后的检验者，因为他就是不可摧毁之物本身，他本身就是我们，即我们身上的那不可摧毁之物。

只要这个不可摧毁之物犹在，弥赛亚就在，弥赛亚就已经来临，只是需要最后的见证与检验——我们必须坚持到末了的最后日子。

我们必须在最后的最后，所有最后的最后，坚持自身那不可摧毁的信念，这就是让弥赛亚来作最后的见证。

第八段

卡夫卡式的吊诡写作：
从未抵达与早已结束

"我的生活是出生之前的踌躇。"——卡夫卡如是说。

"我总是处在通向天国的大阶梯上，我就在这漫无边际的露天台阶上徘徊……"[1]——卡夫卡借着"猎人格拉胡斯"这个死者之口如是说。

卡夫卡的写作，一直处于"出生之前的踌躇"与"死亡之后的徘徊"之间，在开始之前的踌躇——这是出生与开端的不可能性；在结束之后的徘徊——死亡并非终结而是"死"去的不可能性。这是没有过去的过去，这是没有未来的未来，而且还有着对现世生活的放弃，当然不是放弃生活，而是认定当下的生活毫无意义，凡所触及之物必然破碎。那么，如此没有时间的时间，在出生之前与死亡之后的时间模态，将如何影响卡

---

1 ［奥］卡夫卡：《卡夫卡全集》(第1卷)，第372页。

夫卡的写作？

如果有着卡夫卡式的写作，必然处于如此奇怪的时间经验之中——没有时间的时间：出生之前——就意味着来得太早了；死亡之后——就意味着为时已晚。

一切都发生太早，一切都为时已晚。

来得早了，就是来得太早了，早得几乎什么都没有发生，好像从未来过，早得从未抵达。

来得晚了，就是到得太迟了，迟得似乎一切都发生过了，好像没有了时间，早已结束。

"从未抵达"——"早已结束"，还不可救赎与不可补救，必然导致时空的停顿。

这既非门槛，也非尴尬，而且，写作还不得不去连接这尚未开始的开始与早已结束的结束，或者说，总是处于"出生之前的踌躇"与"死亡之后的徘徊"的不可能关联状态，而这还是没有现在也没有现实的生存，如果生活处于出生之后与死亡之前，所有当下生活的时空将毫无意义，只是生存的泥沼而无法自拔，从一个泥沼走向另一个泥沼，却又不得不去"连接"此出生前的踌躇与死亡后的徘徊，这又如何可能？这是一种什么样的写作境况？

这是巨大的生存悖论：一方面，要陷入现世的泥沼之中，不可能走出去，不可能获救；另一方面，还要去"连接"出生之前的持久踌躇与死亡后的无尽徘徊，让救赎发生，但此救赎似乎从未发生；如此的写作如何可能？但不得不去建立此悖论的连接，让写作一直处于吊诡状态。面对此不可补救的处境，时空断裂的绝境，当下的生活没有意义且不可能改变，出生前与死亡后的境况又不可能补救，时间与空间就陷入了停顿，或者就消失了。

这正是卡夫卡式的句法，从1917年开始的"时间句法"或"吊诡状态"：

来得太早或从未抵达——来得太晚或早已结束——悖论的连接或连接的悖论——无可补救或时空的停顿。

不仅仅是小说叙事，而且就是那些看似断片的句子，都凝缩着如此的四重张力，这就是卡夫卡写作的时空，也是现代性最为内在的悖论，也是中华民族与犹太民族，这两个看似不相干的民族，共同所处的吊诡境况。

这也是卡夫卡在1917年所顿悟到的民族处境，所认识到的犹太人与中国人的相通处境：

一方面，是两个民族的对比与差异：对于犹太人，一直没有存活的空间，只能到处漂泊，他们有着时间——弥赛亚的救赎记忆——过去的堕落与未来的补救，但是没有空间，应许之地从未抵达；对于中国人，则一直没有生存的时间，帝国的空间如此巨大，一切的劳作与管理都被空间的巨大所消耗——中国长城就是此帝国空间秩序整合的梦想——分段修建却又无法整合，因此时间只是被消耗在空隙的填补上，漏洞却越来越大，并没有时间综合的机会。

另一方面，则是两个民族的相似性，这是进入现代性所带来的困境：对于犹太人，生存空间几乎没有了，要么接受启蒙而融合到各个民族国家，要么继续保持漂泊，要么回到耶路撒冷而复国，反而变得更为不确定了，因为现代性的虚无主义就是拔根的，就是无神与去除神秘的，也是让人无家可归的，整个犹太民族的信仰生活模式也丧失了，弥赛亚信仰也会被放弃或世俗化，时空的生存条件就都丧失了。对于中国人，作为晚生的现代性国家，总是来得太晚，只能模仿与重复，毫无现代性的创新感；但同时，传统帝国的信念又似乎从未放弃，还是处于古代帝国梦的自我幻象之中，从未走出来，也没有真正的时间感与现代性的世界感，既没有了时间的速度感——尽管有着现代性的一次次飞速革命，但其实都是更为彻底的倒退，也没有了空间的无限感——中国似乎就是世界，但最终拥抱的其实只是古老的天下，即从未走出过中国本身。

这也是1916年奥匈帝国的皇帝死亡，中国的大清帝国灭亡与一次次复辟失败之后，身处世界大战中的卡夫卡，从两个民族不同与相似的命运中所发现的时空断裂，这也是现代性的生命所身处的"绝境"（aporie），或者"悖论"处境（paradox），乃至于悖论不可能消除的"吊诡"状态（pure paradox / paradox of paradox）。

身处现代性，看似我们都有着时间，时间被还给了每一个个体，我们从此有了大把大把的时间，每时每刻我们都可以自由地去支配与消耗，如此一来，其实我们反而没有了本己的时间，也没有了自由逃逸的空间。对于当下的中国人而言，尤其是没有了时间。

但何谓时间？有着过去的记忆，有着未来的希望，能够把过去与未来以个体的书写贯穿起来。

但我们没有此时间。我们生活在卡夫卡式的世界里，一个没有时间的世界里。

8.1 句法组织的不可能性

一切都发生得太早，一切都为时已晚。

如果有着写作，那就是去聚集时间？但时间如何发生？

时间如何可能？我们如何共有某种时间？这是写作的困难与秘密。

让时间发生，并且共有时间？这是音乐，倾听音乐，与音乐共在，进入音乐的时空，这是音乐的祈祷，这是音乐之无言的救赎。

这是卡夫卡最后一篇小说《约瑟芬，女歌手或耗子的民族》写作的契机。犹太人，犹太民族，需要时间与空间，他们也没有了可以存活的空间与时间,除非在倾听约瑟芬的歌唱之中,但那是什么样的歌唱呢?

卡夫卡生命最后阶段的写作,其实就是重新打开空间与再次聚集时间。

打开空间——这是那个修建《地洞》的耗子,而聚集时间则是《约瑟芬,女歌手或耗子的民族》,两个故事都是关于耗子形象的叙事,而那部未完成的长篇小说《城堡》则是时空的聚集,回应着1917年的短篇写作——《中国长城建造时》,这是卡夫卡把自己在曲劳养病时面对耗子的个体生命经验,以及面对写作本身不可能的经验,还有犹太民族如何生存的历史经验,整合起来后,再一次的综合思考。比如《城堡》叙事中的这个K.——这个卡夫卡个体生命或写作的化身:

1. 从未抵达——K. 不可能抵达城堡——他无法进入那个救赎之地或者法之门。与之相似,或者是有关中国长城的小说中的那个皇帝的使者——其实从未抵达,这就暗示着中国文化的天命早就缺席了,文化历史的遗嘱其实从未抵达我们,这是巨大的历史深渊与天命的空无,中国文化一直在面对此遗嘱模糊不清的困境,但又没有使之主题化——只是在王朝更替的短暂灾变时刻。当然中国的艺术,比如山水画,则通过保持空无的空无化,让空无气化与活化,让自然自身生成出新的时间性,却并没有影响政治制度。中国长城之为整体的联合与"统一"的整合，也从未实现，一直是一个梦想。

2. 早已结束——这是村子的已然进入——尽管 K. 已经进入了村子，但所有消息似乎都是虚假污秽的多余物。在有关中国长城的写作中，则是皇帝死去已久的消息，总是很晚才抵达我们南方的小村里，消息早就过时了，时空错位导致了无意义的延异，历史只是活在歌谣里。因此，王朝历史的更替其实与我们无关，只是无意义的错位，我们只是在戏曲表演或者往事的玩笑大闹中偶尔提及这些死去已久的皇帝，但如此一来，我们也错失了自身的历史性，我们没有历史的时间性，除了在戏曲故事中，比如《桃花扇》与小说《红楼梦》之中，偶尔触及历史的痛处。分段修建的方式导致了无数的漏洞，我们知道漏洞，我们还在钻空子，越是钻空子我们越是如鱼得水，于是"漏洞"反而越来越大！

3. 悖论的连接——小说叙事或者任何的讲述就在此二者的关联中展开——这是 K. 与众多信使的关系或者与助手们的关系。K. 一方面等待那个城堡可能来的人与消息，比如那个莫名其妙的疑似弥赛亚的年轻人——但 K. 不可能跟随他走，只能在这里绝望地等待，此等待却没有意义；另一方面，在村子里的那些男人与女人，一个个其实模糊不清，生活就是从一个泥沼到另一个泥沼，不止息地翻滚，无论怎么努力辨认，都不可能得到救赎的准确消息，但 K. 又不可能摆脱此泥沼。——如同《中国长城建造时》的叙事，整合的统一性从未实现，而无处不在的漏洞却不断扩大,如何弥补扩大的裂缝?我们只能通过所接受到的来自管理集团的那些莫名其妙的指令,奇怪的反倒是为何总是有着指令,建造长城是一个奇怪的指令,却被传递着,这并非皇帝也非使者的指令,但又似乎与皇帝和使者有着关联,其实我们无法理解这些中介的指令,它们有着意义,又其实并没有意义,我们对指令的正确理解与错误理解也并不冲突,如同《诉讼》中就法之门的辩论所给出的最后结论。

4. 无可补救——这是小说叙事与讲述本身的困境与无意义——这是生存的绝对无意义与生活世界的无真理性处境,但小说还得继续讲下去,个体还得存活下去。对于K.,如何在如此这般的讲述与叙事中,有着时间性与未来性?故事并没有给出明确的回答,因为其不可能完成。对于中国长城的建造也是如此,不可能写完,也并没有给出明确的方向,只是暂时放弃了思考。因此,问题留在这里,面对时空的停止或断裂,如何可能有着写作?

这是耗子式的写作,这是耗子式的挖掘与歌唱,聚集时间,只有音乐有此效力,只有共感,在共通的仪式与节日中,才有着事件的发生?救赎如何到来?这是不可能的可能性。在中国长城的建造中,那合一的精神诉求,是共通的深度情感与内心,是人类与宇宙的感应,是自然化的节奏,是歌声,但有着这样的歌声吗?

8.2 聚集时间的音乐

一切都发生得太早，一切都为时已晚。

因此，我们没有时间，处于这样的境况，如何聚集时间？

对于卡夫卡，1917年开始，在世界大战的自我摧毁之中，卑微的犹太民族——如同伟大的中华民族，如何聚集时间？

这是他最后时刻所书写出来的约瑟芬，以这个女歌手的歌唱，卡夫卡试图聚集时间，但这是什么样的歌唱呢？几乎不可能被理解与倾听，但又不得不去倾听，如同杜尚对于现成品的发明，1917年的卡夫卡也发明了小说中的现成品或者无意义活动，之前的四重句法可以转化为音乐的可理解性问题：

1. 从未理解：约瑟芬的歌唱与音乐非常神秘，这是神秘的歌唱，她也是灵魂的歌手，此伟大的歌唱与救赎，带来民族精神的升华与赞誉，但其实我们并不理解。我们这个民族过于狡猾与实用。听任约瑟芬的消失与消失依旧。

2. 早已理解：我们认为约瑟芬的歌唱其实就是吹口哨而已，其固有的技巧根本不是技巧，这是我们这个民族独特的生活表现形式，是我们每个人都会的自然化的冲动表达，也并没有什么了不起。但这也是谜：为何要吹口哨呢？为何会不时地兴奋不已呢？吹口哨，无意义也无用，整个民族都在如此做，无聊，心不在焉，虚假时髦，装样子或无所谓，一直处于无谓的运动与消耗之中。

3. 有着奇怪的关联：其实这些声音只是耗子叫，看似奇妙的歌唱好似吹口哨，又好似某种奇特的耗子叫。那就更为卑微与无意义。但其中暗示了我们这个民族的顺从与卑微，依然无意义，是耍小聪明的耗子试图逃避灾难与灾祸的不幸动作，是在动荡不安的年代短暂的聚集。

4. 无可补救：其实这些声音只不过是笑，是让我们发笑，微微一笑，不嘲笑，却应该被嘲笑，但又笑不起来，这是我们这个民族根深蒂固的孩子气，但又如此的老态龙钟，就如同我们中国人，如此早熟却又从未成熟，这是卡夫卡写作时要捕获的悖论气息。

但是，音乐毕竟聚集了时间，这也是为何卡夫卡后期要反复描绘音乐的场景，比如《一条狗的研究》中的狗与乐队，空中之狗与舞蹈，音乐之为救赎的种子，之为自由的科学。

那么，音乐如何拯救民族呢？这就进入了民族救赎的主题：

1. 此歌唱从未被理解——何谓救赎与保护，何谓解救我们？面对我们的喋喋不休，约瑟芬只能沉默，只有危机让我们变得安静与谦恭，面对危机，在战斗前夕，我们才抓紧时间。集会与节日才可能沉寂与严峻。但我们对此从未理解：只是在梦里。

2. 此歌唱早已被理解——普通的行动与谄媚，约瑟芬白费力气，口哨声如同我们困难的抉择与充满骚乱的贫穷生活。我们早已理解：不幸的童年或者一去不复还的幸福，只是小小的理解。

3. 此歌唱方式的悖论结合——如同我们的生活方式：敌人太多，照料的困难，没有童年却有着不可消除的孩子气，但又未老先衰。早就成熟与从未长大，因此没有了时间：停留下来，童年不生长，因而没有时间；已经长大与过度成熟，也没有了时间。我们的生活方式，摆脱日常生活的捆绑，短暂解脱。

4. 此歌唱方式——退而求其次或只能是吹口哨；或者对于一切——都一笑了之，一笑了之，我们就心满意足，我们这个民族没有音乐天赋，救赎的希望微乎其微，约瑟芬的声音也并不保护我们，相反招来敌人。救赎不再可能，约瑟芬也不得不消失。

因此，必须再次面对音乐本身。为何需要音乐？尽管音乐聚集时间，但并不一定如此，因为我们需要日常生活的劳动。劳动时的号子，既是劳动也是歌唱，人类学家认为这是语言的发生时刻。如何可能让劳动、语言与歌唱三者统一起来？号子叫是劳动时的放松，是卑微劳动与日常辛劳短暂松弛的片刻，吹口哨只是劳动时的放松与集体的发泄。而歌唱，才是真正的音乐与时间的救赎,如同自由的行动,但几乎不再可能。

因此,卡夫卡不得不面对语言本身的发生与变异,面对劳动与歌唱的关系,日常生活的辛苦与走过去的困难,如何"走过去"——这是《论譬喻》写作中的赌注——这是吊诡的处境!如何进入智慧之人所言的救赎?歌唱,就是在这里,但又如此远离,如同变小并进入图像之中,其实西方通过歌唱进入音乐之中,让自己消失。

如果音乐可以聚集时间,但音乐与民族的关系呢?一个民族如何聚集音乐?如何形成音乐的声音?民族及其敌人与斗争的处境,关键的问题是音乐本身如何聚集时间。

但约瑟芬的音乐从未被我们这个民族理解,无论是音乐的花腔或装饰音,无论我们如何聚精会神地听,本来只有如此,我们才可能有着共通体的时间,但我们对此充耳不闻。或者我们对此音乐早已理解,如同约瑟芬那一瘸一拐的姿态让我们产生同感。但这个约瑟芬她不能歌唱了,不再可能歌唱,不再能聚集时间,她也离开了舞台。

我们无法找到约瑟芬这样的"灵媒"[1],她彻底离弃了我们,就不再可能有聚集,音乐不再聚集时间。

---

[1] 如同西方文化缺乏"仙女"或"观音"或"妖精"这样的中介者,也许这是布伯翻译《聊斋志异》的缘故?

8.3 吊诡的模态

修建长城是一个梦想，是个不可能的伟大统一的梦想，但分段修建的方法，反而导致漏洞无处不在，而我们越是去发现漏洞，越是去填补，反而越是学会了钻空子，无处不在的漏洞，又无处不在的统一整合指令，如此的并存，却并不矛盾，这就是吊诡之处。

尽管已经出现了一个外在的目光，似乎超越天敌的逻辑与金子般的囚笼，我们还是可以发现：一切都处于悖论之中，但此悖论并非任何的旁观者可以化解。

这就是我们这个世界的吊诡处境：我们处于悖论之中，按道理，悖论是应该被解决的，一个无法解决的悖论是荒谬的，而无法解决的悖论却又如此理所当然才是绝对荒谬的，此荒谬又如此日常与平常，并不被解决，也是异常可笑的。

这就是卡夫卡面对犹太民族的命运，也是面对远东的中华帝国时，他作为旁观者与局中人，所同时面对的处境：也许每一个现代人的生命，都处于此吊诡之中。

卡夫卡的写作进入了如此"吊诡"的境地：悖论无处不在，却并没有什么悖论让人困扰。如此的悖论，让时间无法发生，让空间敉平，没有什么新的事件发生，这也并不令人困扰，这些悖论与困局都可以存在，而且都存在已久，世界已经是僵局。凡是现实存在的就都是合理的,既然如此就没有什么好惊讶的。一切都充满了悖论,但一切悖论都不必去解决,也解决不了。尽管我们心有不甘,但我们不得不接受此悖论的不可消除性。

这是巨大的"吊诡"处境——这是吊诡本身所遇到的死结,这是中国认识论与逻辑学最为自我迷恋的"诡计",也是中国文化的"诡谲"之处——因为过去没有西方的参照:它一方面显得"诡秘"——神秘莫测,似乎只有天命与巫术可以回应;另一方面显得"诡异"——如果试图去解决反而会陷入更大的麻烦与绝境。

何谓"吊诡"?这是纯粹的悖论,也是悖论的悖论,还是没有悖论的悖论(paradox without paradox)。因此,有必要耐心区分"吊诡"的几重模态,中国传统文化可能一直在混淆它们,而这也是现代性反思所要展开的困难工作,在吊诡的诡秘中去化解吊诡的诡计:

1. 第一重模态:一切都处于悖论之中,但这些悖论并没有什么困扰人的,也不必去解决。

——这是一种心安理得的虚无主义与犬儒主义,但似乎又有着老谋深算与讳莫如深的高妙,看透了人世与无常,其本身其实并没有什么作为教义的教训可以表达。

——如同卡夫卡的写作并不提供什么寓意或者教义,只是一些残端，一些教义的无用残屑。比如《城堡》的写作，关于等待与耐心并没有提供什么出路——这是后来阿多诺对于贝克特《终局》的思考，比如《诉讼》中，对某一件事情的正确理解与错误理解并不冲突。

2. 第二重模态：一切都处于悖论之中，这些悖论困扰着我们，但我们不可能去解决，也许永远都无法解决，因此也就不去解决了。

——此第二重模态与第一重模态有所不同，尽管区分很微弱，这就是人类试图去解决，只是找不到解决方式，还保留着悲观主义的情态与姿态。

——此二者最终会重叠起来，无疑此重叠是虚假的，但中国的历史就是可以使之重叠起来——这可以导致反复与反讽。

——卡夫卡的写作就是对此困扰与无法解决的描绘，如同老鼠小动物的形象，明知处于天敌围困或者不可逃逸的绝境之中，也试图逃生，但最终还是无法逃出，最终只能听之任之。

3. 第三重模态：一切都处于悖论之中，这些悖论不仅仅困扰我们，而且此不可解决让我们绝望，但我们还是试图去解决此悖论，我们得寻求救赎。

——如果有此理想，对于中国文化，要么是宗教的神秘主义，要么是外来的弥赛亚救赎，这是与佛教、与西方宗教接触后形成的方向。但可怕的是，这些努力与解决之道，都导致了灾难。自认为可以解决此悖论的思想，反而导致了更大的悖论与灾难。即,那种认为悖论可以解决的方案与道路,反而会导致更大的悖论——因为吊诡就在于此悖论不可能消除,而认为可以消除悖论,只会导致政治上的集权与独裁。

——或者在哲学上,如同康德之后的哲学,从费希特到黑格尔,乃至希特勒的种族主义等,对于康德二律背反的回应,都导致了严重的历史灾难与哲学思想自身的崩塌或危机。

——对于卡夫卡而言,犹太教自身的传统教义,弥赛亚的精神,并没有导致犹太人或者犹太民族的得救,犹太复国主义也不可能(或者无意义),因此,饥饿艺术家的表演,已经没有什么启示性,只是表演,尽管这是令人惊讶的表演,但也是无用的表演与表演的无用。

4. 第四重模态:一切都处于悖论之中,这些悖论不仅仅困扰我们,而且此不可解决让我们绝望,但我们还是试图去解决此悖论,而我们并不认为我们可以彻底地解决此悖论。这也是一种僵局状态,我们相信或者梦想可以化解此悖论,可以承受此悖论,发现让我们存活的"余地",但我们并不认为我们在历史的某个时刻可以解决此悖论。因此,吊诡之为吊诡,乃是一直悬欠着,一直"悬吊"在那里,不可能落下与落实。

——这样,我们有着希望,但这些希望也依然无法消除绝望。这是弥赛亚来见证那最后的不可摧毁的信念。

——此第四种模态与第三种模态有着相似性,但又有着差别,尽管只有一点点的差别,却是庄子的"大圣梦"与一切弥赛亚救世主义的差别。

——对于卡夫卡而言，在最后一篇小说中，让吊诡体现为约瑟芬这个女歌手的歌唱：看似了不起的歌唱——有着救赎，但其实只是吹口哨——一种日常的行为而已，却有着救赎——耗子叫，还有着活力，有着生命的存在，尽管无比的卑微。这是人类试图成为老鼠，但此老鼠也试图成为新的民族，这是无用与到来的民族。

8.4 如何解咒

这四重模态的区分异常重要，这是庄子所认识到的自己与惠子的一点点细微差别（在《徐无鬼》中之为"运斤成风"）：两个表演者必须相互配合，让一个人的大斧头砍掉另一个人鼻尖上的一点点白垩粉，既要让被砍者不受伤害，也不能让表演失败，如此吊诡的技艺如果是技艺，那是最为危险的技艺。吊诡之为吊诡，其中的诡计与诡诈，总是隐含着危险，需要修炼出某种绝技，才可能避免伤害，这也是卡夫卡在道家那里学习到的"不伤物"。

也许，卡夫卡的写作，之前还是砍头的斧子（那么重又那么轻），直到最后才发现此避免被伤害的手法。如同那最初的痛苦，如同空中之狗的自由科学。

回到约瑟芬的命运,这是预言式的悲惨:音乐不再可能,就不再有征服民心的权力了。中国"文化大革命"以其对于一个伟大领袖的疯狂崇拜,生产了无数的歌曲,与卡夫卡的歌曲不同,这是我们民众自己也参与歌唱的歌曲,与犹太人不一样,他们等待一个人,一个弥赛亚,一个女性的弥赛亚来引导,但在参与歌唱,参与告密与迫害中,我们自己似乎要成为那个领袖——或者那些革命的红小兵,似乎成了革命的弥赛亚,我们自己就形成了革命的时间与暴力的共同体,针对所谓的敌人——其实也是我们的民众,或者还是我们的家人。而卡夫卡的犹太民族看似歌唱与崇拜,最后其实只是吹口哨而已,只是一笑了之,甚至只是如同耗子叫,但我们这个民族并不知道这些歌唱可能只是耗子叫,只是我们生命本能的发泄,甚至是动物小兽的暴力,我们却以为自己还在歌唱,以为一旦歌唱,我们自己歌唱,我们就进入了共通体的共在时间,分享着命运,却不知这才是最大的暴力。但更为可怕的是——我们这个民族:看不出什么失望,还依旧盛气凌人。

如果约瑟芬暗示救赎的歌唱消失,永远沉默下去,如何可能进入回忆呢?如果音乐就是回忆的救赎,如果犹太人有着弥赛亚的记忆,倾听着约瑟芬的歌唱,因而还有着回忆的宽慰,我们这个民族呢?则几乎什么都没有。

如何聚集时间?这是我们从未解决的问题。

我们这个民族早就进入了时空的停顿（如同荷尔德林所思考的悲剧的停顿或者现代性灾变的停顿）：一方面是虚假的繁荣，另一方面则是时空的绝对停顿与空无，我们丧失了歌声，也没有女歌手可以带领我们进入那个音乐歌唱而聚集时空的回声空间，因此，我们没有时间也没有空间。

我们的历史进入了空无的空名状态。如同荷尔德林分析古希腊的悲剧时刻：神与人彼此的不忠实，导致了停顿，相互的分离，导致了停顿，历史进入此空名状态，但受难者，敏感于此空无的受难者，则一直在受难，他们却无法歌唱。

从未抵达，早已结束，这是历史命运加给中华民族的双重咒语。剩下的汉语写作不过是解咒。如果有着无用的文学，对于汉语写作，乃是解除笼罩在语言与生命之中的苦涩咒语，让暴力无效，让新的歌声重塑生命的回响空间，并通过节奏的变化，保持这一空间的不断生成。

残段或余论
走向一种无用的文学

卡夫卡与中国。

首要的问题还是：为什么我们要在当下再次阅读卡夫卡？1938年的历史危机时刻，在写给自己的犹太朋友肖勒姆的书信中（1938年6月12日，巴黎），本雅明首先援引了卡夫卡的朋友勃罗德的观点，认为卡夫卡和布伯一脉相承，这就像在网里捕蝴蝶，其实翩翩飞舞的蝴蝶在网里投下的只是影子。把卡夫卡与布伯相关联，无疑还因为布伯是老庄与中国文学的翻译者，卡夫卡的中国动机无疑深受布伯影响，蝴蝶的比喻甚至也与庄子的蝴蝶梦相关。

本雅明把卡夫卡的写作描绘为一个椭圆式的结构，这是建立在资本主义严格管制的机器体系与弥赛亚神秘主义隐晦传统——这两个遥遥相隔的焦点上，弥赛亚救世主可能的来临给予了卡夫卡观照严酷现实的独特目光，其最新的感悟与寓意才显得如此特别。但如此的观照方式，需要我们有着犹太教神秘主义弥赛亚的回眸目光（还并非基督教与诺斯替主义）？！如果没有，又如何可能明白卡夫卡写作的寓意？本雅明继续说，卡夫卡生活在一个需要补充的世界，他的小说试图去发现这个虚无世界的某种"补充物"。[1]

本雅明接着指出，所幸还有着少许欢快的余地（der herrliche Spielraum），并未被灾祸波及，这有利于卡夫卡做出惊恐的举止。尽管卡夫卡费劲在听，但其实传统已经没有什么秘密可以传递，世界历史处于彻底虚无主义时代，由此卡夫卡的写作只是对世界已无真理可言的"譬喻"（如同庄子在古代中国认识到时代的彻底无正义而开始卮言式写作），这也是为何卡夫卡作品中只有"谣言"和"愚蠢"这两种奇怪的遗产，只有支离破碎的智慧。

或者说，只有智慧的无用与无用的智慧。但愚蠢也非一无是处，可能那些笨拙的助手，他们勤勤恳恳工作的傻劲，如同桑丘牵引着堂吉诃德，也许有着某种奇特的辅助作用，看似无用，其实有着大用。

但这个补充物，尚未完成的补充，其辅助式的工作，不可能来自西方自身的传统。本雅明认为卡夫卡肯定了傻子帮助

---

[1] ［德］本雅明：《经验与贫乏》，第385页。

的必要性，比如像堂吉诃德的仆人桑丘那样的人物，而本雅明在他1934年左右研究卡夫卡却一直被后人所忽视了的笔记中指出，在卡夫卡道家化的无用论中，这个桑丘已经不是仆人，而是成为一个老庄式的道家主义者（给桑丘所戴上的这顶奇怪的"帽子"式戏法，西方没有任何学者对此有所研究！），桑丘，这个一无所用、无所作为的家伙，这个变戏法的家伙，变出了堂吉诃德，让世界得以在败坏与污泥中，还有着少许的欢乐。

这样一来，堂吉诃德不过是桑丘的木偶，自然主义或者道家无用化的"侏儒"桑丘，才是弥赛亚救赎者这个"木偶"的操作者，针对资本主义拜物教批判的历史唯物主义与喀巴拉神秘主义传统的弥赛亚主义，这二者之间的关系，因为卡夫卡的桑丘道家化改写，将全然不同，不再只是1940年《论历史的概念》中的唯物主义木偶与神秘主义弥赛亚侏儒的彼此操纵关系。

卡夫卡与中国，中国与卡夫卡，在未完成中，相互促成，这也是相互的借鉴与启发，相互的助力与协助，相互的锤打与击碎，这将让我们更好地看到现代性的困难。

卡夫卡的小说世界也照亮了一个事实——我们中国人依然生活在卡夫卡的世界里：

一方面，卡夫卡的世界最好地暗示了中国社会的处境，丧失了外在绝对超越参照的中华帝国，就是一个自身封闭的圆圈，一个看似可以内在无休止自转的太极图，如同万里长城"墙文化"的自我封闭性，是无论如何也走不出去的，无论接受多少西方现代性的产品与技术，也只是进一步加强自身的封闭而已，并没有走出自身，也并没有从根本上达到人性的改善与自由的解放。一旦此资本拜物教还与现代官僚统治机器合谋，所有生命都将成为被资本征用的"多余生命"，最终导致内部的塌陷与毁灭。

另一方面，卡夫卡也认识到犹太人的外在超越，在世俗历史之外，也无法进入世界，尤其是当世界越来越世俗自足时，弥赛亚的救赎越来越多余，越来越无用。但中国道家文化的自然观已经在儒家自然化的伦理化政治礼仪秩序之外，打开了一个世界，弥赛亚进入这个自然化的世界，也许可以由此"迂回"，而再度"进入"世界？

卡夫卡不是没有认识到"我们中国人"：在思想方法上清晰与不清晰的同时存在，漠然的同时却并没有悖论感。卡夫卡的写作对此生存悖论的彻底无感及其诡异有着深刻的洞见：

> 在当年建筑长城期间和自那以后直至今天，我几乎完全致力于比较民族史的研究，——有一些问题可以说非用这个方法搞不透彻——并且发现，我们中国有某些民间的和国家的机构，有些纯然

的清晰，而有些又纯然的不清晰。[1]

——我们中国，其行事的方式，有着纯然的清晰又纯然的不清晰，此"悖论的无感"才是中国人的"麻木"或"自欺"之根源，才是"虚假的吊诡"——毋宁说是"诡诈的操弄"，一切看似清楚明白，有着规则与礼仪秩序，但一切似乎都并没有什么用处，可以随时取消。越是对伟大的无用之物着迷，越是对其实现手段毫无建树。更为奇妙与可笑的则是，此两种状态同时并存而毫不相悖。

如何感知到此无感状态？只有进入"非真理"状态，或者进入帝国危机灭亡的时刻，或者在残局中体验僵局的可怕之处。一旦中国人无法对此"无感"有所感之时，就只有借助于外力，此外力之助来自哪里？如同阿多诺所言，只能来自弥赛亚救赎的目光：

> 走向终结。——哲学，唯一还负责任的哲学，乃是在面对绝望，寻求去思考一切事物时，应该从救赎的立场来思考事物将如何呈现自身。如此的认识，将没有其他的光照，唯有救赎之光能照亮世界：其他的一切都不过是复建和保持为技术的片段而已。如此的视点必须建构出来，相似于这个世界并使之变得陌生，并显示出其中所有的裂痕与罅隙，如同它们曾经作为贫乏与扭曲的样子，而让它们在弥赛亚的光照下得以显现。**没有任何的任意与暴力，**

---

[1]［奥］卡夫卡：《卡夫卡全集》（第1卷），第382页。

全然从如此对立的视点中超越出来,去赢获一个视点,思想只能从此而来?[1]

甚至,斋戒高贵的饥饿表演艺术也是无用的了,这种无用,对于卡夫卡而言,也是小说本身的无用——小说并不传达什么真理,尽管一再要讲不是故事的故事(元叙事),但现实生活的荒诞胜过了所有的故事。小说家要抡起锤子,锤打语词,更加讲究,认真地锤打我们的心脏,但立刻同时要认识到,这是无用的,这是无用的技艺。甚至也是信仰的无用,因为这是练习空寂,是对缺席之物的期待。据说,卡夫卡的写作过程本身也是如此,卡夫卡经常保持一页纸的空白,这是他写作经常被打断的征候,好回头再来书写,如同那高处的表演者总是被一座在高处的吊杆悬吊着。

这是双重的无用,或者有用与无用的叠加:一方面,饥饿表演,确实一个人在"表演"现实肉体的绝食,但已经无用了,人们不再关注这门表演艺术,本来表演饥饿就不是一门艺术,其本身已经无用;但另一方面,如此的表演,乃是对无用的表演,是对小说本身或信仰本身的无用之暗示,即饥饿表演所显现的那种至高的激情已经无用了。

1　Theodor W. Adorno, *Minima Moralia: Reflexionen aus dem beschädigten Leben*, Frankfurt am Main: Suhrkamp Verlag, 1951, S. 480–481.

而且，我们中国人似乎也遗忘了自身思想中来自无用的化解力量。

但到底何谓道家的无用论？这是来自老庄对于"无"与"用"，无用之为大用的思考。简而言之，这是在有与无的对立之外，以虚为用："天地之间，其犹橐籥乎！虚而不屈，动而愈出。"(《道德经》第五章)以及："气也者，虚而待物者也。唯道集虚。虚者，心斋也。"(《庄子·人间世》)这也是"以无为用"与"让无来为"：老子的"无为而无不为"，"予能有无矣，而未能无无也"(《庄子·知北游》)，"今子有大树，患其无用，何不树之于无何有之乡，广莫之野，彷徨乎无为其侧，逍遥乎寝卧其下。不夭斤斧，物无害者，无所可用，安所困苦哉！"(《庄子·逍遥游》)以及"以明"的态度："彼是莫得其偶，谓之道枢。枢始得其环中，以应无穷。是亦一无穷，非亦一无穷也。故曰莫若以明。"(《庄子·齐物论》)尤其是庄周梦蝶，既是作为人类的庄周梦为第一自然的蝴蝶，也是第一自然的蝴蝶重新梦为或生成为新的人性或新的第二自然，是自然生命的再生与转化。

进入现代性，此无用之思，却被现代性的发展进化观所挤压与排斥，被一种整体的实用主义所彻底遮蔽，道家的无用之思有待于面对现代性困难，与西方唯一神论思想对话后，重新激活。

卡夫卡与中国，既是犹太思想对中国道家的想象，反过来，对于中国思想，这也是对自身思想资源的再理解，如此的自身理解，经过了变异，"无用"成为"教义"，无用的文学乃是一种新现代性重写的虚托邦想象。

卡夫卡的小说就并非仅仅是少数人或小民族的"少数的文学"，而是属于所有人或无用之人的"无用的文学"！确实，卡夫卡曾经在日记中思考了《论小化文学》的特点[1]，但其中，在"轻松性"的要求下，写出了"无用的废物"（Abfall der Unfaehigen）这个题目，也许这才是卡夫卡写作的核心秘密？无用的艺术乃是另一种切割术？另一种割礼标记？

饥饿表演，这失败了的表演，这无用的技艺与心斋之术，

---

[1] [奥]卡夫卡：《卡夫卡全集》（第6卷），第169页。1911年12月25日，这个日子也是西方的基督教节日时刻，卡夫卡在这一天长长的日记中写到了两个方面：一个方面是少数民族的文学在没有伟大民族天才，比如德国与歌德的那种情形，在无能的情况下如何写作，正是在这个意义上，德勒兹认为卡夫卡的写作是一种少数或小众的文学（littérature mineure/kleine Literaturen），具有革命的潜能；另一个方面是卡夫卡对于俄国人割包皮的犹太习俗，还有自己的犹太名字与曾祖父的虔诚导致的奇迹，无疑这里有着自己个体生命书写的签名，也暗指在华沙的意第绪语戏剧在没有伟大天才与语言无能的情形下写作的困难。我们甚至可以说，卡夫卡1911年确实在思考某种"少数的文学"，以及小众文学与伟大文学合流的可能性，因此主要并不是提倡小众文学（参看 Stanley Corngold, *Lambent Traces: Franz Kafka*, Princeton: Princeton University Press, 2004，围绕卡夫卡写作的相关分析），而在1917年之后，也许是受到中国思想影响，开始了无用文学的设想，就如同在这则日记中，提及伟大的歌德（以歌德为例，似乎不再是小众文学的论证了），去发现与他并没有关系或无用的短语（sonst aber mit ihm nicht zusammenhängende Wendungen angeeignet），为的是"欣赏这些短语的无限从属性的完美光彩"。而对于进入现代性的中国文化，看似强大与伟大，其实已经处于弱势，既不可能成为小众文学——看似民族众多，其实帝国主义与爱国主义依然过于强大，也不可能成为伟大文学——如此的模仿会导致极大灾难，而是要成为无用的文学，无用的新世界文学。此无用的世界文学，乃是让中国人重新认识自己在世界历史上的地位，中华民族必须成为一个等待与无用的到来的民族？

可能是我们穿越熙熙攘攘的广场时,唯一要停下目光的时刻。

哪些文学写作已经是无用的文学?卡夫卡那些与中国文化相关的杂文式书写已经是尝试中的无用文学。[1]也许德国早期浪漫派大量未完成的断片写作,如同布朗肖所继承的写作方式(大量的小说以及文论,尤其是《从卡夫卡到卡夫卡》以及无尽的交谈中对于"无作"与"无用"的非功效的讨论),克莱斯特的写作,荷尔德林未完成的戏剧作品以及疯狂之前的哀歌与祖国颂歌,还有尼采的格言式写作,超现实主义的一些作品,阿尔托的残酷戏剧,昆德拉的某些小说,策兰的诗歌,梅尔维尔的《书记员巴特雷比》,布莱希特关于墨子的写作,等等,也可以从无用来解读。中国现代文学中鲁迅的《野草》,也是无用文学的代表作。

当然,庄子的自然化也只是一种协助,西方的弥赛亚需要帮助:西方唯一神论之间的冲突——上帝主权的天敌导致无尽的暴力,资本主义拜物教——人类欲望之虚无的深渊诱惑也

---

[1] 我们这里没有讨论卡夫卡写作中那些与中国相关的准小说文本,或者我们所言的杂文式元书写的文本,除了《中国长城建造时》与《一道圣旨》,其中很多都没有得到专门的研究,在汉语学界尤其如此:《往事一页》、《邻村》、《叩击庄园大门》、《城徽》、《拒绝》、《代言人》、《关于法律问题》,甚至《法的门前》、《美国》(或《失踪者》)、《在流刑营》、《论譬喻》、《地洞》和《约瑟芬,女歌手或耗子的民族》都可能与中国文化相关,其丰富性与复杂性,远远超过我们的想象,联系这些文本来阅读《诉讼》与《城堡》,我们将看到另一个卡夫卡,一个无用文学的卡夫卡式写作。我们这里的文本也只是初步讨论而已。参看西方的相关分析,比如 Hans H. Hiebel, *Die Zeichen des Gesetzes: Recht und Macht bei Franz Kafka*, München: Fink Verlag, 1989。

是天敌，法西斯主义或民粹主义的兴起——自然本能丛林法则的天敌，如此三重的天敌一旦结合，人类不可能从此天敌中获救。因此，需要庄子的帮助，庄子自然的虚化，回到混沌，可以不断激活自然的再生性潜能，让弥赛亚自然化，也许是一种出路。

同时，庄子的自然化也需要弥赛亚性的协助，自然化需要弥赛亚化的帮助：从本雅明"微弱的弥赛亚力量"，到德里达"没有弥赛亚主义的弥赛亚性"（尤其是与chora虚位的结合），再到晚期海德格尔与卡夫卡的"弥赛亚的无用化"，直到重新唤醒本雅明"弥赛亚的自然化"，再次激活庄子的自然，让"自然弥赛亚化"[1]。

如此的跨文化对话，或相向而行，或彼此的相互协助，可以化解当下的世界危机？

我们依然生活在卡夫卡所虚构的现实世界里，天敌们无所不在，这看起来如此诡异，却又如此真实。卡夫卡与本雅明的文本中所隐含着的"以中国为方法"或"以中国为道路"的新原理或新助力，既让西方人通过中国来认识自身，也让中国人——进入现代性的中国人——去反思自身，这是一个双面镜。

---

[1] 围绕"自然的弥赛亚化"与"弥赛亚的自然化"，在犹太教与道家精神的相互转化，请参看夏可君《无用的神学——班雅明、海德格与庄子》，台北：五南出版社，2019年。

而一个来自《道德经》"为无为"与庄子"无用之用"的方法或道路,可以化解犹太人乃至整个现代性的危机吗?这几乎是不可能的道路,也是西方尚未思考的方法,尽管曾有过"欧洲道家化"的谣言(如同斯洛特戴克的思考),但在卡夫卡与本雅明的写作中,这种西方或弥赛亚的道家化,或者1945年左右海德格尔所施行的亚洲或"东亚转向"其实已经发生了,只是因为二战与冷战,因为"9·11"事件与恐怖主义盛行,这条打开的道路被不断遮蔽着。

如今重新揭示出此无用的教义,其实也只是再次的"接力"与"借力",不只是显示西方曾经有过的"借力",还是我们中国人需要借助于卡夫卡——既然我们依然生活在这个卡夫卡的现实世界,这个并无真理可言的世界——再次"借力"来反思我们自己的道路,我们得再次成为学生与助手,不仅仅是中国文化古老教义的助手,还是异质性犹太教思想的学生,如同我们一直都是德国哲学的勤奋研究者。

卡夫卡与中国,卡夫卡隐秘地改写着道家的思想,当然也是为了改写犹太人自身的命运。

卡夫卡与中国,阅读这些改自道家的语句,其中有什么改写的秘密可以发现?这就是犹太人的弥赛亚精神,竟然要通过老庄无用之思的迂回与过渡,才可能在尘世间施行出来,犹太人才有获救的机会,这不再是基督教的"道成肉身"(上帝成为某个人的肉身），而是弥赛亚"救赎的自然化"（认同卡夫卡看到自然风景时的渴望，让自己成为一个与自然风景同在的中国人）。这也是犹太人在回应现代性的根本危机：如果集中营大屠杀或者现代性的灾变必然发生，如果这也是现代人的普遍命运，不只是犹太人，犹太人只是体现了如此的征候，是对这灾难的残酷见证，其实也是对整个人性本身死亡的见证，那么，如何避免此不可逃避的灾难？这是生存的绝对困境，也许，先知性的卡夫卡与本雅明事先已经预感到这一灾难，似乎在隐秘地寻找一条不可能的道路来避免这种不可避免的命运。

这就是：弥赛亚的道家化，弥赛亚的无用化，弥赛亚的自然化。弥赛亚的救赎既然不与世界相关，弥赛亚又不可能如同基督教那样道成肉身，弥赛亚找不到与世界的关联点，那就只有通过此道家式道路的迂回与转化。借由此"无关之联"，犹太人才可能不重复之前被放逐的命运，以及被基督教与伊斯兰教排斥的命运，此弥赛亚的道家化与喀巴拉神秘主义的道家化是西方从未走过的道路。

这是一次大胆的改写、一次隐秘的改写，在历史中已经出现但从未被读出来：这是弥赛亚的自然道家化，也是自然道家的弥赛亚化。这是西方思想迄今从未明确的连接，从未发现的关联，不是陶伯斯指明的犹太教神学政治传统，也不是齐泽克的左派式暴力革命，也不是阿甘本结合弥赛亚主义与保罗革命神学的身体无用论。

阿甘本认为保罗神学的复兴有待于通过本雅明的"弥赛亚式马克思主义",但在我们看来,通过本雅明的卡夫卡研究,则不再仅仅是保罗基督教化的弥赛亚传统的现代转化(或者它还必须首先经过南希的基督教自身解构),也非齐泽克的保罗与列宁的马克思主义革命同盟(它无法化解无产阶级专政导致的巨大暴力),也非巴迪欧的保罗式基督教普遍主义(作为剩余与余外的犹太性恰好是反对基督教式普遍主义的),也非肖勒姆纯粹犹太教的神秘主义与虚无主义的弥赛亚性(上帝回缩后的空间一直没有找到革命的主体),当然也非施米特的天主教的弥赛亚主权(神权政治的世俗化导致的暴力模仿无法自我解决),也非海德格尔存在历史命运的"诗性弥赛亚主义"(民族的诗性神话回归并没有打开新的开端),也非德里达的没有弥赛亚主义的弥赛亚性(此弥赛亚性还是过于依赖技术化或者假器化的上帝),此弥赛亚性还需要再次与柏拉图的 chora 联系起来重新思考,这就可能走向自然化或道家化的弥赛亚性。

此"弥赛亚式的道家"(Messianic Daoism)或"弥赛亚的自然主义"(Messianic Naturalism),也并非上帝死亡的神学,而是走向无用的神学与文学,是救赎之为第五维度"非时间性",与自然的再自然化生命条件,二者结合的节奏,伴随对于社会历史事件的悬置,这是新的时间整合所形成的事件性,不同于之前对于事件的革命暴力思考。或者,它有待于重新理解布伯开启的方向、后期海德格尔的让予姿态、德里达与萨里斯对 chora 的重新思考、伊利格瑞等人的女权主义神学，等等。这些细微的差别，有待于一本专著来展开研究。

反倒是本雅明在1920年左右所写的《神学－政治学残篇》中所言的"弥赛亚式自然的节奏"开启了思想之新的可能性：弥赛亚的自然化—自然的弥赛亚化，弥赛亚的无用化—无用的弥赛亚化，这是一个中国研究者可以发现的关联？这依然是一个无关之联，抑或这是一个有待于发生的事件？这是从未写出之物，却有待于发生的真理性事件？一个无用的新教义还有待写出。

卡夫卡与中国，二者之间其实只有一道非常窄的桥，因为这是一个并没有真理可言的世界，其与真理对立的"非真理"（Unwahrheit）也不启示反面的真理性。

我们已经处身于时间意识中的"地狱"。我们并非在等待弥赛亚的来临，我们可能只是在等待一个巨大的"整体危机"的来临，不是例外状态，既然世界一直处于余外状态与僵局之中，此状态也就成为多余的，借用汉语的"字思维"的内在触及，那就只能在总体化的无余状态时刻，我们所生活的残局世界才可能被终结。

附录

无用文学的三个断片

禅教剧:两个中国"犹太拉比"的深夜交谈

改编自卡夫卡《小寓言一则》

"啊哟,"老鼠说,"这世界一天天变得更加狭小了。起先,它广阔无垠,简直使我害怕,我不断地往前跑,终于在远方看到左右两堵墙,我为此有说不出的高兴。可是,这两堵长长的墙却迅速地合拢来,以致我只好待在最后的那间小屋里,那儿靠墙角的地方还设有一只捕鼠器,我正好跑了进去。"——"你只须改变跑的方向。"猫说道,同时吃掉老鼠。[1]

又一则小寓言

听说,这满世界的邪恶都来到了吾国?
不,不仅仅是恶。

---

[1] [奥]卡夫卡:《卡夫卡全集》(第1卷),第515页。

不是恶？那是什么？变坏了？

是的，变坏了！越来越坏了！以至于有人说这是一个"坏世界"。

越来越坏了？！这"坏"比"恶"还可怕，因为"坏"更为平庸，更为日常，甚至比平庸之恶还要坏！渗透到了生活的每一处。

不，好像也不是变坏了！

那是什么？你总是只说半句话！

好像是越来越糟糕了！

糟糕了？你总是用"好像"之类的语词！难道"糟糕"——比坏还坏？

是的，糟透了！而我们对此却毫不知晓，毫无感受。

那就还没有糟透！既然我们中国人都还不知道。

不，就是因为还不知道，而糟透了。

不，还不是最糟糕的吧？

那是说，最为糟糕的是，我们竟然还能够说：这是最糟的！

你说话简直就像莎士比亚悲剧中的李尔王。
不是吗?你也开始用"好像"了!

最糟糕的事情无处不在,消耗了我们的注意力。
糟糕的必然性与偶然性彼此消解着,如同泡沫上的多彩光环。

我们这个民族本来就喜好幻象,而且还是那即刻的幻象。
泡沫即便破灭,但在我们的梦幻中,泡沫破了也会再生。

最为糟糕的是,我们的梦还在。
没有梦如何活?你只能以一个梦置换另一个梦。

不,打败现实才是出路。打败梦想,那还只是幻觉。
最为糟糕的是,我们一直在自欺,以为可以打败现实。

那,我们既不能打败现实,也不能打败梦幻?
梦也是一个捕鼠器,最为微妙的捕鼠器,没有帝王从中逃出来过。

我们能够做什么?
什么都不要做!

成为无用之人?

是的。

哦,是的。

是的。

这是个坏世界？不，是糟糕！不，是还不够糟糕！

哲人与常人，在重大事情的判断上，其实并没有太大的差别，尤其是当这个世界变得越来越、越来越让人无法接受时。

比如，哲人们会说："这个世界变坏了，简直就是一个坏世界！"在高超的智慧之人眼里，其实没有哪一个时代比哪一个时代好多少！但我们所处的这个世界这个社会，真的是坏透了！常人们也有同样的感受，当然也就接受了这个诊断。

一旦哲人们给出"坏世界"的命名，似乎这个世界就获得了某种观照的理论光芒，很多人立刻开始应和，如同每一个潜伏的可怕病变终于得到了命名后，就没有那么可怕了。一旦我们知道世界变坏了，我们就知道它坏到了什么程度；既然变坏了，那就去改变它，把它改造好就是了；即便有着困难，但向着好的方向转变就好了。不是吗？"坏世界"总是会假定一个与之相反的"好世界"的！

但另一个声音出现了，带着某种嘲笑的口吻，还有些结结巴巴：

"不，这，这不是一个坏世界，这，这真是一个糟糕的世界！"

突然，又出现了一个声音，接着刚才的声音，好像等候了许久似的，带着急迫的语调：

"不，这个世界糟得不能再糟了！"

突然，再次出现了一个声音，非常坚定，强而有力：

"不，这个世界简直是糟透了！"

一下子，整个世界都安静下来了，好像听到了某个神秘先知的声音，好人与坏蛋，都屏住了呼吸。

不知道过了多久，突然又出现了一个声音，这一次，这个声音慢悠悠的，有点满不在乎：

"不，这个世界还没有糟透呢！"

常人和哲人们，都开始寻找这个有些诡异的声音，都在心里默默重复着：

"这个世界糟透了吗？真的是糟透了，简直受不了了，但，怎么又还不够透呢？为什么怎么都糟糕不透呢？但，糟糕透了，事情就完了？好像又不会，还是会一直糟糕下去。现在不就是如此，这种境况不就持续很久了？"

坏是可以坏透的！但糟糕，却似乎再糟糕，也怎么都糟糕不透！这真是很吊诡的一个逻辑，让哲人与常人们永远苦恼与咀嚼的逻辑。

此外,当你听到这些对话,如同空气中的肥皂泡一样的对话时,你抬起头寻找它们,看到的其实是一栋烂尾楼的残端,在十字路口的某一角,在这个失神的时刻,你不再知道走向何方。

如上的对话是一篇小小说,或某种卮言体,如果你接受卡夫卡譬喻式的对话体也是某种小说的实验,或两个犹太拉比或中国哲人之间的对话,或者是某种庄子式的卮言与戏言,它似乎是对另一个已经存在的寓意故事的再解释,它已经是解释,纠缠于解释之中。卡夫卡的《诉讼》长篇故事是无法完结的,因为其中有太多关于法则之可能性与否的解释,深深陷入解释的纠缠之中,那么,你也可以接受这种哲学的小说化,你也可以把它看作某种德国浪漫派或者杂说体的反讽式书写。

如下的文字,你可以想象为两个拉比之间的对话,也可以看作某种对话的速记。

这个越来越糟糕的时代!还有什么比这更糟糕的时代呢?还有什么比如此糟糕的状态更为糟糕的呢?
……但它却怎么糟糕得都不够呢?!它怎么会还更糟糕呢?它能糟糕到底吗?糟糕有着结局吗?如此的糟糕都不见

底,这糟糕的状态怎么能一直就这么糟糕下去呢?还有更为糟糕的事情会发生?什么时候糟糕会有个头呢?……

有关"糟糕"的句子,几乎不知道从何开始的,也不知道如何结束!一旦触及糟糕,与之相关的句子就会如同瘟疫一样开始蔓延,但似乎永无停止之时。

一旦触及糟糕,如果不是扯淡,如果有着逻辑,但这是多么诡异的吊诡句法与逻辑呀!这可能是比卡夫卡的滑动悖论更为诡谲的逻辑与小说世界的状态。

我们这个时代是一个比坏还要糟糕的世界,但奇怪的是,它无论怎么糟糕,都似乎还糟糕不透,似乎糟得没有尽头,似乎还总是可以糟糕下去,却无可挽救,也没有出路。

这才是令人绝望的事情:坏就罢了,但如此糟糕,糟得都没有了标准,都无可逆转,也不知道会糟糕到什么地步,反正是变糟,越来越糟,但如此的糟糕,却还没有尽头,似乎可以一直不断地糟糕下去。

这个世界可以一直不断地糟糕下去,还有更糟糕的事情会出现,还可以更糟糕,但又并没有变好的任何迹象。这到底是好事还是坏事?显然,好坏的判断已经失效,这也是为何"坏世界"之说也失效。

甚至，在这里，写作这个有关糟糕逻辑的文字，也应该被烧掉，就如同卡夫卡要求的那样，面对糟糕，处身于糟糕状态的任何写作，其实也没有什么价值，并不构成某种批判，因为没有比在糟糕状态批判糟糕更于事无补，只是在加剧糟糕状态，但如此的加剧很快又被消解了，并没有太多的推波助澜。

这是一个异常吊诡的逻辑：世界变得糟糕了，越来越糟糕，没有比现在更糟糕的了！奇怪的是，此糟糕的状态还在持续，甚至变得越来越糟糕了，但无论怎么糟糕，却还是糟糕不透，还在糟糕下去，糟糕得没有尽头。

这被很多政治哲人比喻为历史的某种"残局"状态：博弈者处于残局状态，搏斗的结局看来马上就会明朗化了，但情势却还是彼此僵持着，残局好像要形成某种"僵局"状态了；悖谬的是，看似僵局的状态，却并不僵持，而是异常活跃，主导局势与被动应对的双方都还异常活跃，总是有着余地；但这些活跃的动作，又总是带有某种强弩之末的味道，仅仅是某种余味在弥散，好像没有了，但一旦去寻觅，又异常浓郁。所以对于此局势的任何判断都会失效，它总是有着余地，有着某种弹性，但此余地似乎很快会没有了余地，但余地不知道为什么又马上会出现。

这就好像一块精美有形的蛋糕，突然被一个爱玩闹的小孩碰坏了，对了，"糟糕"应该会让常人们立刻想到"蛋糕"，形态被弄坏了的蛋糕就更为松软、松垮了，怎么都不好还原，而且，你越是去摆弄，越是会变形，更糟糕。就如同世界进入了某种废墟状态，一切都在坍塌，到处都在坍塌，但坍塌形成的废墟，却在上升，似乎怎么坍塌都不够。你把事情搞糟了，却并没有收拾残局的办法。

一栋烂尾楼，一再有人试图来修建它，但不知道什么原因，总是又被打断，但又总是有人认认真真来试图修复它，因此，这栋烂尾楼不可能被彻底拆除，但又总是无以为继。

烂尾楼一直停在十字路口的某一个角，最后，据说是因为风水不好，才如此一直在摆烂，一直屹立在那里。

于是，这个世界充满了关于糟糕的咒语：

真糟糕！真他妈糟糕！怎么成了这个糟样子了？太糟糕了！糟透了！简直不能再糟了！还有更糟的在后面！什么时候糟糕透顶呢？真的没完没了！

几乎没有什么方式可以让我们走出如此糟糕的状态，也几乎没有智慧可以化解此糟糕的吊诡逻辑。

假若如此糟糕的状态，是当前世界的基本征候，假如吊诡的思维本身导致了如此的状态，那么，吊诡也成了吊诡境况的推动者，其哲学的真理性与反思性也失效了。假如随着中国的世界化，世界也在中国化了，那么，整个世界也被带入了此吊诡的状态。但当然，也并非仅仅是中国式逻辑带来的，一旦世界进入混杂状态，糟糕与混杂共有着内在的混沌性，吊诡状态就会到处涌现。

比如巴勒斯坦问题，克什米尔问题，这些看似极小区域的局部问题，而且是某种模糊"边界"上的持续例外状态，却最好地体现了历史大事件的残局僵持性，是宗教、历史、现状混杂起来导致的遗留后果，但怎么都解决不了，而且越来越糟糕。

但为何此糟糕状态还一直可以延续下去？并且并非残局的僵持状态，而反倒是充满了活力，尽管是乱糟糟的活力。这是因为糟糕状态的继续一直具有某种"戏剧性"，就是余外状态与紧急状态的混合，而且境况是如此戏剧化，不是"糟糕的戏剧"或者"把戏剧搞糟了"，而是糟糕本身的戏剧化，这导致了同样的吊诡逻辑：

1. "这个事简直太戏剧化了！"现实已经非常戏剧化——超过了任何的文学想象，文学的创造也由此而丧失了意义与价值，因为足够荒诞的现实，足够糟糕的现实，总是出现还要糟糕的事情，它超过了任何的虚构与想象，但竟然就不可思议地发生了。

2."但其实这个事还不够戏剧化!"如此糟糕的状况怎么还不够戏剧化呢?似乎还有更为重大的事件会发生,似乎糟糕得还不够,还应该更糟糕一点,再戏剧化一点,走向高潮吧,才可能更为戏剧化,更为触动人心。这是某种渴望改变的心态与期待,但此期待如此忐忑,只会加剧糟糕的状态。

3.甚至情形可能是:"再怎么戏剧化都没用!"戏剧化乃是某种紧急状态的极端化表现,但糟糕的状态被戏剧化,此戏剧化导致的情况则"好像"一切都是假的了。但仅仅是"好像",糟糕的吊诡逻辑总是具有某种"好像"的样子,好像事情要变好了,但好像还是越来越糟糕了,又好像还没有糟糕透,还得等待。

如此忐忑的等待,就让所有的决定行为都处于例外状态:一方面,各方都处于紧急状态,紧急状态可以让各方保持警觉,尤其是作为主宰的一方,这样可以保证自己决定的有效性;另一方面,此例外状态的决定,却导致决策行为更为无效,或者说,每一次重大决定,只是让事情朝着更为恶劣与糟糕的状态发展。

这也是为何大家都把事物向着糟糕的情形推进,但大家都自以为在把坏的事情向着好的方向转变,其实,越是改变,越是把事情搞糟了。把神奇化为腐朽是容易的,而把腐朽化为神奇,几乎是不可能的,但情形是,我们总是把二者弄混了。

糟糕,真是糟糕!糟糕之中竟然还并不缺乏有趣的东西,因为面对糟糕的状况,所有人都并不缺乏认真的热情,于是更为奇妙的事情发生了:那些作假与造假的人,甚至是艺术家们,也在认真地造假,非常认真地造假,非常认真地模仿与抄袭,以至于认真到都忘记了自己在造假;那些欺骗别人玩弄危机的政客,也是如此认真地玩弄着计谋,成了计谋本身,着迷于计谋的复杂性与不可预测性,在乐此不疲的相互玩弄中,敌对双方都深陷计谋的游戏,以至于忘记了彼此曾经是敌人;反对者也在认真且激烈地反对,但知道自己的反对根本无效,也根本无用,但依然很认真地反对,且相信掌权者会认真地面对自己的反对,掌权者也在以武力认真地镇压,如此一来,二者的敌对反而以更为糟糕的方式混杂起来。

在糟糕得不能再糟糕的状态中,在此无解的境况中,没有旁观者,只有被悬吊起来的目光可以看到某种灾变的吊诡状态:首领的任何决断都变得可笑,事件的无头性会越来越有吸引力。事件如同大水一样到处漫延,寻找可能的出口,但也导致更大的溃败。任何微小的暴力都会被放大,但巨大的暴力也只是让事情变得更糟。极端的对立越来越被拉开,距离的深渊只有愤怒可以填满,但此愤怒没有边际;人心的恶意在糟糕状态下会蜂群一般繁殖,而善意是一首迟到的带着血丝的挽歌。

我们都在认认真真做某物，但同时总是一无所成！一栋烂尾楼，让世界烂在它即将倒塌的危险中，它却依然没有倒塌。

糟糕的戏剧化，糟糕的全球化，不再是虚无主义的全球化，不再是革命的全球化，而是糟糕的普遍化，就如同这正在发生的2020年的新冠病毒，让当前的世界陷入了从未有过的末世论状态，不过，此糟糕状态似乎永远都不会终结。

刺客庖丁谣传

有关庖丁解牛的传奇故事，自从两千年前由我们民族的伟大哲人庄子杜撰以来，在学者们的解读中，在民间的谣传中，都流传着一些差异颇大的说法。为什么要对一个故事变本加厉地重复解读，而不是书写自己创作的新故事，这个更为令人困惑的问题，我们这里就先不深究了。这极有可能乃是因为我们这个民族喜欢听故事，喜欢编故事，而且极为喜欢带有谣传特色的故事。

因此，原初的版本，到底是怎么书写出来的，作者的原意到底如何，最终就都不那么重要了，只要它允许更多后世的改编，并且滋生更多的谣传版本。

是的，很多版本可能就是谣传！为何说是谣传？这是因为这些后来的改编给文本添加了很多诡秘的成分，这其实还是与我们这个民族话本的编撰传统相关，就是喜欢话里有话，话里套话，话外还有话，以至于最后面目全非，难以溯源，尤其是我们这个民族还喜欢就很多子虚乌有的事情，加以严肃认真连篇累牍地注释，认认真真做某物又空无所成！这就让一个短短的文本敷衍开来，变得既牵强附会又神秘莫测。

最终，好像有着某种可能的真理，但也仅仅成为村野之中流传的小说家之言罢了，我们最后一位古典文学大师还把自己一生杜撰的梦幻小说美其名曰："满纸荒唐言，一把辛酸泪。"可见投入之深会导致什么样的可怕结果！但也不要紧，我们也不在乎，只要谣言能够流传下去，说不定，最终也许就成了真理。

有一个传说实在太不靠谱，我们就不算进来了，但首先提及一下，仅仅是提及一下，也是可以的，就算一道饭前的开胃菜吧。

这个可笑的谣传竟然说庖丁这个小厨子根本就没有解过牛，因为他个子太小，根本无力降服一头硕大的牛，作为厨子的他又太贪吃，就把一只解剖的小鸡误以为大牛。后来人就由此发明了"吹牛"这个典故，也就把所谓游刃有余、杀鸡焉用宰牛刀等成语，归给了这个庖丁，而残暴愚蠢的梁惠王竟然也相信了，好大喜功的梁惠王后来就只顾贪吃牛肉，遗忘了去滥杀无辜。

说实在的，这个谣传也有些道理，再说了，在我们这个硕大的帝国,一旦君王说鸡肉是牛肉,那就只能统一称之为牛肉了,不然帝国就乱套了,从此,庖丁这个小厨子也就成了解牛高手。

我们还是不必在意这个无稽之谈了,让我们回到那些似乎更为正式的谣传吧。

第一个谣传是说,当然在第一个正式的谣传之前,已经有好多民间版本了,就如同古代的谶纬神学,带有天命莫测与天人三策的晦涩历史背景,我们暂且忽略不计。

第一个正式的谣传是说,庖丁确实是解牛的高手,因为他在做厨师之前,是一个个子瘦小、看起来毫不起眼的杀手,而且据说是最高级别的杀手,其实也就是一个屠夫吧。但那个年代可不是这样说的,他们叫这样的屠夫为刺客,在那个暗杀风行的年代,做一个帝国的刺客,需要最高的修养与修行,其面色如玉,一张完美无比的面具脸又无比的平凡,无人可以看出来,而且据说,这个刺客已经刺杀过好几个暴君,还从未失手过。

可能已经知道此隐秘传闻的暴君梁惠王,害怕自己也被这卧底所暗杀,因此就让这可疑的庖丁去做厨师,试图通过杀牛来满足他杀手本能的疯狂渴望。而庖丁呢,这个其貌不扬的小个子因为持久地在厨房杀牛做菜,久而久之,竟爱上了宰牛与做菜这般轻松愉悦的琐事,以至于都忘记了自己曾经可能是一个伟大的刺客,而就此专心于宰牛做菜。

这样一晃就过去了十九年,那把屠刀还是那把刺客杀人时用过的刀,刀刃如新,而牛却已经被宰杀无数了,所谓游刃有余的高超技艺就是由此而来,此养生而非谋杀的教义,也由此而被后来的高人们体悟出来,连梁惠王也概莫能外。

——有评论者就开口说话了,哎,我们这个民族就是这样,一个不起眼的故事,短得不能再短的故事,都会被后人添油加醋,就是厨房里的破事儿,一旦被反复调料加味,似乎很有味道,其实完全变味了。对了,这些评论者说了太多不相干的秘密,都自认为得其神髓,但实在太多了,我就引用其中一个听起来掷地有声的反驳吧:

说庖丁是一个刺客?这根本就不可能!他本来就是一个屠夫,但这个庖丁自己喜欢讲故事,经常一边宰牛,一边讲那些伟大刺客的故事。有一次,饥饿的暴君梁惠王碰巧听到了,以为小个子厨师庖丁是一个来暗杀他的刺客,从此以后不再敢滥杀无辜,还由此悟出了养生长寿的秘诀。

至于相关的那些谣传,其实不只一个,但哪一个可靠,列位看官,就自己评判好了。反正我们这个民族就是喜欢:认认真真做某物又空无所成。

第二个谣传是说,庖丁解牛的过程,那游刃有余的姿态过于玄奥,其实根本不可见,也并没有人真的看到过。怎么可能看到一头硕大无比的牛,既不顶人,也不反抗,不知不觉之间就被轻松宰杀了呢？还如土委地？硕大的牛不久就成了一盘散沙？倒是很多人看过这个小厨子屠夫喜欢跳舞。

因此，另一个坊间流传的版本记载，这个小个子厨师也许前生并非刺客，而反倒是一个舞者？

这个形象一出来，立刻得到了很多人的叫好。在那个烟雾缭绕、茶香扑鼻的永夜年代，暗夜特别特别漫长，战争的消息又不时传来，甚至还带着长江大堤已经溃裂的声音，或者是瘟疫即将传播过来的惊恐，父亲们不知去向，孩子与老人们无事可干，只能在茶馆里与说书人一道，遥想过往年代的故事与即将来临的危险。不同的地方，不同的说书人，根据听故事人的不同口味，就不断地修改出不同的角色与情节，只要一个有意思的话头就可以，我们这个民族的创造力其实是在永夜养成的，有点儿幽暗，但也特别隽永。

其中一个版本接着上面的话头，是这样来改写的，其影响过于巨大，就完全代替了其他相关的各种谣传版本：

话说这个小厨子本是一个舞者，那个年代也叫作巫师。过去在森林空地的祭祀节日里，他常常带领整个部落的民众一起舞蹈，他其实是一个祭司或巫师，戴着牛皮面具，带领大家一起舞蹈，甚至是狂舞，周边的树枝也与之一道凤舞，凤鸟也一道来鸣叫高歌，舞蹈结束后，整个部落的人都同吃一头硕大的牛，就都成了这头死去的牛。

因此，改编者补充说，这个起舞降神的古老秘仪要么失传已久，要么已经过时了；这个曾经的神秘祭司，只能委屈自己去做国王的厨师了；就有了庖丁的解牛姿态有着符合古老桑林之舞步的附会，其宰牛的手法当然游刃有余了。

——但奇怪的是，有一个后来的好事者，不同意上面的解读，这个专门喜欢钻牛角尖的评论者说，真实的情形倒是这样的：

每一次庖丁要宰杀一头牛之前，他都拿着一条鲜红的带子，其实那是牛刀，裹着红绸的牛刀，让牛跟着自己起舞，跳着跳着，久而久之，牛真的学会了舞蹈，与庖丁同步共舞，最后就被轻松地宰杀了。

还有一个看起来并不起眼的注脚说，据暴君梁惠王说，那是因为牛以为它自己也是一个舞者。据说，梁惠王自己因为也经常一起与他们跳舞，就不管朝政了，也才悟出了养生的奥义，不再去滥杀无辜民众了。

哎，我们这个民族的老师们就是这样，不能成为说书人，以为说书人的角色太过卑微，于是就去考科举，去皓首注经，去解经，久而久之，以为自己的解经方式，也有着庖丁那般游刃有余的解牛妙法，却不知，这些解读其实都是多余无用之词，都是滥竽充数，一个一个注释贯连下来，几乎挡住了文本及其本义，各种谣传也就应运而生了。

我们早就说过，这是我们这个民族最为奇怪的本性：认认真真做某物又空无所成，再一次，得到了应证。

第三个谣传是说，庖丁确实是解牛高手，那把刀确实就是一把刀，确实已经用了十九年，也确实完好如初。其实只有他自己知道，他并没有去解牛，他只是用牛肉做了一盘很好吃的菜，至于牛是谁宰杀的并不重要，只要君王觉得好吃，所有吃过的人都觉得好吃，甚至，味道好像是牛肉味，就开心了，以至于所有人都以为庖丁是解牛高手。

——显然，这个谣传没有什么传奇之处，它好像指明了牛的味道，强调了牛这个角色的重要性，这个倒是之前的改写者忽视了的，为什么只是推崇庖丁与刀法呢？那头牛，那头倔强的大牛难道是空幻之物？而且有人进一步指出，这个故事不应该强调庖丁有什么了不起的功夫，倒应该去关注那头从来都沉默不语的牛。

毕竟牛是要被吃的，牛才是养生的根本元素，梁惠王并不在乎庖丁这个屠夫的来头与奇妙的刀法，再说一个屠夫怎么可能接近君主呢？君主只要吃到好吃的牛肉就可以。因此，说到底，不要跑题，牛应该是故事的主角，只有从牛肉的味道中，才可以体会到养生之道。

但有评论者立马指出，这个改写似乎余味不够，玄妙不足，过于平淡直白了，因为人们没有体会到刀子进入牛的躯体时，那滋滋霍霍的声响，那带有音乐节奏又炫目旋转的快感。

因此我们相信，如此这般朴素的改写，可能是一个越来越接近我们这个科学年代的书写方式，只怕这是古老帝国的谣言都开始式微的时代了。

哎，谁说不是呢？我们民族那最为古老的本性——"认认真真做某物又空无所成"的奇怪本性，可能也行将消失了。而一旦这个本性消失，我们还是中国人吗？

我们再找找其他谣传吧。这就有了下面这个谣传，我们暂且称之为第四个谣传。

这是说，庖丁解牛，其高明之处在于，每一次解牛，牛都不知道自己死了，牛如同尘埃一般散开委地，庖丁也如同尘埃一般倒下，那把刀也如同尘埃一般散为了粉末，梁惠王也好像彻底看透了战争谋杀的秘密，显现出疲惫的欢愉，就好像一次疯狂做爱之后的极端疲惫与鲜甜睡眠的那种松软。

——显然，对于这种谣传，很多人就当作寓言故事，甚至还当作艳情小说来读。我们这个民族并不缺乏这些高明与低俗混杂无间的东西，只是无法登大雅之堂，所谓狗肉上不了正席。但是，这个如土委地的轻盈感受，却被以往的解读者们忽视了，因为这一段即便在庄子文本的研究专家们那里也有着巨大争议，即，是否有这一句都是一个问题，据说这是把后人的注释添加到了原文之中，而导致了错置，导致了后来的添油加醋与胡思乱想。

幸亏还有晚近的小说家给出了全新的解读：确实，庖丁解牛的高妙是不可见的，但其实已经被很多人悟透了。比如，既然这个故事来自宫廷，尽管最初来自厨房，其实已经被宫廷的刽子手们率先窥破了奥秘，因为凌迟处死的可怕刑法不就是一种庖丁解牛技法的挪用吗？而且还能够融会贯通！只不过犯人代替了倔牛，而且还不让牛知道自己死了，就如同说不让罪犯过早死去，必须等待迟到已久的最后一刀，可怜的犯人还一直处于痛苦的无尽余味惊恐之中。

但也有批评者指出，上述的解读过于残酷，与文本养生的原意相差太远了！而且把我们这个伟大的民族想得过于严酷！因此，另一位最近的小说家给出了最新的解读：

话说，小说作家用的就是"话说"这个传统经典的叙述语气，以确保其故事的合法性，话说这个更为高明的刽子手，还据说他是帝国王朝年代最后一个从宫廷失业的刽子手，因为帝国已经被推翻了，流落民间的这个最后的刽子手，被一个警察慧眼发现。这警察强迫他去迫害一个造反的革命者，逼迫他去创新，因此这帝国最后的刽子手反复冥想，也许是从庄子那里有所顿悟，也许就是从中医那里获得了启发，他脑洞大开，竟然发明了一种新的凌迟之刑——美其名曰"檀香刑"，就是把一块上等的明代檀木，置于热锅中，与各种名贵无比的中药一起熬煮，直到这檀木无比的圆滑润泽，然后再打入那要凌迟处死的革命英雄的肛门，通过敲打犯人的身体，让他在疼痛叫嚷中带着这根檀木，一直贯穿自己全身，慢慢击穿所有的脏器，剧烈的疼痛持续达几天之久，直到犯人慢慢把血流透而亡。

这不就是游刃有余的新发明吗？谁说我们这个民族没有想象力呢？如此的改编还彻底征服了整个世界，这个改编者被授予了全世界最高的文学奖。西方那些伟大的解读者，比如确切受到过庄子影响的西方作家卡夫卡，总算参与到了这个谣传的伟大系列之中。补充一句，笔者也参与了这个伟大的考证工作，这是笔者唯一引以为傲的工作，即发现那个对庄子情有独钟的犹太人卡夫卡，就写过类似作品《在流刑营》，也叫什么《死刑营》，发明了一种奇妙的机器，这机器自动地把那古老又莫名的刑法烙印在犯人的背上，但结果导致了机器自身解体。这个故事似乎更为神秘莫测，好像比我们这个民族的作家们更为领悟到了这个神髓：认认真真做某物又空无所成！可惜卡夫卡死得太早。

无疑，这残酷戏剧的场景，异常迷惑人。再说了，一个民族把一个死刑都做得如此漂亮，这不也是一种"认认真真做某物又空无所成"的最高境界？如果不是可恶的把戏的话！

但也有很多人持不同意见，尤其是到了我们这个全球化年代，很多外国的智慧之人也读到了这个故事，也对这个厨子屠夫产生了浓厚的兴趣，也开始浮想联翩。

他们大多认为这个故事是一个文化想象的原初场景，一个生命书写的原初场景，更为靠近君王深沉的无意识梦想，或者爱欲的诱惑。他们似乎都有一双魔幻之眼，把这个游刃有余的解牛过程，看作象征性的图符。哎，谁叫汉字是一种象形文字呢，一种即刻幻化、令人着魔又可以自由变形的文字呢！整个欲望的身体只是一种符码的编撰，被人类的各种欲望编码，又不断被解码，再编码再解码，不断如此反复下去，永远可以重复下去，不断解构与重构。那头牛其实是一个硕大社会机体的隐喻，是我们欲望的机器组装，而庖丁呢，则被想象为一个伟大的异见领袖，要解开各种利益与势力的缠绕，甚至把残暴的君王也同时解构掉。

当然，这可能也是与汉语自身的思维有关：解，既是结构的解构，也是解读的解放，难怪这个庖丁解牛的故事还是一个元小说的题材，不断地自我翻转与反转。

不得不说，这些了不起的外国洞察者，真的比我们民族大多数哲人都更为富有智慧，把一切的理论赌注都投射在了这个厨师或者屠夫身上，他们看到了身体之下的身体，一个图符的身体，一个字码化的身体。

其实在我们这个民族古老的道家传统中——更何况庄子的这个故事本来就来自这个伟大的隐秘传统——身体也是图符，被一道道咒语罩住，需要修炼的神秘金句来引导，需要天地之气的气息来引导，才可能化解郁结，重构一个可能的躯体，一个长生不死的躯体。这可能才是我们这个民族最为神秘的性格——认认真真做某物又空无所成——最为诡秘的体现。

这样，我们就来到了第五个谣传，不，也许是第六个了吧？不，或者是第七个了？但，反正是最后一个了。

话说，庖丁每一次解牛之前的晚上，都辗转反侧，想着怎么去解牛而不损伤牛刀，也不要吓着梁惠王，而一旦入梦之后，就会梦见自己在解牛，久而久之，他就能够反复提前梦到自己解牛时的步伐，还有刀法，在梦中的解牛刀法可不同寻常，那可是一种幻影般的迷踪刀法呀，轻轻松松就穿过了牛的整个经络。游刃有余就来自此梦中的演习，因此要做到十九年不换屠刀而刀刃如新，就必须先要在梦里反复地解过牛。

——但显然，有史以来，如此高妙的手法，只发生过寥寥数次，也许还从未发生过，也许残暴的梁惠王梦见了这解牛纷飞的曼妙刀法，他也就相信了养生的秘密，解牛与杀人其实一样，只要在梦中如此快感曼妙就好。

——但显然，后来能够梦到庖丁解牛的人就不多，梦到自己在梦中也能够解牛的人就更少了，而还能梦到牛如雪片一样纷飞的妙曼刀法的人，就少之又少了。

因此这个故事的可靠程度就相当可疑了，也如同第一个谣传，也许可以删除掉，它就如同一个白日梦，几乎没有留下什么痕迹。但当然也有更多的高人持不同意见，认为做梦才是我们这个文化最为神秘的艺术，庄子本人不也曾梦为蝴蝶吗？

甚至蝴蝶也梦为庄子，这不就是最为神秘的可逆性？做梦才是最为困难与高超的技艺。

其实，关于这个谣传，还有另外一个更为简洁的版本，或者可能相反，这个简明的版本还更为玄乎：

庖丁是在梦中解牛，牛在梦中如雪花乱飞，牛刀在梦中化作每一片雪花，如同八月大雪，纷繁又激烈，看得梁惠王眼花缭乱，醒来之后，出了一身冷汗，突然领悟到杀死臣民之法实在低级，从此悟到了养生之道。

立刻有评论者指出，这其实只是一个意念，一个狂想的意念，其念力如此巨大，一个民族都可能中魔。但显然这个版本很快被帝王们禁止流传，因为其念力过于具有颠覆性，就如同蛊虫或咒语一般，念力可以凭空谋杀敌人，这就导致上面那个版本反而流传更广了。

当然，也是借助于我们这个民族特有的武侠小说与玄幻小说，而并非解梦的大师们之理性剖析，再说了，庖丁解牛的故事也只能成为武侠小说的话头，根本不可能成为历史的深刻教义，一个认认真真做某物又空无所成的悖谬说法，竟然也可以成为教义？这也只是无用的教义罢了！只是因为最近我国的无数电视剧加以高科技实施，花费巨大，如同文化工程，其意念的神秘作用才得以直观，为其玄幻色彩增添了少许的可靠性，但更多的人士认为这不过是鬼话连篇的视觉把戏。

因此，有关庖丁解牛的姿态，那游刃有余的神秘刀法，就只能是一个不可解的谜，面对此不可解之谜，甚至，还有人说，"不解之解"才是最为高级的解法，刀法的可逆性，才是真正的秘传之术。

这种种的疑惑：庖丁到底解牛没有？牛解过之后是否还是牛？梁惠王是否悟出了养生之妙？既不能通过理性分析来回答，又不能通过鬼话连篇来糊弄，可能只是一场梦，一场做了几千年的梦吧！你只能在梦里寻求答案，那些杀人如麻的帝王大多迷信这个谣传，总是要做这个神奇的梦，如同吃长生不老药，这是最为隐秘的梦。只是这些做梦的帝王，后来都成为大历史传记中被谋杀的主角。比如那伟大的秦始皇就面对过最伟大的刺客，他最终也不是死于疾病，其实死于一场梦中巨大的谋杀，那个刺杀未遂的刺客幻化为一把巨大的牛刀在梦中杀死了始皇帝，当然，其中还伴随某种音乐之声，那是另一个瞎眼的刺客，以乐器作为谋杀的武器所发出的美妙之音，从此这乐音就失传了。

因此，历代王朝的帝王们大多做着噩梦，继承王位的同时就开始了噩梦，在梦中总会变成一头被宰杀的大牛，而学会养生的皇帝似乎并不太多，如果不说几乎没有的话，而我们这个民族又没有多少智者学会了解梦之法，这个梦就一直无解。

哎，为什么总是会有这些众说纷纭的谣传呢？其实，说得简单些,这可能是我们这个民族的用语习惯所致:总是既牵强附会又神秘莫测,既不甚了了又了然于心,既暧昧不清又言之灼灼。对了,最终就是:认认真真做某物又空无所成!

而对于当今的我们,就如同我们这个民族古老的草书技法,那也是庖丁解牛技艺的另一种借用与流传,现在连机器人都可以摹写出来了,几乎可以乱真,我们就交给机器人去做梦,去解决那个刀法之谜吧。

但愿我们这个民族的历史之谜,也可以由那监控一切的大数据,那可看透一切的智能机器人,去解决吧,而我们,作为最后一代谣传的传递者,还宁愿冤死在一个个的谣言故事里。

参考文献

一、相关外文文献

Franz Kafka, *Kritische Ausgabe in 15 Bänden,* hrsg. von Jürgen Born, Gerhard Neumann, Malcolm Pasley und Jost Schillemeit, Frankfurt am Main: Fischer Taschenbuch Verlag, 2002.

Kafka-Handbuch: Leben-Werk-Wirkung, hrsg. von Manfred Engel und Bernd Auerochs, Stuttgart: J. B. Metzler, 2010.

Kafkas China: Band 5, hrsg. von Kristina Jobst und Harald Neumeyer, Würzburg: Königshausen und Neumann Verlag, 2017.

Max Brod, *Franz Kafka: Eine Biographie*, Frankfurt am Main: S. Fischer Verlag, 1954.

Franz Kafka, *Tagebücher 1909–1923*, Frankfurt am Main: S.

Fischer, 1997.

Theodor W. Adorno, *Prismen: Kulturkritik und Gesellschaft*, München: Deutscher Taschenbuch Verlag, 1963.

Theodor W. Adorno, *Minima Moralia: Reflexionen aus dem beschädigten Leben*, Frankfurt am Main: Suhrkamp Verlag, 1951.

Walter Benjamin, *Benjamin über Kafka: Texte, Briefzeugnisse, Aufzeichnungen*, Frankfurt am Main: Suhrkamp Taschenbuch Wissenschaft, 1981.

Walter Benjamin, *Gesammelte Schriften I: Abhandlungen*, hrsg. von Hermann Schweppenhäuser und Rolf Tiedemann, Frankfurt am Main: Suhrkamp Verlag, 1991.

Walter Benjamin, *Gesammelte Schriften II: Aufsätze, Essays, Vorträge*, Frankfurt am Main: Suhrkamp Verlag, 1991.

Walter Benjamin, *Gesammelte Schriften III: Kritiken und Rezensionen*, Frankfurt am Main: Suhrkamp Verlag, 1991.

Walter Benjamin, *Gesammelte Schriften IV: Kleine Prosa, Baudelaire-Übertragungen*, Frankfurt am Main: Suhrkamp Verlag, 1991.

Walter Benjamin, *Gesammelte Schriften V: Das Passagen-Werk*, Frankfurt am Main: Suhrkamp Verlag, 1982.

Walter Benjamin, *Gesammelte Schriften VI: Fragmente vermischten Inhalts*, Frankfurt am Main: Suhrkamp Verlag, 1991.

Walter Benjamin, *Gesammelte Schriften VII: Nachträge*, Frankfurt am Main: Suhrkamp Verlag, 1991.

Walter Benjamin, *Walter Benjamin-Handbuch, Leben-Werk-Wirkung*, hrsg. von Burkhardt Lindner, Stuttgart: J. B. Metzler, 2011.

Martin Buber, *Schriften zur chinesischen Philosophie und Literatur*, Gütersloh: Gütersloher Verlagshaus, 2013.

Peter Braun, Bernd Stiegler (Hg.), *Literatur als Lebensgeschichte, Biographisches Erzählen von der Moderne bis zur Gegenwart*, Bielefeld: transcript Verlag, 2012.

Elias Canetti, *Der andere Prozeß, Kafkas Briefe an Felice*, München-Wien: Carl Hanser Verlag, 1984.

Stanley Corngold, *Lambent Traces: Franz Kafka*, Princeton: Princeton University Press, 2004.

Heinrich Detering, *Bertolt Brecht und Laotse*, Göttingen: Wallstein, 2008.

Werner Hamacher, "The Gesture in the Name: On Benjamin and Kafka", in *Premises: Essays on Philosophy and Literature from Kant to Celan*, Harvard University Press, 1996.

Werner Hamacher, "Ou, séance, touche de Nancy, ici (3)", in *Sens en tous sens-Autour des travaux de Jean-Luc Nancy*, hrsg. von Francis Guibal und Jean-Clet Martin, Paris: Galilée, 2004.

Werner Hamacher, *Keinmaleins: Texte zu Celan*, Frankfurt am Main: Klostermann RoteReihe, 2019.

Martin Heidegger, *Feldweg-Gespräche* (1944/45)（GA77）, hrsg. von Ingrid Schüssler, Frankfurt am Main: Vittorio Klostermann, 1995.

Hans H. Hiebel, *Die Zeichen des Gesetzes: Recht und Macht bei Franz Kafka*, München: Fink Verlag, 1989.

Jacques Derrida, *Parages*, Paris: Galilée, 1986.

Franz Kafka, *Aporien der Assimilation: eine Rekonstruktion seines Romanwerks*, hrsg. von Bernd Neumann, München: Fink Verlag, 2007.

Brendan Moran, *Politics of Benjamin's Kafka: Philosophy as Renegade*, Palgrave Macmillan, 2018.

Bernd Neumann, *Franz Kafka: Gesellschaftskrieger, eine Biographie*, Wilhelm Fink Verlag, 2008.

Karl Erich Grözinger, *Kafka und die Kabbala: Das Jüdische im Werk und Denken von Franz Kafka*, Frankfurt am Main, New York: Campus Verlag, 2014.

Peter Fenves, "Benjamin, Studying, China: Toward a Universal 'Universism' ", in *Positions, asia critique: Benjamin's travel*, vol. 26, No. 1, 2018.

Mi-Ae Yuns Dissertation, *Mächtigkeit und Härte des*

Faschismus, Bertolt Brecht und Laotse, 1997.

Theo Elm, Hans H. Hiebel (Hg.), *Die Parabel, Parabolische Formen in der deutschen Dichtung des 20, Jahrhunderts*, Frankfurt am Main: Suhrkamp Verlag, 1986.

Richard Wilhelm, *Laotse, Tao Te King, Das Buch vom Sinn und Leben*（老子《道德经》）, Jena: Verlegt bei Eugen Diederichs, 1910.

Richard Wilhelm, *Dschuang Dsi, Das Wahre Buch vom südlichen Blütenland*（庄子《南华真经》）, Jena: Verlegt bei Eugen Diederichs, 1912.

Irving Wohlfarth, "On Some Jewish Motifs in Benjamin", in *The Problems of Modernity*, 1989.

二、相关中文文献

［奥］弗兰茨·卡夫卡:《卡夫卡全集》(全10卷)，叶廷芳主编，石家庄：河北教育出版社，1996年。

［奥］马克斯·勃罗德:《卡夫卡传》，叶廷芳、黎奇译，石家庄：河北教育出版社，1997年。

［德］本雅明:《机械复制时代的艺术作品》，王才勇译，杭州：浙江摄影出版社，1996年。

［德］本雅明:《经验与贫乏》，王炳钧、杨劲译，天津：

百花文艺出版，1999年。

《论瓦尔特·本雅明：现代性、寓言和语言的种子》，郭军、曹雷雨编译，长春：吉林人民出版社，2003年。

［德］本雅明：《启迪：本雅明文选》，张旭东、王斑译，北京：生活·读书·新知三联书店，2008年。

［德］本雅明：《本雅明文选》，陈永国编译，北京：中国社会科学出版社，2011年。

［德］本雅明：《柏林童年》，王涌译，南京：南京大学出版社，2010年。

［德］本雅明：《德国浪漫派的艺术批评概念》，王炳钧、杨劲译，北京：北京师范大学出版社，2014年。

［德］本雅明：《评歌德的〈亲合力〉》，王炳钧、刘晓译，北京：北京师范大学出版社，2016年。

［德］本雅明：《无法扼杀的愉悦》，陈敏译，北京：北京师范大学出版社，2016年。

［德］布莱希特：《四川好人》，北京：中国戏剧出版社，1985年。

［德］布莱希特：《布莱希特戏剧》，张黎主编，合肥：安徽文艺出版社，2001年。

［德］布莱希特：《戏剧小工具篇》，张黎、丁扬忠译，北京：北京师范大学出版社，2015年。

［德］布莱希特：《中国圣贤启示录》，殷瑜译，北京：北

京师范大学出版社，2015年。

［德］布莱希特：《布莱希特诗选》，阳天译，长沙：湖南人民出版社，1987年。

张黎编选《布莱希特研究》，北京：中国社会科学出版社，1984年。

［德］布罗德森：《本雅明传》，国荣译，北京：金城出版社，2013年。

［法］布朗肖：《从卡夫卡到卡夫卡》，潘怡帆译，南京：南京大学出版社，2014年。

［法］布朗肖：《灾异的书写》，魏舒译，南京：南京大学出版社，2016年。

［德］马丁·布伯：《论犹太教》，刘杰等译，济南：山东大学出版社，2002年。

［法］德勒兹：《什么是哲学》，张组建译，长沙：湖南文艺出版社，2007年。

邓晓芒：《灵之舞：中西人格的表演性》，上海：上海文艺出版社，2009年。

［法］克里斯蒂娃：《摩西、弗洛伊德与中国》，载《克里斯蒂娃自选集》，赵英晖译，上海：复旦大学出版社，2015年。

［美］格林伯格：《艺术与文化》，沈语冰译，桂林：广西师范大学出版社，2009年。

［德］荷尔德林：《荷尔德林文集》，戴晖译，北京：商务

印书馆，1999年。

［德］海德格尔：《乡间路上的谈话》（GA77），孙周兴译，北京：商务印书馆，2018年。

［法］菲利普·拉库-拉巴尔特、让-吕克·南希：《文学的绝对：德国浪漫派文学理论》，张小鲁等译，南京：译林出版社，2012年。

鲁迅：《鲁迅全集》，北京：人民文学出版社，2005年。

叶廷芳编《论卡夫卡》，北京：中国社会科学出版社，1988年。

［德］罗森茨维格：《救赎之星》，孙增霖、傅有德译，济南：山东大学出版社，2013年。

［法］斯台凡·摩西：《历史的天使：罗森茨维格，本雅明，肖勒姆》，梁展译，上海：华东师范大学出版社，2017年。

庞朴：《一分为三论》，上海：上海古籍出版，2003年。

［法］帕斯卡尔：《思想录》，何兆武译，北京：商务印书馆，1985年。

［德］莱纳·史塔赫：《领悟年代：卡夫卡的一生》，董璐译，哈尔滨：黑龙江教育出版社，2017年。

［德］克劳斯·瓦根巴赫：《卡夫卡》，孟蔚彦译，北京：中国社会科学出版社，1992年。

卫茂平、马佳欣、郑霞：《异域的召唤：德国作家与中国文化》，银川：宁夏人民出版社，2002年。

［斯洛文］齐泽克：《视差之见》，季广茂译，杭州：浙江大学出版社，2014年。

［法］弗朗索瓦·于连、狄艾里·巴尔霍斯：《(经由中国)从外部反思欧洲——远西对话》，张放译，郑州：大象出版社，2005年。

曾艳兵：《卡夫卡与中国文化》，北京：首都师范大学出版社，2006年。

詹向红、张成权：《中国文化在德国：从莱布尼茨时代到布莱希特时代》，北京：中国社会科学出版社，2016年。

陈鼓应：《庄子今注今译》，北京：商务印书馆，2016年。

陈鼓应：《老子今注今译》，北京：商务印书馆，2016年。

杨柳桥：《庄子译注》，上海：上海古籍出版社，2006年。

夏可君：《一个等待与无用的民族——庄子与海德格尔的第二次转向》，北京：北京大学出版社，2017年。

夏可君：《无用的神学——班亚明、海德格与庄子》，台北：五南出版社，2019年。